조선
정신과 의사
유세풍

조선 정신과 의사 유세풍·하

초판 1쇄 발행 | 2022년 8월 1일

지은이 이은소
발행인 한명선

주소 서울시 종로구 평창길 329(우편번호 03003)
문의전화 02-394-1037(편집) 02-394-1047(마케팅)
팩스 02-394-1029
전자우편 saeum98@hanmail.net
블로그 blog.naver.com/saeumpub
페이스북 facebook.com/saeumbooks
인스타그램 instagram.com/saeumbooks

발행처 (주)새움출판사
출판등록 1998년 8월 28일(제10-1633호)

ⓒ 이은소, 2022
ISBN 979-11-90473-99-6
ISBN 979-11-90473-97-2 03810(세트)

- 잘못된 책은 바꾸어 드립니다.
- 책값은 뒤표지에 있습니다.

조선 정신과 의사 유세풍

下

이은소 장편소설

어디가 아파서 오셨소?

마음부터 살펴보리다!

새움

차
례

소락의 잠 못 드는 밤

1

검은 숲이 울부짖었다. 소락산 숲 깊은 곳에서 사내의 비명이 날아들었다. 길을 걷던 세풍은 황급히 뒤를 돌아보았다. 은우가 먹물처럼 검은 눈동자를 가로흔들며 숲 울음에 귀 기울였다. 세풍은 은우에게 고개를 끄덕여 보이고는 그늘진 나무새로 발을 옮겼다. 은우가 쓰개치마를 여미고 뒤따랐다. 여름 해가 기울고 산 그림자가 길어지고 있었다.

사내 둘이 번갈아 고함을 치며 숲에서 달려 나왔다. 둘 다 백호랑이라도 맞닥뜨린 양 낯빛이 해쓱했다.

세풍은 그들을 세우고 영문을 물었다.

"구구구구 구미호. 구미호요."

사내들은 나무꾼이었다. 숲에 구미호가 나타났다고 했다.

"자네들이 구미호를 봤단 말인가?"

은우가 가까이 다가서며 물었다.

"시체를 봤어요. 쇤네들이 구미호한테 당한 시체를 봤다고요."

"숨이 끊어졌는지 확인했는가?"

사내들은 눈을 끔뻑였다. 숨이 붙어 있는지는 모르겠지만 젊은 총각이 숲에 버려져 있다고 했다. 세풍이 직접 확인해 보겠다고 하자 사내들은 세풍의 옷자락을 붙들며 다리를 흔들거렸다. 아무리 불러도 대답 없으니 이미 죽은 거라고 했다. 구미호한테 당해 혼이 나갔거나 간을 파먹혔으리라고 했다.

구미호라니, 세풍이 헛웃음을 쳤다.

"요즘 세상에 구미호가 어디 있는가? 있다 하여도 내 목숨을 내줄 터이니 자네들은 걱정 말게."

세풍은 사내 하나를 관아에 보내고, 남은 사내를 길잡이 삼아 시신을 찾아 나섰다. 세풍이 앞장서고 은우와 사내가 세풍을 뒤따랐다.

총각의 시신은 싸늘했다. 세풍은 맥을 짚고 숨을 확인했다. 사내가 구미호의 소행인지 물었다.

"당연히 구미호의 짓이 아니지. 둔기에 머리를 맞고, 예까지 질질 끌려와 목이 졸렸구먼."

시신의 머리에는 상흔이, 목에는 교살 흔적이 있었다. 흙 묻은 옷은 헤지고 찢겼다.

세풍의 시선이 죽은 사내의 가슴에서 멈추었다. 시신 윗도리 가슴팍에 마른 핏물이 배어 있었다. 처음엔 칼에 찔렸으리라고 가늠했다가 고개를 저었다. 옷에는 칼에 베인 흔적이 없었다.

세풍은 저고리를 들추어 보다가 흠칫했다. 해괴한 일이었다. 우측 상복부에 열십자로 칼집이 길게 나 있었다. 간이 있는 자리였다.

"보세요. 간만 없지요?"

사내가 말했다. 세풍은 좀 더 살펴보려다가 머리를 돌렸다. 일그러진 용안이, 검붉은 선혈이 세풍을 집어삼킬 듯 튀어 올랐다. 세풍은 눈을 감고 숨을 골랐다.

은우가 아버지, 하는 소리에 세풍은 눈을 떴다. 그녀의 아버지인 현령이 아전과 나졸을 이끌고 나타났다. 소문을 듣고 구경꾼도 모여들기 시작했다. 구경꾼들은 구미호의 짓이라며 수군거렸다.

현령은 나졸과 시신을 수습하고, 아전은 목격자가 있는지 물었다. 목격자는 없지만 구경꾼들은 하나같이 입을 모아 범인을 지목했다. 구미호였다.

구경꾼 무리에서 한 사내가 세풍에게 허리를 숙이고 인사를 했다. 오늘 왕진을 청한 집인데 세풍이 오지 않아서 혹시 길을 잃었을까 봐 마중을 나왔다고 했다. 사내는 세풍 또래였는데 장가도 가지 않고 병든 노모를 봉양하느라 아직 떠꺼머리총각이었다.

세풍과 은우는 사내를 따라 그의 집에 도착했다. 소락산 골짜기 마을에서도 한 식경은 더 들어가야 있는, 외딴 초가였다. 아들이 노모를 모시며 단둘이 살고 있었다.

"어머니만 살릴 수 있으면 무슨 일이든지 하겠습니다. 살을 내놓으라시면 제 살을 베고, 피를 달라시면 제 피를 짜고, 뼈를 바라시면 제 뼈를 깎을게요. 어머니만 살려주셔요."

아들은 눈물을 글썽대며 노모를 부탁했다.

세풍이 노모를 맥진하고, 은우가 시침을 준비했다. 세풍은 처방하고 자리에서 일어났다.

"의원님도 참, 이 빠진 늙은이랑 내외하시게요? 그냥 계셔요."

노모가 세풍을 붙잡았다. 아직 계수 의원, 침 못 놓는 유 의원의 소문은 듣지 못한 듯했다. 세풍은 미소만 짓고 방을 나왔다.

세풍은 아들에게 약값 걱정은 하지 말고 의원에 들러 약을 받아 가라고 했다. 아들은 몇 번이고 허리를 굽혀가며 세풍과 은우를 배웅했다.

세풍은 자리에서 일어나 나갈 채비를 했다. 오후 시간이었지만 계 의원의 입을 막는 대신에 왕진을 열 번 다녀오겠다고 약조했기 때문이었다. 도포를 걸치고 갓을 썼다. 세조대를 들었다. 관례를 올리고부터 양반은 꼭 세조대를 매어야 한다고 들었다. 갓과 도포는 중인들에게 빼앗겨도 세조대만큼은 빼앗길 수 없다고 하였다.

세풍은 세조대를 제자리에 걸었다. 계수 의원 의원에게 양반이고 중인이고가 뭐가 중요하랴 싶었다.

"이 시간에 나가시게요?"

은우가 큰방에서 나오면서 물었다.

"네. 왕진을 가야 합니다."

은우가 하늘을 살폈다.

"해가 길어지긴 했어도 돌아오실 때는 날이 저물 텐데요."

"병자들이 많아서 이제야 짬이 났습니다."

"같이 나가요. 잠시만요."

은우가 쓰개치마를 쓰고, 따라 나섰다.

"단희는요?"

"의원에 있어요."

"단희와 같이 귀가하시지 않습니까?"

"아니에요. 전 의원님과 동행하려고 나왔어요."

"아……."

세풍이 눈썹을 씰룩였다. 은우의 말이 무슨 뜻일까? 요즈음 세풍은 은우의 말 한 마디, 눈길 한 줄, 몸짓 하나에 생각이 깊어졌다. 저도 모르게 뜻을 생각하고 해석하고자 했다.

"조심하셔야 해요. 근래에 구미호가 돌아다닌다는 소문이 있어요."

"구미호? 꼬리 아홉 개 달렸다는 그 구미호요?"

세풍이 생각을 멈추었다. 멀리서 짐승의 울음소리가 들려왔다. 세풍은 갑자기 한기를 느꼈다.

"네. 사내의 간만 파먹는다고 해요."

"그건 이야기 속에나 나오는 것이 아닙니까? 하하하."

세풍이 소리 내어 웃으며 앞장섰더랬다.

하늘이 붉어졌다. 세풍과 은우는 아름드리나무 빽빽한 숲으로 접어들었다. 여느 때처럼 은우는 세풍과 몇 걸음 떨어져 왔다.

세풍은 보속을 늦추고 고개를 왼쪽으로 살짝 낮추었다.

"은우님이 계셔서 다행입니다. 저 혼자 왔더라면 병자는 침도 못 맞을 뻔했습니다."

"아니에요. 의원님이 아니 계셨다면 제가 어찌 계수 의원 의생이 돼서 병자를 돌볼 수 있었겠어요?"

은우가 갓 닦은 유기그릇처럼 눈을 반짝이며 웃었다.

숲 바람은 서늘하고 숲 색은 짙었다. 멀리서 산짐승이 울었다. 어쩐지 으스스했다.

은우는 다시 소락에 들썽대는 구미호 이야기를 들려주었다.

밤마다 민가에서는 가축이 한 마리씩 사라졌다. 닭과 오리, 개와 토끼 같은 것들이었다. 처음엔 도망간 줄 알았다. 산에서 호랑이나 늑대가 내려오지 않았을까 추측도 했다. 우리가 열려 있었고 더러는 근처에서 죽은 채로 발견되기 때문이었다.

그런데 기이한 점이 있었다. 가축의 사체에는 간만 없었다. 구미호 아니야? 구미호가 간을 파먹어야 사람이 되잖아. 동물이 아니라 사람 간을 먹어야 돼. 그것도 사내들 것만. 사람들이 웅성댔다. 그리고 오늘 숲에서 간이 사라진, 총각의 시신이 발견되었다.

세풍이 걸음을 멈추고 은우에게 다가갔다. 은우가 쓰개치마를 여몄다. 그녀의 습관이었다.

"은우님, 쓰개치마는 벗으시는 편이 좋겠습니다. 여긴 보는 이도 없잖습니까? 답답하지 않으십니까?"

은우가 주위를 두리번거리며 망설였다. 반가의 여인은 외출할 때 쓰개치마를 쓰는 것이 법도였다. 은우 같은 과부는 더더욱 그

법도를 따라야 했다.

"사실 제가 무서워서 그럽니다. 허연 걸 뒤집어쓰고 계시니 은우님이 꼭 구미호 같습니다."

은우가 웃으며 쓰개치마를 벗었다. 고개를 들어 나무를 보았다. 뺨에 맞닿는 숲 기운이 상쾌한 듯 기분이 좋아 보였다.

부엉이가 울었다. 세풍이 흠칫하며 은우에게 바투 다가섰다.

"겁이 많으십니다, 의원님."

"인정합니다. 하니 은우님께서 먼저 가십시오."

세풍이 손을 뻗어 길을 가리켰다. 이 자리에 만복이 있었다면, 아씨가 우리 서방님 눈앞에서 무사히 가시는 모습을 보아야 우리 서방님 마음이 놓이신답니다, 했으리라. 세풍은 만복을 떼놓고 와서 다행이라고 생각했다.

은우가 앞서고 세풍이 뒤따랐다. 하얀 저고리, 하얀 깃, 하얀 동정, 하얀 목덜미 위에 얌전히 앉은 검은 머리와 검은 댕기, 검은 목비녀가 세풍의 눈에 들어왔다. 흰색과 검은색, 은우에게만 허락된 색이었다. 세풍도 아내와 사별했지만 자신에게 허락되지 않은 색은 없었다. 사정이 같은데도 세상이 자기와 은우를 다르게 다루고 있다는 사실에 세풍은 마음이 무거웠다.

세풍과 은우는 몇 군데 더 들르고, 어두워지고서야 의원으로 돌아왔다. 은우는 바로 집으로 돌아갈 채비를 하고 밖으로 나왔다.

입분이 툇마루에 앉아 있다가 은우를 불렀다.

"응?"

"저 안 예뻐요?"

은우가 입분을 바라보았다. 까무잡잡한 피부, 통통한 볼에 주근깨가 박혀 있었다. 생기발랄하고 건강해 보이는 얼굴이었다.

"예뻐."

"한데 왜 유 의원님은 은우님만 봐요?"

은우가 입분의 어깨 너머로 시선을 옮겼다. 건넌방에서 세풍이 자기를 바라보고 있었다. 은우가 고개를 살짝 끄덕였다. 세풍도 고개를 숙여 은우의 인사에 화답했다.

"전 은우님 얼굴보다 제 얼굴이 좋아요."

입분이 일어나 부엌간으로 갔다.

세풍은 자기 때문에 은우의 귀가가 늦어졌다며 은우와 단희를 동헌까지 데려다 주겠다고 했다.

"돌아올 때 혼자 오셔야 하는데 무섭지 않으세요?"

은우가 놀리듯이 물었다.

"그럼, 조심해서 가십시오."

세풍이 진지한 표정으로 대답했다. 허리를 굽혀 작별 인사를 했다.

세풍은 결국 만복을 데리고 의원을 나섰다. 은우와 단희가 골목에서 세풍을 기다리고 있었다. 세풍이 은우에게 먼저 가라고 손짓을 했다. 은우와 단희, 세풍과 만복이 한 줄로 서서 밤길을 걸었다. 만복과 단희가 세풍을 사이에 두고 이야기를 주고받았다.

"가축을 죽인 건 구미호가 아니겠지요? 구미호가 사람이 되려면 사람의 간을 백 개나 먹어야 한대요. 아니면 사람과 혼인해서 백 일을 살아야 한다는데요?"

"사람이 미쳤냐? 구미호랑 혼인하게?"

만복이 턱을 긁으며 단희에게 말했다.

"구미호가 너무 예뻐서 보자마자 사내를 홀린다는데요?"

"나는 예쁜 구미호보다는 덜 예쁜 사람이 좋다, 야."

단희가 갑자기 뒤를 돌아보았다. 세풍이 흠칫거렸다.

"두 분 조심하세요. 어쨌든 구미호가 노리는 건 사내들이니까요."

단희가 양손을 머리 옆에 치켜들고 주먹을 쥐었다. 간을 파먹는 구미호 흉내를 냈다. 세풍이 눈을 감았다 떴다.

"그딴 요물이고 귀신이고 우리 서방님이나 무서워하지 나는 안 무서워. 내 앞에 나타나 봐라. 단번에 때려잡지."

만복이 큰소리를 쳤다.

의원으로 돌아오는 길. 산짐승이 울 때마다 세풍은 모골이 송연했다. 만복도 어, 으윽, 하며 놀라다가 트림하는 소리를 냈다.

"네가 앞장서거라."

세풍은 만복의 뒤로 갔다. 뒷골이 써늘했다. 세풍은 다시 만복의 앞으로 갔다. 그래도 만복이 제 뒤를 봐준다고 생각하면서 걷기로 했다.

"소락산에도 여우가 살겠지유?"

"몰라."

"그중 몇 마리는 밤마다 구미호로 둔갑하겠지유?"

"왜 갑자기 고향 말투야? 불안하게."

"지가유? 아니유. 지는 고향 말은 다 잊었어유. 한양 사람맨치로 한양 말만 쓰지유."

세풍이 만복에게 손을 내밀었다. 만복이 세풍을 멀뚱히 봤다.

"잡으라고."

결국 세풍과 만복은 손을 잡고 나란히 걸으려다가 뛰었다. 산에서 여우인지 늑대인지 짐승이 울었다.

한밤중 계 의원이 비명을 질렀다.

"으악!"

"아이고, 엄니!"

이번에는 음성이 굵고 우렁찼다. 만복이었다.

세풍은 눈을 뜨고 잠자리에서 일어나 밖으로 나갔다. 만복이 방 앞에 주저앉아 있었다.

"만복아."

"서방님."

만복이 울상을 지었다.

만복은 뒷간에 가기 위해 잠결에 일어났다. 눈을 비비며 밖으로 나왔다. 툇마루를 지나 디딤돌로 내려서는 순간, 눈앞이 하얬다. 하얀 소복을 입은 귀신이 긴 머리를 풀고 의원을 어슬렁거리고 있었다. 만복이 눈을 감았다가 다시 떴다. 참말 귀신이었다. 귀신이 만복과 눈을 마주치고서는 웃었다. 만복이 비명을 질렀다.

귀신이 만복에게 다가왔다. 만복의 다리에 힘이 풀렸다. 주저앉으면서 마루에 머리를 박았다. 아이구 엄니. 만복이 눈을 감고 살려달라고 빌었다.

"나야."

입분이 머리를 넘기고 웃었다.

계 의원이 밖으로 나왔다. 입분을 보고, 입을 쩍 벌렸다.

"입분이야. 놀랐어들?"

입분이 웃었다.

"지랄이 똥을 싸서 니 머리 위에 나자빠졌지?"

계 의원이 소리를 높였다. 화가 난 것 같았다.

"왜 한밤중에 소복은 처입고 지랄이야?"

"그냥. 예쁘잖아."

입분이 세풍을 보며 고개를 갸웃거렸다. 세풍이 억지로 웃었다.

"그게 아무나 입는다고 예쁘냐? 원래 예쁜 사람이 입으니까 예쁜 거지. 어서 들어가 잠이나 처자."

계 의원이 호통을 쳤다.

"누가 아버지 보래?"

입분이 입술을 내밀고 방 안으로 들어갔다.

계 의원이 세풍을 보다가 물었다.

"유 의원. 우리 입분이 예쁘지 않냐?"

세풍은 대답이 나오지 않았다.

"진짜 안 예뻐?"

"제 자식은 다 예쁜 법이고……."

"너, 우리 입분이 앞에 얼쩡거리지 마."

"왜요?"

"반할라."

"네?"

"얼굴만 쓸데없이 허연 게 뭐가 좋다고?"

계 의원이 혼잣말하듯 중얼거리면서 세풍을 보았다. 세풍이 고개를 옆으로 기울이고 물었다.

"같이 잘까요?"

"우리 입분이는……."

계 의원이 한숨을 쉬었다.

"나도 자네는 싫어. 홀아비 주제에……."

계 의원이 방으로 들어가 문을 닫았다.

"의원님은 뭐 홀아버지 아니십니까? 같은 홀아버지끼리 서로 돕고 살아야지요. 그리 야박하게 구시면 안 됩니다."

세풍이 방으로 들어왔다. 불을 밝히고 문을 꼭 걸어 잠갔다. 몇 번이고 확인하고 자기가 뭐 하나 싶어 웃었다.

2

아침부터 만복이 몸을 비틀며 하품을 해댔다. 며칠째 잠을 못

잤다고 했다. 세풍은 믿기지 않았다. 눈만 감으면 낮이고 밤이고 아무 데서나 잘 자는 녀석이었다. 세풍은 만복을 툇마루에 앉히고 맥을 짚었다.

"어제도 못잤어요. 겨우 잠들었는데 깨다 자다 깨다 자다 했어요."

"심담허겁은 아니고. 혹 마음속에 꽁꽁 숨기고 홀로 앓고 계시는 일이 있으십니까? 근심이 있으면 털어놓으십시오. 제가 다 들어 드리겠습니다."

세풍이 저를 찾아오는 심병 병자를 대하듯 말했다.

"왜 이러세요? 무섭게."

"제가 당신의 병을 꼭 낫게 해드리겠습니다. 심중을 괴롭히는 걱정거리가 있으신지요?"

"그런 거 없어요."

"있는데?"

만복이 마른침을 삼키며 세풍의 시선을 피했다.

"구미호가 무서워서 못 자는 게지? 잠자리에 누우면 구미호가 나타나 네 목을 조르지?"

"저 만복이에요. 충청부 청주목 유 참봉 댁 씨종. 제가 구미호 따위를 두려워했으면 참봉 나으리께서 저를 서방님의 만복으로 발탁하셨겠어유?"

세풍이 웃었다.

"물론 우리의 연이 남다르기도 하고요."

만복이 부끄러운 듯이 몸을 꼬았다.

"하지 마, 그거."

세풍이 인상을 썼다.

"왜요? 다 지난 일인데……."

만복이 배시시 웃었다.

"우선 대추와 생강을 달여서 먹어 봐. 심하면 약도 처방해 줄 테
니까. 자기 전에 계 의원님한테 침도 맞고."

"또 말을 돌리신다."

만복이 웃으며 일어섰다.

남해댁이 곳간에서 나오면서 만복을 흘끔댔다.

"너 식전부터 뭘 잘못 먹었나? 왜 그래?"

"아니에요. 오늘 우리 서방님 반찬은 뭐예요? 날도 더운데 음식
이라도 잘 자셔야 하는데……. 우리 서방님 보신하시게 닭이라도
한 마리 잡죠."

"누가 보면 꼭 지 서방 챙기는 줄 알겠네."

"지 서방 맞지유. 세상에서 하나밖에 없는 지 서방님."

만복이 웃으며 빗자루를 들었다.

만복이 일어서는데 수염이 덥수룩하고 몸집이 큰 사내가 의원
으로 들어섰다. 맨상투와 기운 바지저고리, 떨어진 짚신. 한눈에 봐
도 골말이나 달말에 사는 천인이었다. 병자가 주뼛거리며 다가왔다.

"아침 일찍 죄송합니다. 의원에 오면 약을 준다고 해서요."

"들어오게."

세풍이 제 방을 가리켰다.

"아니에요. 쇤네는 예서 말씀만 올리겠습니다."

"그럼 나도 마당에 서서 맥진을 할까?"

병자가 방으로 들어와 문 앞에서 무릎을 꿇었다. 세풍이 가까이 오라고 했다. 병자가 고개를 숙인 채 안절부절못하며 다가왔다.

세풍이 무슨 일로 왔는지 물었다. 병자는 밤에 통 잠을 잘 수 없다고 했다.

"맥을 한 번 보겠네."

세풍이 손을 올렸다. 병자가 때 묻은 소매를 걷어 검은 손목을 내밀었다. 세풍이 병자의 손목에 손가락을 올렸다.

'심담허겁. 겁이 많아 잘 놀라고 무서운 꿈을 많이 꾸며 가슴이 두근거려 잠을 이루지 못하고 있구나.'

세풍은 고개를 갸웃거렸다. 겁이 많아 보이지는 않았다.

"심담이 허해서. 아니, 낮에 무슨 일을 하는가?"

병자가 세풍의 시선을 피하며 우물쭈물했다.

"괜찮네. 말해 보게."

병자가 입술을 한번 깨물고는 어렵게 입을 뗐다.

"망나니······구먼요."

병자가 죄를 고백하듯 힘겹게 말했다.

"망나니는 국법에 따라 죄지은 자를 죽이는 자이지 죄지은 자가 아닐세. 뭘 그리 어려워하는가?"

병자가 입을 살짝 벌리고 세풍을 보았다.

"왜 그러는가?"

병자는 얼른 고개를 숙였다.

"황송해서요. 저같이 천한 놈에게 그리 말씀해 주시니 황송해서요."

망나니는 천인 중 제일 천한 자. 모든 이가 손가락질하고 꺼려하는 존재였다. 세풍의 태도에 놀랄 수밖에 없었다.

"내 있는 그대로 말하였으니 황송해할 일이 아니네."

병자는 머리를 조아리며 두 손으로 약방문을 받고 뒷걸음쳐 방을 나갔다.

"저 방에 등때기 깔고 누워 있어. 침 맞아야 돼."

대청에서 계 의원이 병자에게 말하고, 방 안으로 들어와 엉덩이를 깔고 앉아 팔짱을 꼈다.

"세엽이 너, 아니 이제 세풍이지."

'세풍'이 된 지가 언제인데, 계 의원은 병자들 이름은 다 외우면서도 한 지붕 아래에서 한솥밥 먹는 세풍의 이름은 아직도 헷갈려 했다. 세풍이 떨떠름한 얼굴로 계 의원을 보았다.

"어찌 병자를 대하는 태도가 한결같지 않다."

"의원님만 할까요?"

"나야 원래 버르장머리 따위는 똥물에 처박고 태어난 놈이고."

"그 버르장머리, 병자 봐 가면서 들락날락하시던데요."

"나는 지체라는 것이 없고 재물 밝히는 놈이니 양반 화객님들께 굽신대며 존대를 할 수밖에 없지만, 넌 다르잖아? 병자가 부자이건 가난하건, 신분이 높건 낮건 다 같은 병자라고 한 게 누구더라?"

"하여 의원님보다는 제가 병자들에게 더 예의를 갖추고 친절하게 대하고 있습니다만."

"한데 왜 병자에게 병증에 대해 자세히 알려주지 않냐?"

"그건……."

병자가 이해하기 어렵다고 생각해서였다. 세풍 나름대로 병자를 배려한 처사였다.

"말투도 그래. 나처럼 막말을 하진 않지만 넌 병자를 아랫사람으로 대했잖아."

세풍은 신분이 낮은 자들을 함부로 대하지 않았다. 계 의원에게 하대를 받으면서도 꼬박 존대를 했다. 양반 아닌 양인 여인에게도 하대하지 않았다. 노비들에게도 친절했다. 같이 자란 만복은 친아우처럼 대했다. 세상이 다 아는 일을 계 의원만 몰라주었다.

"넌 마음을 치료하는 심의야. 병자가 이 세상에서 너를 가장 편히 여겨야 해. 무슨 짓을 저질러도 너만은 병자를 감싸고 이해해주리라고 믿어야 한다고. 한데 지체 높으신 나으리 앞에서 무릎을 꿇고 고개를 숙이면서 병자가 제 마음을 오롯이 맡길 수 있겠냐?"

"하여 저도 할 만큼 하고 있지 않습니까?"

세풍의 음성에 날이 섰다.

"그러세요? 아이고, 소인이 양반 나으리를 몰라봬서 송구하옵니다. 미천한 소인에게까지 할 만큼 하시느라 애쓰셨을 텐데요. 앞으로 편히 하세요."

계 의원이 절을 하고 방을 나갔다.

세풍은 한숨을 쉬었다. 병자들은 세풍의 태도를 차고 넘친다고 여기는데 왜 계 의원만 부족하다고 생각하는지, 서운하고 속상했다.

세풍이 아버지에게 혼난 아이처럼 오후 내내 방에 틀어박혀 있는데 밖이 소란스러웠다. 은우의 목소리도 들렸다. 세풍은 방을 나갔다. 은우와 의원 식구들이 모여서 술렁대고 있었다. 세풍이 헛기침을 하자 만복이 세풍을 쳐다보았다.

"구미호가 잡혔대요."

3

은우는 남해댁과 입분의 이야기에 귀를 기울였다. 남해댁과 입분이 동헌에 하옥된 구미호를 보러 갔다가 돌아온 참이었다. 구미호는 소녀라고 하였다. 뜻밖이었다.

구미호가 너무 착하고 순하게 생겼다. 사내를 홀리기는커녕 제가 홀리게 생겼더라. 진짜 구미호가 맞느냐. 한밤중에 돌아다니는 모습이 동리 사람들의 눈에 발각되었다. 하루 이틀이 아니라 매일 밤이었다. 구미호가 지나간 자리에 간 없는 닭이 죽어 있더라……. 입분과 남해댁이 구미호의 소식을 전했다.

마당에 있던 병자들과 만복이 귀를 종긋 세우고 두 사람의 이야기를 들었다. 그럴 줄 알았으면 저도 갈걸 그랬다고 만복이 아쉬워했다.

며칠 후, 은우는 등원하면서 세풍에게 현령인 아버지의 전갈을 전했다.

"의원 일 다 보시고 저녁에 와 주십사, 말씀 전하셨어요."

"무슨 일인지……."

"구미호 때문입니다."

은우는 세풍에게 관아의 소식을 전했다.

관아에서는 구미호 사건 때문에 골머리를 앓고 있다가 사람들의 고변으로 구미호를 잡아들인 터였다. 그런데 잡아놓고 보니 열두 살, 소녀였다. 몸집이 작고 뼈대가 가는 모양새가 범인과 영 거리가 멀었다. 아버지는 네가 정녕 구미호가 맞느냐고 물었다.

"그런 듯하옵니다, 사또."

소녀는 울먹이며 대답했다.

"너는 지금 가축을 잡아가고 가축들과 사내 하나를 죽였다고 자백하고 있느니라. 다시 생각하고 신중히 말하라."

"죽일 생각은 없었사옵니다. 하나 제가 죽인 것 같사옵니다."

"네 그 자그마한 몸으로 장정을 죽여? 무슨 수로?"

"그건 기억이 나지 않사옵니다."

소녀가 울음을 터뜨렸다. 사람들은 저렇게 작은 아이가 큰 총각을 죽였으니 구미호가 분명하다며 수군거렸다.

소녀의 부모가 동헌으로 뛰어 들어왔다. 소녀는 새말에 사는 심연희라고 했다. 벌레 한 마리 못 죽이는 순하디 순한 아이라고, 자기 딸은 결코 구미호일 리가 없다고 했다. 아버지도 그리 믿었다. 하지만 연희의 자복이 있었기에 일단 하옥할 수밖에 없었다.

그런데 연희가 옥에 갇히고 이상한 일이 일어났다. 밤만 되면 연희가 진짜 구미호로 둔갑한다고 했다.

야삼경, 모두 잠든 밤이면 연희는 자리에서 일어났다. 옥방 나무 문살을 잡고 흔들었다. 옥사를 나가겠다는 뜻이었다. 옥졸이 달려와 자리에 앉으라고 소리쳤다. 연희는 눈을 데꾼히 뜨고 옥졸의 말을 듣지 않았다. 아예 옥졸의 말이 들리지 않는 듯하였다. 구미호로 둔갑하는 순간이었다. 옥졸이 겁을 먹고 도망쳤다.

그사이 민가에서는 구미호 범죄가 여전히 일어났다. 가축을 도둑맞기도 하고, 간이 사라진 채 죽은 가축이 들에서 발견되었다. 사람들은 구미호가 옥에서 요술을 부렸다고 했다. 동헌으로 몰려와 구미호를 죽이라고 아우성쳤다.

은우는 아버지에게 연희가 구미호로 둔갑하는 모습을 직접 보았는지 물었다.

"밤새 옥사를 나가려고 애를 쓰다가 첫닭이 울고서야 쓰러졌다."

"정말 그 아이가 구미호라고 생각하세요?"

"구미호가 어디 있겠느냐? 아버지는 그저 이 사건을 어서 해결하고 민심을 진정시키고 싶은 맘뿐이구나."

"그 아이, 구미호가 아니라 병자 같아요. 유 의원님께 보이는 게 좋겠어요."

아버지가 은우를 가만히 바라보았다.

"어찌 그러세요?"

"네 모습이 보기 좋구나."

"아버지 덕분이에요. 절 우리 집으로 데려오시고 계수 의원에도 나가게 해주셨잖아요."

은우가 웃었다.

저녁에 세풍은 은우를 따라 동헌으로 왔다. 연희는 눅눅한 옥방에 웅크리고 앉아 얼굴을 무릎에 묻고 있었다.

"연희구나."

세풍의 목소리를 듣고 연희가 얼굴을 들었다. 축축한 눈은 겁에 질려 있고 작은 얼굴엔 솜털이 보송했다. 이런 아이가 구미호라니, 세풍은 사람들의 무지와 억지에 기가 찼다.

"나는 의원이란다. 너와 이야기를 하고 싶어서 왔는데 괜찮겠니?"

연희가 고개를 끄덕였다.

"연희는 구미호가 아닌 듯한데?"

"잘 모르겠어요."

"그럼, 아는 사실만 말해 줄래?"

연희가 잠시 생각하다가 입을 열었다.

"전 가축을 잡아가지 않았어요. 사람을 죽이고 간을 빼먹지도 않았고요. 한데 사람들 말이, 제가 밤새 돌아다녔대요."

"사람들이 본 것 말고, 네가 아는 건?"

"아침에 일어나면 머리가 헝클어져 있고, 손과 발이 더러웠어요. 옷도 찢겨 있었고요. 피가 묻어 있기도 했어요."

"이리 가까이 와볼래?"

세풍이 손을 흔들었다. 연희가 몸을 움츠렸다.

"싫어요. 의원님을 홀리면 어떡해요?"

세풍이 웃었다.

"난 이미 다른 여인에게 홀려 있어서 괜찮다."

연희가 다가왔다.

"맥을 짚어 봐도 될까?"

연희가 손목을 내밀자 세풍이 손가락 세 개를 올렸다. 심담구허, 심과 담이 허했다. 수승화강, 찬 기운은 위로 뜨거운 기운은 아래로 가야 하는데 그 반대였다. 몽유? 나이가 좀 많은데……

"연희는 구미호가 아니구나."

"정말요?"

"그럼. 너 개말 계수 의원 알지?"

연희가 고개를 끄덕였다.

"내가 그 계수 의원에 있는 의원이거든. 맥을 짚으면 다 알 수 있지. 넌 절대 구미호가 아니니 걱정 말거라."

세풍이 옥사 밖으로 나왔다. 은우가 기다리고 있다가 연희에 대해서 물었다. 몽유라는 말에 은우가 고개를 끄덕였다. 그리고 겸연쩍은 표정을 지었다.

"현령 나으리께서 절 석반 자리에 초대하셨겠군요."

"불편하시면 거절하셔도 돼요. 다급한 일이 있어 돌아가셨다고 말씀 드릴게요."

세풍의 눈에는 오히려 은우가 불편해 보였다.

"불편하지 않습니다. 오늘 밤 동헌에서 할 일도 있고 잘되었습니다."

"저…… 어머니 말씀은 마음에 담아 두지 마셔요."

"무슨 말씀이요?"

세풍은 시치미를 뗐다. 물론, 일전에 내아에서 저녁밥을 들 때 현령 부인이 세풍에게 호의를 갖고 나눈 말을 가리킨다는 걸 잘 알고 있었다.

"그냥 이것저것. 어머니께서 유 의원님을 불편하게 해드리지는 않는지……."

"전혀 불편하지 않습니다."

세풍은 내아를 향해 걸음을 뗐다.

현령 부인은 오늘도 반색하며 세풍을 맞았다. 손으로 닭다리를 뜯어 세풍의 밥그릇 위에 올려주었다.

"암탉이에요."

"요즈음 구미호 사건 때문에 닭이 귀한데 유 의원 덕분에 나도 닭고기를 맛보게 됐네. 자주 오시게."

현령이 닭살을 한 점 집으며 말했다.

세풍은 귀하다는 닭다리를 씹으며 은우가 사랑 밖에서 귀를 쫑긋하고 있지 않을까 생각했다.

한밤중. 연희가 일어나 옥문을 밀었다. 미리 열어 둔 문이 열리고 연희는 옥방을 나와 옥사를 빠져나갔다.

세풍은 연희를 뒤쫓았다. 연희의 걸음이 가벼웠다. 치맛자락을 잡고 사뿐사뿐 춤추듯이 발을 디뎠다. 어깨를 들썩거리고 몸을 흔들어대면서 대로를 건너 소락성 남문으로 향했다. 세풍이 연희의 곁을 스쳤다. 연희는 세풍의 존재를 개의치 않았다. 앞선 세풍이 수문장에게 경첩을 보여주고 남문을 열게 했다.

연희는 남문을 빠져나가 들길을 걸었다. 길가에 핀 꽃을 꺾어 머리에 꽂았다. 강가로 가서 물에 발을 담그고 돌을 던졌다. 그네를 타고, 강둑길을 따라 소락산으로 향했다. 산중으로 들어가 나뭇가지를 꺾고 산열매를 따 먹었다. 연희의 얼굴이 춤추는 탈바가지처럼 밝았다.

연희가 오솔길을 벗어나 숲으로 방향을 틀었다. 세풍이 흠칫거렸다. 연희는 묘지로 향했다. 연희는 어느 무덤 앞에서 걸음을 멈추었다. 절을 두 번 하고서는 무덤 앞에 앉았다. 말을 시작하면서 무덤에 기대어 누웠다. 편안해 보였다. 한참을 조잘대다가 잠이 들었다. 세풍은 연희를 업고 동헌으로 돌아왔다.

다음 날, 현령은 아전들이 만류하는데도 연희를 방면했다.

4

세풍은 제 방에서 연희의 병증을 기록한 의안을 들여다보았다.

세풍의 시선이 '묘지'에 머물렀다.

갓난아이가 낮에는 잘 놀다가 밤만 되면 잠을 자지 못하고 우는 병증은 흔했다. 어린아이가 밤에 자다가 갑자기 깨서 안절부절못하고 두려워하며 소리를 지르는 병증도 가끔 보았다. 어린아이가 잠을 자다가 일어나 돌아다니는 병증도 들어는 보았다. 그런데 큰 여자아이가 묘지를 찾아가 이야기를 하고 잠이 드는 증상은 듣도 보도 못했다.

세풍은 연희의 집으로 찾아갔다. 만복이 따라오겠다고 했으나 남겨 두었다. 계속 잠을 못 자서 상태가 좋아 보이지 않았다.

연희의 집은 새말에 있는 'ㄱ' 자 기와집이었다. 연희의 아버지가 세풍을 맞이했다.

"우리 연희가 방면되는 데 의원님께서 도움을 주셨다지요. 감사드립니다."

"하여 드리는 말씀인데……."

세풍은 연희의 병증을 설명했다. 병증이 깊으니 치료를 받아야 한다고 했다. 연희 아버지가 화를 냈다.

"우리 연희가 미쳤다는 거요?"

"아닙니다. 단지 병증일 뿐입니다."

"그게 그거 아니오? 의원님 눈에만 병으로 보이지 결국 사람들은 우리 연희가 미쳐서 밤에 돌아다닌다고 할 거요."

세풍은 찻잔을 내려놓고는 연희 아버지를 보았다.

"사람들의 말보다 연희의 병을 고치는 일이 더 중요하지 않습니까?"

"사람들의 말도 중요하오. 아이가 신병이 들었다고 하면 사람들이 우리 연희를 어찌 보겠소?"

"신병이 아니라 심병이라고 하겠습니다."

"의원님, 나도 『내경』은 읽었소."

『내경』에서 신은 군주의 역할을 하는 관직이라고 하였고, 『동의보감』에서 신은 온몸의 주인이라고 하였다. 심은 신을 간직하고 기쁨, 노여움, 근심, 생각, 슬픔, 놀람, 무서움과 같은 칠정을 통솔하는데, 칠정이 상하면 병이 된다고 하면서 경계, 정충, 건망, 전간, 전광, 탈영, 실정과 같은 신병을 다루고 있었다.

그러나 신병이라고 하면 병자나 가족들이 거리껴 했다. 그딴 소리 말라며 펄쩍 뛰기도 했다. 세간에서 신병은 곧 '미쳤다'라는 편견이 있었다. 하여 세풍은 '신병'이 아니라 칠정과 관련된 마음에 깃든 병이라는 뜻으로 '심병'이라고 하였다.

"그만 돌아가시오. 안 그래도 지금 몹쓸 소문이 돌아 우리 아이 혼삿길이 막혔소. 신병인지 심병인지 걸렸다는 소문까지 나면 우리 아이 앞길은 끝이오."

세풍의 설득에도 연희 아버지는 완강했다. 체면이 사람 죽인다는 말이 이 경우인가 싶었다.

"체면이 아니라 딸의 앞날을 걱정하는 마음이라오."

연희 아버지가 노기를 가라앉히고 말했다. 그의 말이 맞을지도 몰랐다. 어쨌든 그는 연희의 아버지이고 저보다는 연희를 걱정하는 마음이 더 클 테니까. 아버지는 자식을 위해 그 어떤 짓도 서슴지 않는……. 생각이 예까지 미쳤을 때 세풍은 고개를 저었다.

세풍은 연희를 보지 못하고 집을 나왔다. 연희 어머니가 세풍을 배웅했다. 안주인이 사랑 손님을 대문간까지 배웅하는 일도 이상했지만 대문간에 선 채 세풍에게 눈길을 거두지 않는 모습은 더 이상했다.

"혹 하실 말씀이라도 있으십니까?"

"아닙니다."

연희 어머니가 고개를 돌렸다.

"좀 불편해 보이십니다."

"연희 때문에……."

"몽유증은 저절로 낫기도 하지만 연희의 경우는 정도가 심하니 치료를 받아야 합니다. 나으리를 설득해 주십시오."

연희 어머니는 대답이 없었다. 세풍은 고개만 숙이고 의원으로 향했다.

은우는 진료를 하면서 이따금씩 밖을 내다보았다. 세풍이 연희의 집을 방문한다고 하였다. 연희가 방면될 때 현령인 아버지는 연희 아버지에게 연희를 계수 의원으로 데려가 보라고 하였다. 그러나 연희 아버지는 계수 의원을 찾지 않았다. 은우도 연희가 걱정되었다.

"우리 은우님, 기다리는 사람이 있나 봐?"

계 의원이 병자를 보내고 물었다.

"아니에요. 그냥 연희 소식이 궁금하여……."

"기다리는 게 소식뿐이야? 사람은 아니고?"

"물론, 연희도 함께 왔으면 좋겠어요."

계 의원이 웃었다.

"병자들 마음을 들여다보려는 사람들이 자기 마음은 잘 못 들여다본단 말이야."

"네?"

"아니, 저기 왔네. 기다리는 사람. 아니 기다리는 소식."

계 의원이 밖을 가리켰다. 세풍이 의원으로 들어서고 있었다.

세풍은 한숨을 쉬며 연희 아버지의 뜻을 전했다. 세풍은 연희 아버지 때문에 연희는 보지도 못했다고 했다. 세풍이 한숨을 쉬었다.

"하여 포기하시겠어요?"

"의원이 어찌 병자를 포기하겠습니까? 현령께 도움을 청해 주시겠습니까?"

은우가 웃었다. 제가 좋아하는, 세풍의 모습이었다.

은우는 그날 밤, 아버지의 방으로 갔다. 낮에 세풍이 연희 아버지를 만났다가 연희의 치료를 거절당한 일을 말했다. 은우가 아버지에게 부탁했다.

"연희 아버지를 만나 주세요."

"제 자식 일인 것을. 내가 만난다고 뾰족한 수가 있겠느냐?"

"어머니와 제가 유 의원님께 치료받았던 경험을 나누어 주세요. 그럼 연희 아버지의 마음도 움직일 거예요."

"그건 안 된다."

현령이 예의 그 단호한 표정을 지으며 말했다. 세풍이 자기와 아버지가 닮았다고 하던 태도였다.

"왜 안 되나요?"

"어머니와 네 병증을 다른 이에게 밝힐 수는 없다."

"병은 치부가 아니에요."

"다른 이들은 그리 생각하지 않을 것이다. 우리 집안에, 어머니와 네게 문제가 있어서 그런 병이 들었다고 수군거릴 게야."

"그런 병이라니요?"

"마음의 병이지 않느냐?"

"마음의 병이 어때서요?"

은우는 울컥하고 감정이 치밀어 올라 따지듯이 물었다.

"몰라서 묻는 게냐? 마음의 병은 다른 병과는 달라. 남들이 알면 미쳤다고 할 게야."

"사람들이 잘못 알고 있지만… 그리 알아도 전 개의치 않아요."

"아비는 사람들이 너를 두고 수군거리는 게 싫구나."

"아버지의 체면 때문은 아니고요? 아버지도 처음에 제 병 치료를 반대하셨잖아요. 절 부끄러운 괴물마냥 숨겨 놓고 유 의원님을 쫓아내려고 하셨죠."

"그건 널 위해서……."

"아버지를 더 위한 거겠죠."

은우는 일어나 방을 나왔다. 방을 나오면서 중얼거렸다.

"닮기는 뭐가 닮아?"

"예?"

밖에서 은우를 기다리던 단희가 물었다.

"아니, 유 의원님 말이야. 내가 아버지랑 닮았다잖아. 그러니?"

단희가 은우를 살펴보았다.

"아니요. 아씨는 오히려 마님을 닮으셨지요."

은우가 단희와 함께 별채로 걸음을 옮겼다. 단희가 은우를 따라오다가 말했다.

"요즘 유 의원님 말씀을 자주 하시네요."

"내가?"

"예."

단희가 고개를 끄덕였다.

"그건……."

은우는 내가 그랬나, 싶었다. 어쨌든 자기는 아버지와 닮은 데가 없었다. 이건 세풍이 틀렸다고 생각했다.

다음 날 세풍은 마당에 나와 끝방에 든 은우를 흘금거렸다. 은우의 기분이 편치 않아 보였다. 세풍은 조용히 부엌 가까이 다가갔다. 부엌에서는 단희가 끓는 물에 침을 담가 소독하고 있었다.

세풍은 먼 데 시선을 두면서 단희를 불렀다. 단희가 세풍을 쳐다보았다.

"하던 일을 마저 하거라."

"예."

"은우님께 무슨 일이 있느냐?"

단희는 대답이 없었다.

"단희야."

"예."

단희가 다시 고개를 들고 세풍을 보았다.

"하던 일 마저 하래도."

"예. 한데 저를 부르신 건 의원님이신데요?"

세풍이 단희를 보았다. 단희였다. 한꺼번에 두 가지 일을 하기 힘든 단희.

"은우님께 혹시 무슨 일이 있느냐?"

"무슨 일이요?"

단희가 해맑게 물었다.

"심기를 불편하게 한 일이라든지……."

"아니요."

단희는 고개를 저었다. 앞치마에 손을 닦고서는 밖으로 나왔다.

"왜?"

"아씨를 보고 오려고요."

"아니, 단희야……."

하는데 단희는 벌써 은우의 방 앞에 서 있었다. 동작은 빨랐다. 잠시 후, 단희가 돌아왔다.

"괜찮으시다는데요?"

"그래."

세풍이 한숨을 쉬었다.

"아무 일도 없으세요. 제가 얼마나 눈치가 빠른데요? 그런 일이 있으시다면 제가 알아차렸겠지요."

"그래. 너는 하던 일을 계속하거라."

세풍이 눈을 질끈 감으며 마당으로 나왔다. 만복이 약재 창고 앞에서 약재를 썰고 있었다. 세풍은 마당을 어슬렁대다 만복 앞에 섰다. 목을 빼서 은우를 보았다. 은우는 여느 때와 다름없었다. 여전히 고운 미소를 짓고 병자들을 대하고 있었다. 그러나 세풍의 눈에는 은우의 불편한 심사가 보였다.

"직접 가서 물어보세요."

만복이 고개를 들고 말했다.

"뭘?"

"내 온 마음과 혼이 그대를 향해 있으니 남들 눈에 보이지 않는 것도 내게는 보이오."

세풍이 만복을 흘기며 인상을 썼다.

"아씨, 우리 서방님께서 잠시 뵙고자 하십니다."

만복이 은우가 있는 방을 향해 소리치고는 뒤뜰로 내뺐다. 은우가 열린 방문 틈으로 고개를 내밀었다. 세풍이 겸연쩍이 웃었다.

"왕진을 가야 하는데……."

"……."

"산골짜기라서……. 무서워서……."

세풍은 은우와 의원을 나섰다. 주변을 살피면서 은우에게 말을 붙일 때를 기다렸다. 행인이 없으면 보속을 늦추고 은우에게 다가갔다가, 행인이 나타나면 보속을 높이고 은우에게서 멀어졌다. 결국 말 한마디 못 붙이고, 개말을 벗어났다.

개말을 벗어나 좌측으로 향하면 산속 골말이었고, 오른편 구릉지는 달말이었다. 골말과 달말 모두 빈민이나 천인들이 거주하는 곳이었다.

달말에서 망나니 병자가 나오고 있었다. 병자가 세풍을 알아보고 인사를 하려는 찰나, 웬 아낙이 망나니 병자에게 달려가 침을 뱉었다. 뭐라 뭐라 욕설을 해대고 또 침을 뱉었다. 병자는 고개를 숙인 채 아무 말 하지 않았다.

세풍이 걸음을 멈추었다. 은우가 세풍의 곁으로 다가왔다.

"무슨 일일까요?"

"저자는 망나니입니다. 천하다고 저러는 게 아닐지……."

세풍이 병자와 아낙에게 성큼성큼 다가갔다. 망나니 병자 앞에 섰다.

"이보시오. 아무리 천인이라지만 너무하지 않소?"

세풍이 아낙을 내려다보았다. 누르께한 얼굴에 마른버짐이 듬

둥 떠 있었다. 눈은 퀭하고 볼이 쑥 꺼져 있었다. 식사를 제대로 하지 않은, 아니 아예 못한 얼굴이었다.

"송구합니다. 의원님께서 마음 쓰실 일이 아니구먼요. 유념치 마시고 어서 가보셔요."

병자가 앞으로 나서 세풍에게 머리를 조아렸다.

"자네가 송구할 일이 아니지."

"아닙니다. 쇤네가 괜히 의원님 가시는 길을 방해했습니다. 신경 쓰시지 마시고 어서 가보십시오."

병자가 몇 번씩 고개를 숙였다.

세풍이 아낙에게 말했다.

"그쪽도 그만 가보시오. 괜한 일에 기운 빼지 말고. 기력도 달릴 텐데……."

"괜한 일인지 아닌지 나으리께서 어찌 아십니까?"

아낙은 눈을 홉뜨고 세풍을 보았다.

병자가 세풍과 아낙의 사이에 끼어들었다. 병자는 다시 세풍에게 머리를 조아리며 어서 가시라고 했다. 세풍은 병자와 아낙을 번갈아 보다가 걸음을 뗐다. 당사자가 원치 않는데 굳이 더 있을 수도 없었다.

세풍은 은우와 산골짜기로 접어들었다. 인적이 끊겼다. 물소리, 새소리뿐이었다. 세풍이 걸음을 멈추고 은우에게 다가갔다. 은우도 걸음을 멈추었다.

"은우님, 제가 용한 의원이라고 믿으신다면 무슨 일이 있는지 말씀해 주십시오."

"역시 이름난 심의는 다르시군요."

은우는 어젯밤 현령에게 연희의 아버지를 만나 달라고 부탁한 일을 들려주었다. 심병을 부끄러워하는 아버지 때문에 속상하다고 했다. 아침에 아버지에게 어젯밤 행동에 대해 사과를 하고, 아버지를 다시 설득해 보려고 하다가 그냥 나왔다고 했다.

"치료는 은우님도 거부하셨잖아요."

세풍은 은우를 처음 봤을 때 칼바람처럼 차갑고 날카롭던 모습을 떠올리며 투정하듯 말했다. 은우가 미안한 눈으로 웃음을 지었다.

"우린 의원이라 병자와 병증만 보면 되지만, 연희 아버지와 현령께서는 의원이 아닙니다. 그들은 아버지이죠. 아버지라서 우리가 생각하지 못하는 점까지 우려하시겠지요."

"그런가요?"

세풍이 고개를 끄덕이며 생각했다.

'아버지도 나를 위해 내리신 결정이었을까?'

세풍과 은우는 외딴 초가 앞에 다다랐다. 효자 아들은 오늘도 어머니 곁을 지키고 있었다.

"의원님 덕분에 어머니가 많이 좋아졌어요. 참말로 감사합니다."

아들은 식사를 대접하고 싶다며 두 사람을 붙잡았다. 세풍은 거듭 사양했다.

"좋은 약도 공짜로 주셨잖아요. 여기 의원님은 침도 놓아 주셨고요. 사람이면 마땅히 은혜를 알아야지요. 이거라도 해드리지 않으면 저는 사람이 아니라 짐승이에요. 부디 사양치 마세요."

세풍은 아들의 진심을 외면할 수 없었다. 은우와 들마루에 앉았다. 아들은 소반 위에 닭백숙 한 그릇을 내왔다.

"소금이 없어서 간이 어떨지 모르겠어요."

아들은 음식을 대접하면서도 미안해했다. 소금은 없는 집이 더 많았다. 세풍이 괜찮다고 하였다.

은우는 불편해 보였다. 집 밖에서 음식을 드는 일이 편치 않으리라. 세풍은 은우에게 효자 아들의 성의를 생각하여 맛있게 먹고 가자고 했다.

"지난번에 동헌에서도 암탉을 먹었는데……."

세풍이 닭다리를 뜯어 은우의 그릇에 덜어 주었다.

"어머니께서 암탉을 워낙 좋아하셔서……가 아니라 유 의원님을 좋아하셔서 닭을 잡으셨네요."

은우가 어깨를 으쓱하며 웃었다.

"의원님도 어서 드세요."

은우가 젓가락을 들었다. 세풍이 손을 멈추고 은우를 보았다.

"은우님은요?"

은우가 세풍을 보았다.

"은우님도 좋아하세요?"

"그럼요. 맛있네요."

은우가 살을 발라 입에 넣었다.

"암탉 말고 유 의원이요. 은우님도 유세풍 의원을 좋아하세요?"

은우가 물끄러미 세풍을 바라보았다.

5

며칠간 큰 바람이 일고 작달비가 쏟아졌다. 폭풍은 멎었으나 비는 그치지 않았다.

은우는 부엌으로 가려던 참이었다. 부엌에서 기름 냄새가 맛있게 풍겨 왔다. 남해댁이 빈대떡을 부치고, 단희와 입분, 할망이 모여 앉아서 빈대떡을 주워 먹고 있었다.

"의원님들 드려야 하니까 그만들 먹어."

남해댁이 자꾸만 사라지는 빈대떡을 보면서 말했다.

"만들어 갖다 바치는 사람이 먹는 것도 늦게 먹어야 돼?"

입분이 빈대떡을 찢어서 할망의 입에 넣어 주면서 말했다.

"입분이 말이 맞다."

할망이 맞장구를 쳤다.

"할망, 나 오늘은 못난이 아니야?"

"맛난 거 줄 때는 입분이."

"그럼 나는? 나는 맛난 거 만들잖아."

"너는 두부."

"예쁜 것들 다 놔두고 왜 두부야?"

"메주보다 예쁘잖아."

"그럼 저는요?"

할망이 단희를 한참 보았다.

"우리 풍이하고 풍이 색시한테 맛난 것 갖다 줘야 되는데……."

은우는 부엌으로 들어가려다가 세풍의 방을 보았다. 세풍이 툇마루 쪽으로 난 방문을 열어놓고 비를 바라보고 있었다. 은우는 며칠 전 세풍과 나눈 대화를 떠올렸다.

"유 세풍 의원님을 좋아해요."

은우가 대답했다. 효자 아들의 집에서 백숙을 먹을 때였다. 세풍의 눈이 반짝거렸다.

"계지한 의원님도 좋아하고요. 두 분은 제게 스승이시자 새로운 삶을 열어 주신 은인이세요."

"그렇군요."

세풍이 고개를 끄덕였다.

"은우님은 거짓말을 안 하시니까……."

세풍이 미소를 지으며 젓가락을 들었다. 그 미소가 어딘지 모르게 쓸쓸해 보였다.

단희가 소반에 빈대떡 두 접시를 받치고 나왔다.

"지금 가려던 참이었는데요."

"유 의원님 갖다 드려."

"계 의원님과 아씨 건데……."

"계 의원님은 내가 갖다 드릴게."

은우가 부엌으로 들어가 빈대떡 상을 가지고 와 계 의원의 앞에 놓고는 일어섰다.

"은우님은 안 드셔?"

"전 밖에서 먹을게요. 장군이랑 드세요."

은우가 장군을 불렀다. 장군이 고개를 흔들며 은우를 힐끔거렸다.

"와서 빈대떡 먹어."

장군이 주뼛거리며 방 안으로 들어왔다.

은우는 대청에 서서 세풍의 방을 바라보았다. 세풍의 목소리가 들렸다.

"생각 없구나. 만복이 주거라."

단희가 방에서 나와 만복을 불렀다. 만복이 약재 창고에서 나왔다. 단희와 만복이 빈대떡을 앞에 놓고 대청과 연결된 건넌방 앞 툇마루에 걸터앉았다.

은우는 대청에 앉아 비가 내리는 모습을 지켜보았다. 은우는 세풍의 방으로 시선을 옮겼다. 대청과 방을 가르는 벽을 사이에 두고 세풍도 이 비를 바라보리라. 은우는 세풍의 마음을 짐작했다. 그 마음을 낫게 하는 방법도 알았다.

하지만 어쩔 수 없었다. 당장 세풍의 마음을 생각하여 옳지 않은 길로 갈 수 없었다. 비난받는 길로 갈 수 없었다. 은우는 갑자기 가슴이 시렸다. 다시 비를 바라보며 다짐했다.

'내 선택이 옳아. 의원님을 위해서도, 나를 위해서도 내 선택이 옳아.'

은우는 억지로 미소를 지었다.

"너 아씨는 맑은 날인데, 우리 서방님은 장마철이다. 마음속에 비가 주룩주룩 내리는구나."

"뭔 소리예요?"

"우리 서방님이 좀 아프시다. 이 말이야."

단희가 세풍이 있는 방 안을 보고 고개를 갸웃거렸다.

"펄펄 나는 꾀꼬리는 암수가 정답건만, 외로워라 유 의원은 뉘가 와서 달래 줄꼬?"

"아재 그런 것도 알아요?"

"나 배울 만큼 배운 종놈이야. 어릴 때부터 우리 서방님 글공부할 적에 곁에서 같이 배웠다니까. 물론 우리 만길이 형님보다는 못했지만……."

만복은 한숨을 쉬었다.

"어라, 먹을 거 앞에 두고 웬 한숨이에요?"

"그러게……. 비가 오니 마음이 괜히 싱숭생숭하는구나."

"안 빼앗아 먹을 테니 아재 다 드세요."

단희가 은우 곁으로 왔다. 은우가 아무것도 보지 않고, 듣지 않은 것처럼 딴청을 피웠다.

"유 의원님이 편찮으신가 봐요."

"그래?"

"만복 아재 말이 마음에 비를 맞았다나 뭐라나, 비를 많이 맞아서 고뿔 기운이 있으신가 봐요."

조선 정신과 의사 유세풍

"그래."

입분이 상을 들고 나와 방으로 들어갔다. 남해댁과 할망도 뒤를 따랐다. 남해댁이 은우를 불렀다.

"아씨도 어서 가서 드세요."

단희가 은우를 재촉했다. 은우가 고개를 끄덕였다. 발걸음이 쉬이 떼지지 않았다.

깊은 밤, 연희가 눈을 떴다. 잠자리에서 일어나 방문을 열었다. 사위가 어두웠다. 연희가 방을 나와 어둠 속을 헤쳤다. 꿉꿉한 땅을 딛고 집을 나섰다. 골목을 벗어나 들로, 들을 벗어나 강변으로…… 사뿐사뿐. 연희는 밤 산책을 시작했다.

연희가 그네에 올랐다. 모처럼 바람도, 비도 없는 밤이었다. 그네를 타고 하늘로 오르기에 좋은 밤이었다. 모처럼 바람도, 비도 없었다.

그네가 몇 차례 하늘로 솟았다 내려오면서 오른쪽으로 기울어졌다. 오른쪽 그넷줄이 길게 늘어졌다. 폭풍우 때문에 축사와 초가들이 망가졌다고 했다. 그네라고 멀쩡할 리 없었다. 그넷줄이 늘어나고 연희가 몸을 비틀거렸다. 줄이 탁, 끊어졌다. 연희가 바닥으로 떨어지는 순간, 어둠 속에서 세풍이 달려 나와 연희를 받았다.

"연희야!"

연희 아버지가 달려왔다. 집에서부터 연희를 쫓아왔다고 했다.

연희는 자면서 꿈을 꾸는데 억지로 깨워서는 안 된다는 세풍의 말을 듣고 먼발치서 지켜보다가 그넷줄이 위태로운 걸 보고 달려왔다고 했다. 연희 아버지는 연희에게 왜 이런 몹쓸 증상이 나타났는지, 하늘을 원망하며 연희를 지켜보았다고 했다. 가슴이 무너질 것만 같았다고 했다.

"그네가 그리 좋으면 아비한테 하나 장만해 달라 할 것이지, 왜 이리 위험한 일을 벌이느냐?"

연희 아버지가 가슴을 치며 한숨을 내쉬었다.

연희는 세풍에게 기대어 눈을 감고 있었다. 편안해 보였다. 은우가 어깨에 걸친 쓰개치마를 벗어 연희에게 덮어 주었다.

"연희는 잠이 들었습니다."

"감사합니다. 의원님."

연희 아버지가 가슴을 쓸어내렸다.

"며칠 잠잠하더니 오늘은 다시 증상이 나타났군요."

"매일 밤 우리 연희를 보러 오셨습니까?"

"밤길이 위험하지 않습니까?"

연희 아버지가 고개를 숙였다.

"유 의원님, 아씨. 우리 연희를 부탁합니다. 현령 나으리께 말씀 다 들었습니다. 유 의원님이 부인과 아씨의 병도 낫게 해주셨다고요."

은우의 입이 살짝 벌어졌다. 은우도 몰랐던 눈치였다.

"오늘 뵈니 알겠습니다. 현령 나으리 말씀대로 믿고 맡겨도 되는 의원이시라는 걸요."

다음 날, 세풍은 연희의 집으로 갔다. 연희가 샛노란 모시 저고리와 분홍치마를 입고 세풍을 기다리고 있었다.

"연희야, 피곤하진 않니?"

"피곤한 것 같기도 하고, 아닌 것 같기도 하고요."

세풍은 연희의 병증을 설명해 주었다.

"하여 사람들이 저를 구미호라고 착각했군요."

"그래. 하나 넌 구미호가 아니라 아플 뿐이란다. 약 잘 먹고 침 잘 맞으면 곧 좋아질 게야."

세풍은 연희와 함께 집을 나서서 연희의 밤 산책길을 걸었다.

"저 그네야. 아버지가 곁에서 지키고 계셔서 다행이었어."

연희가 끊어진 그네를 보고 이마를 찡그렸다.

"다음에는 어디로 갈지 짐작하겠니?"

"숲이요."

"그래. 그다음에는?"

"무덤이요."

세풍이 고개를 끄덕였다.

"한데 왜 무덤일까?"

"어머니예요."

연희의 눈이 붉어졌다.

연희 친어머니는 몇 해 전에 죽었다. 연희가 간 곳은 어미와 함께 간 곳이고, 연희가 한 일은 어미와 함께 한 일이었다. 연희가 절을 하고 잠이 든 무덤은 어미가 묻힌 자리였다. 아버지는 몇 년 후,

새장가를 들었다. 새어미를 맞기 전날, 아버지는 연희를 불렀다.

"이제 돌아가신 어머니는 잊거라."

연희가 놀란 눈으로 아버지를 쳐다보았다. 아버지는 어미를 계속 그리면 새어미가 속상할 테니 새어미를 친어미처럼 여기며 살라고 했다. 어미의 물건도 다 치워 버렸다. 어미의 이야기는 입 밖에도 내지 못하게 했다.

"새어머니도 좋은 분이세요. 제게 잘해 주시지만…… 그래도 어머니 같지는 않아요. 저는 여전히 어머니가 생각나고, 보고 싶어요. 어머니를 아예 잊어버리게 될까 봐 겁도 나요."

세풍과 연희는 무덤가에 나란히 앉았다.

"연희야, 혹시 요술 부리는 세월을 들어봤니?"

"세월이 요술을 부려요?"

세풍이 고개를 끄덕였다.

"사람들은 기억 때문에 괴로워한단다. 하여 세월이 요술을 부려서 기억을 희미하게 만들었지. 한데 세월이 그만 실수를 해버렸단다. 좋은 추억까지 희미하게 만들어버린 게지. 사람들은 추억과 사랑하는 사람들마저 잊을까 걱정했어. 그때 세월이 말했단다. 기억이 희미해지는 대신에 사랑은 짙어질 거야. 네 마음이 변하지 않는다면."

"……"

"연희는 어머니를 사랑하는 마음이 변할 것 같니?"

"아니요."

"그럼 기억이 희미해져도 어머니를 향한 사랑은 짙어질 거야. 어머니의 물건이 없어도, 어머니를 입에 담지 않아도, 어머니는 연희 마음속에서 사라지지 않는단다."

세풍은 어미의 사랑을 품고 있는 연희가 부러웠다. 세풍에겐 어미와의 추억이 없었다. 아린 배를 달래는 어미의 손길이 얼마나 부드러운지, 추운 밤 싸늘한 몸을 보듬는 어미의 품이 얼마나 따뜻한지, 긴 밤 자장가를 들려주는 어미의 음성이 얼마나 달짝지근한지 알지 못했다.

"하니 연희야, 어머니를 많이 그리고, 많이 보고 싶어 하렴."

"아버지 말씀을 거역하게 돼도요?"

"음, 연희에게 이 이야기도 해야겠구나. 생각도 요술을 부린단다. 네가 아무리 어머니를 생각해도 아버지는 모르셔. 아버지 모르게 마음껏 생각하렴."

"정말 그래도 돼요?"

"그럼. 자식들은 원래 아버지 말씀을 조금은 듣지 않는단다. 나는 많이 안 듣지만. 이건 우리끼리 비밀로 하자."

세풍이 눈을 깜빡였다. 연희 아버지와 긴 이야기를 나누어야겠다고 다짐했다. 은우에게도 연희 어머니와 이야기를 나눠달라고 부탁해야겠다고 생각했다.

장맛비가 멎자 구미호 범죄가 다시 일어났다. 사람들은 여전히 연희를 의심했다. 현령도 세풍도 괴로웠다.

날이 저물었으나 의원에는 병자들이 많았다. 망나니 병자도 세풍을 찾았다. 병자는 탕약을 다 먹었는데도 잠을 못 이룬다고 했다. 잠이 들어도 노루잠을 자다가 깬다고 했다.

"내게 숨기는 게 없는가?"

병자가 입술을 옴짝달싹하였지만 말을 하지는 않았다.

"혹시 잠자리에 들면 가위에 눌리지 않소?"

"아…… 예."

병자가 세풍의 말투에 당황해하며 고개를 끄덕였다.

"또 다른 증상도 있을 게요."

병자가 머뭇거렸다.

"나는 의원이고, 그대는 병자요. 나는 그대의 병을 고치려는 사람이지 그대의 잘잘못을 판단하는 사람이 아니오. 하니 그대가 겪고 있는 증상을 솔직하게 말해 주시오."

"……사실은, 쇤네가 귀신을 봐요."

망나니가 세풍의 눈치를 살폈다. 세풍이 담담한 얼굴로 물었다.

"어떤 귀신이오?"

"제가 죽인 자들이요."

귀신을 보는 병은 '사수'라고 했다. 사수 병자들은 헛것을 보고 듣고 횡설수설했다. 하나 이 병자는 사수맥이 아닌데…… 그렇다면 망나니로서 사람을 죽인 데 대한 죄책감 때문일까, 세풍은 생각했다.

"사람을 죽인 건 그대의 일이지 그대의 뜻이 아니오. 그대는 할

52 　　　　　　　　　　　　　　　조선 정신과 의사 유세풍

일을 했을 뿐이니 그들의 죽음을 마음에 두지 마시오. 자신을 나무라지 말고 마음을 편히 가지시오."

병자가 잠시 주저하다가 물었다.

"혹시 그들이 한이 깊어 저승으로 가지 못하고 원혼으로 남아 제 주변을 떠돌고 있다면요?"

"원혼? 죽으면 끝이라오. 원혼이 어디 있겠소?"

병자가 아랫입술을 깨물었다.

"아직도 마음이 불편하시오?"

"예."

"원혼들이 그대의 곁에 떠돌고 있다고 생각하시오?"

"예."

"그 이유를 알고 있을 테요. 그 때문에 괴로워서 잠이 들면 그들이 보이는 게 아니오? 내게 말해 주시오. 괴로움을 털어버리면 마음이 조금은 편해질 거요."

병자가 한숨을 내쉬고 입을 열었다.

"망자의 가족들에게 재물을 받았구먼요. 제 손에 재물을 얼마를 쥐어 주느냐에 따라 그들을 보내는 방법이 달라졌지요. 재물을 많이 주면 편안히 보내 주었고, 재물을 주지 않으면 고통스럽게 보냈어요. 제 칼끝에서 비명을 지르며 피눈물을 쏟아내던 이들이 잠자리에 누우면 나타나요. 제가 잘못했어요. 의원님."

병자가 두 손을 모으며 고개를 숙였다.

"내게 사과할 일은 아니오."

병자가 고개를 들었다.

"잘못을 알고 죄책감을 느끼고 있으니 지금이라도 바로잡을 수 있소. 우선 원혼을 달래는 방법을 알려 주겠소. 내가 시키는 대로 하면 더는 원혼이 보이지 않을 것이오."

"참말 그런 방법이 있습니까?"

물론, 없었다. 하지만 병자에게는 거짓 방법이라도 도움이 되리라. 세풍은 마른침을 한번 삼키고 고개를 끄덕였다.

"잠들기 전 북쪽을 향해 두 번 절하고, 그들에게 잘못했다고 용서를 비시오. 진심으로. 그대의 진심을 알고 나면 그들이 떠날 게요."

병자는 고개를 끄덕이며 그렇게 하겠다고 약조했다.

큰방이 시끄러웠다. 세풍과 병자가 동시에 그쪽을 보았다.

"똥구녕에 뜸뜨다가 똥통에 나자빠지는 소리 할 거야?"

계 의원이 목청을 높였다. 헛소리하지 말라며 방에 누운 병자를 야단쳤다.

"진짜예요. 고질병은 생간을 먹으면 싹 낫는대요."

"부랄에 뜸뜨다가 똥구녕이 터져 봐야 정신을 차리지?"

"소인이야 물론 안 믿지요."

병자가 꼬리를 내렸다.

"병은 의원이 고치는 거야. 한 번만 더 개똥구녕 같은 소리 하면 네 똥구녕에 대침을 쑤셔 박을 거야."

"소인이야 아프면 무조건 계 의원님이지요. 다 아시면서 이러실까."

병자가 능청을 떨며 웃었다.

그 순간 세풍의 머리에 번쩍 하고 번갯불이 일었다. 세풍이 자리에서 일어나 의원을 나갔다.

세풍은 검은 숲을 달려 모자의 집에 도착했다. 고깃국 냄새가 은근했다. 세풍은 부엌으로 갔다. 솥에 닭이 끓고 있었다. 시렁을 뒤졌다. 사발 안에 간이 있었다.

가난한 집에 올 때마다 고깃국 냄새가 났는데, 현령 댁에서도 귀해서 자주 먹지 못하는 닭을 대접받으면서도 왜 의심하지 않았을까? 세풍이 우두망찰하는데 인기척이 났다.

세풍은 뒤돌아보았다. 효자 아들이 서 있었다.

"당신이 범인이었어."

아들이 방망이를 치켜들고 세풍을 향해 내리쳤다. 세풍의 머릿속에 다시금 번갯불이 일었다가 꺼졌다. 눈앞이 캄캄하고 머릿속이 아득해졌다.

6

"수문신, 지붕신, 조상신, 성주신, 지붕신, 조왕신, 지신, 철륭신, 터주신, 지발 우리 서방님을 살려 주셔유."

만복이 제가 아는 모든 신을 부르며 제 잘못을 고했다. 세풍은 깨어나지 못했다.

"천지신명님, 지가 일곱 살 때 어매가 우리 서방님 갖다 드리라던 꿀떡을 지 혼자 꿀꺽 처먹었구면유. 잘못했슈. 개떡도, 곶감도, 약과도 서방님 드려야 하는 걸 지 혼자 다 처먹었구면유. 잘못했슈. 지가 고집해서 서방님 밥시중을 들었는데 시중은 안 들고 서방님이 남기시는 음식을 다 처먹었구면유. 잘못했슈. 지가 아홉 살 때 팔봉 아재가 우리 서방님 갖다 주라던 딱지를 지가 다 해처먹었구면유. 지가 열 살 때 영감마님이 우리 서방님 갖다 주라던 먹으로 엿 바꿔 처먹었구면유. 잘못했슈. ……이 밖에 기억나지 않는 죄도 다 잘못했슈. 천벌은 지가 다 받을 테니 지발 우리 서방님만 살려 주셔유. 아이고, 서방님."

만복이 바닥을 치며 울부짖었다.

"시끄럽다."

"야야, 이제 조용히 할 테니께 우리 서방님만 살려 주셔유. 우리 서방님 돌아가시면 우리 어매와 영감마님, 돌아가신 참봉 나으리를 어찌 뵌대유?"

"만복아."

"야, 지 만복이어유. 죄 많은 지를 벌하시고, 죄 없는 우리 서방님을 살려 주셔유."

"만복아!"

세풍이 음성을 높였다. 만복이 눈을 떴다.

"네가 그래서 무살이 오른 게로구나."

"지 몸은 물에 빠져서……. 그게 중요한 게 아니지유. 아이고, 서방님 천지신명께서 쉰네의 기도를 들어주셨구먼유!"

"천지신명이 아니라 이 몸이 살린 게지."

계 의원이 은우와 방 안으로 들어서며 말했다. 세풍이 일어나려다가 머리를 짚었다. 머리가 무거웠다.

"누워 있어."

"어떻게 된 일입니까?"

세풍이 의원을 뛰쳐나가고 망나니 병자가 뒤따라 나왔다. 병자는 제집이 있는 달말로 돌아가는 길이었다. 달말 초입에서 세풍이 소락산 숲길로 접어드는 모습을 보았다.

'이 밤에 어딜 가시려나? 요새 소락 분위기가 흉흉한데……'

병자는 구미호 사건을 떠올렸다. 약값도 못 드리는데 방해하지 않고 호위해드려야겠다, 생각했다. 방향을 틀어 세풍이 가던 길을 따랐다. 세풍을 쫓다가 외딴 초가 마당에서 젊은 사내가 방망이를 챙겨 부엌으로 들어가는 것을 보았다. 처음엔 세풍을 해치려는 줄 몰랐다.

사립문 너머에서 안을 기웃거리며 세풍을 기다리는데 사내가 기절한 세풍을 끌고 나왔다. 병자는 곧장 사내를 제압하고 세풍을 데려왔다.

"앞으로 밤중에 왕진은 가지 마."

"한 푼이라도 더 벌어 오라던 분이 하실 말씀은 아닌 듯합니다만."

"내 식구 다치는 건 싫다. 필요한 건 은우님한테 말하고, 만복이
는 나와라."

만복은 세풍의 곁을 지켜야 한다고 했다. 계 의원이 눈을 부릅
떴다. 만복이 울상을 지으며 세풍을 한 번 보고서는 방을 나갔다.

곧 방 안에는 은우와 세풍만 남았다. 세풍이 일어나 앉았다.

"누워 계셔도 돼요."

"아닙니다. 이제 괜찮습니다."

"계 의원님이 유 의원님을 정말 아끼세요."

"아끼기는요. 미워하지만 않아도 다행입니다."

"절 믿으세요. 제겐 계 의원님의 마음이 다 보여요."

세풍은 잠시 은우를 보다가 고개를 떨구었다. 은우에게 제 마
음도 보이는지 묻고 싶었지만 묻지 않았다.

"은우님은 거짓말을 안 하시니까요."

세풍은 시선을 바닥으로 떨구었다.

구미호 사건의 진짜 범인인 효자 아들이 하옥되었다. 아들은
세풍을 꼭 한 번 만나고 싶다고 사정했다. 날이 저물고, 세풍은 은
우와 단희를 쫓아 의원을 나섰다. 만복이 저도 가겠다고 따라 나
섰다. 범인도 잡혔고, 동헌으로 가는 길은 위험하지 않다고 했지
만 만복은 고집을 부렸다.

"잊으셨어요? 우리가 어떤 사이인지……."

"잊을 리가 있겠느냐?"

세풍이 한숨을 쉬었다.

"암요. 잊으시면 안 되지요. 제가 서방님의 부적이잖아요. 참봉 나으리께서 절대로 서방님과 떨어지지 말라고 하셨는데, 저번날도 제가 안 따라가서 그 사단이 난 거예요. 참봉 나으리께서 오시면 쇤네를 꾸중하실 거예요."

"돌아가신 할아버님께서 어찌 오시느냐?"

"꿈자리에 오신다고요. 머리 풀고, 무섭게 막 인상 쓰시면서요."

"그건 진짜로 할아버님께서 오시는 게 아니라 네 생각이야. 네가 할아버님 생각을 안 하면 안 오실 거야."

"그래도 제가 서방님 부적은 맞잖아요. 제가 가야 해요."

"의원에 있어. 일이 많은데 공밥 얻어먹으면서 뭐라도 도와야지."

"전 굶지요. 굶는 한이 있어도 서방님을 지킬 거예요."

"네가? 참말?"

만복이 침을 삼켰다.

"앞으로 어디를 가시면 가신다 말씀하고 다니실 거지요?"

"그래."

"오늘은 동헌에만 가시는 거지요?"

"그래."

"그럼 언제 오실 건데요?"

"그건 가봐야 알지."

단희가 세풍이 오는지 확인하기 위해 의원으로 들어왔다. 세풍과 만복의 대화를 듣다가 말했다.

"두 분 꼭 부부 같으시네요."

세풍이 헛기침을 하였다.

"틀린 말도 아니지요."

세풍이 이를 앙물었다.

"만복아. 은우님이 함께 계시니 별일 없을 게야. 다녀오마."

세풍이 대문을 나섰다. 만복이 은우에게 절을 했다.

"우리 서방님 좀 잘 좀 봐 주세요. 여러모로……. 제가 참 걱정이 많네요."

세풍과 은우가 출발했다.

"서방님, 일찍 들어오세요."

만복이 뒤에 서서 소리쳤다.

세풍은 옥사로 갔다. 긴 칼을 찬 아들은 세풍을 보자 고개부터 숙였다.

"죄송해요. 의원님."

아들이 눈물을 떨구었다.

"사람 간이 제일 좋고, 여의치 않으면 짐승 간이라도 좋다고 해서……. 제가 잘못했어요. 용서해 주세요."

"……자네 어머니 병은 내가 꼭 고치겠네."

세풍은 달리 할 말이 없었다. 무거운 발걸음으로 옥사를 나왔다. 동헌 앞뜰 대추나무 아래에서 은우가 세풍을 기다리고 있었다.

"연희는 어머니 때문에 병이 들고, 저자는 어머니 때문에 죄를 지었군요. 두 사람 다 안타깝습니다."

"어머니는 자식을 병자로도, 죄인으로도 키워낼 수 있는 존재인가 봐요. 의원님 어머님은 어떤 분이신가요?"

은우가 큰 눈으로 세풍을 올려다보았다.

"어릴 때 돌아가셨습니다. 하여 잘 모르겠어요. 많이 편찮으시던 모습 외에는 기억이 나지 않습니다."

"아…… 죄송해요."

은우가 초롱꽃잎처럼 고개를 떨궜다.

"대신 제겐 어머니 같은 아버지가 계시죠. 아버지가 어머니셨고, 아버지셨고, 스승이셨어요. 한데 아버지가……."

세풍은 말을 이을 수 없었다. 아버지에게서 도망쳤다 생각했는데, 아버지를 잊었다 생각했는데, 여전히 아버지의 그물 속에서 파닥거리고 있었다. 은우가 근심스러운 얼굴로 세풍을 불렀다. 세풍이 표정을 바꾸고 부러 밝게 웃었다.

"저를 좋아하시는 어머님께서 오늘은 어떤 음식을 주시려나요?"

"어머님이요?"

"은우님의 어머님이시니 제게도 어머님이 되실 수 있지 않을까요?"

은우가 고개를 갸웃거렸다. 세풍은 말해 놓고 보니 민망하였다.

"어서 가시죠."

세풍은 앞장서며 인상을 구겼다.

다음 날, 연희네 가족이 계수 의원을 방문했다. 연희 아버지는 사례로 가지고 온 보따리를 내려놓았다.

"아이고, 뭘 이런 걸 다……. 하나 사양치 않겠소."

계 의원의 입꼬리가 올라갔다.

"연희, 오늘 기분이 좋아 보이는구나."

은우가 연희의 손을 잡았다.

"네. 아버지와 어머니와 어머니 산소에 다녀왔어요. 그리고……."

연희는 이야기를 계속했다. 새어머니가 연희 친어머니의 물건을 다 찾아주었다고 했다.

"이건 아버지가 버리셨는데……."

"어머니 물건을 어찌 버리시겠니? 네가 슬퍼할까 봐 아버지께서 감춰 두신 거야."

"새어머니는 괜찮아요? 내가 이 물건들 봐도요?"

"그럼. 나도 매일매일 우리 어머니 물건을 보면서 어머니를 생각하는걸."

"어른들도 어머니를 그리워해요?"

"물론. 어른이 되어도 어머니 앞에선 늘 아이란다. 아이처럼 조르고, 칭얼대고, 아이처럼 보고 싶어 한단다."

새어머니는 어미 생각이 날 때마다 혼자 애태우지 말고 이야기를 나누자고 했다. 추억도 위로도 나누자고 했다.

"그래. 우리 연희 병도 곧 낫겠구나. 유 의원님한테 맥 짚고, 약 지어달라고 하자."

은우가 연희를 세풍의 방으로 데리고 갔다. 연희가 세풍을 보자마자 물었다.

"의원님을 홀린 여인이요. 구미호보다 더 무서워요?"

세풍이 은우를 보고 눈을 멀뚱히 떴다.

"응. 내게는……."

은우가 일어섰다.

"그럼 혼인하세요."

은우가 방을 나가다가 놀라서 멈칫했다.

"혼인해서 백 일이 지나면 착한 사람이 될 거예요."

연희가 웃었다.

"고맙다. 좋은 방법을 알려 줘서."

세풍이 환하게 웃으며 고개를 끄덕였다.

며칠 뒤, 한 아낙이 계수 의원에 와서 세풍을 찾았다. 낯이 익었다. 누르께한 얼굴과 마른버짐, 퀭한 눈, 남루한 차림. 일전에 망나니 병자에게 침을 뱉고 욕을 하던 아낙이었다. 세풍은 아낙을 제 방으로 데려갔다.

어찌 왔냐는 세풍의 질문에 아낙이 대답했다. 자고 일어나 보니 마당에 곡식 자루와 언문 서신 한 통이 있었다고 했다. 서신에는 몸이 아프면 계수 의원, 유 의원님을 찾으라고 쓰여 있었다고 했다.

"의원님이 두고 가시지 않으셨어요?"

아낙이 물었다. 세풍은 짚이는 데가 있었다.

"죽은 남편의 선물인 것 같소. 양식은 잘 먹고, 아프면 약값 걱정 말고 치료 받으시오."

"의원님은 땅 파서 의원하세요? 어찌 비싼 약을 공짜로 주신대요?"

"그건 부유하신 화객님들한테 받으면 되오. 그러니 아무 걱정하지 마시오."

세풍이 웃었다. 나도 이제 정녕 계 의원 닮아가는구나, 생각했다. 그 후에도 곡식 자루와 계수 의원, 유 의원을 소개하는 서신을 받은 병자들이 더 왔다 갔다.

효자 아들의 사형 집행일이었다. 세풍은 만복과 함께 소락성 서문 앞, 사형장을 찾았다.

망나니가 죄인에게 다가갔다.

"아프지 않게 보내드릴게요. 당신의 혼을 위해 기도하겠어요."

망나니가 단칼을 휘둘렀다.

구경꾼들이 흩어지고 세풍이 망나니를 보러 갔다. 약재를 전해

주고 상태를 물었다.

"의원님이 알려 주신 방법이 참말 용해요. 자기 전에 진심으로 용서를 빌었더니 귀신이 참말 하나둘씩 사라졌어요."

세풍이 망나니를 보고 웃었다.

"고마웠소."

"쉰네가 뭘요? 제가 의원님께 감사하지요."

"일전에 내 목숨을 구해 주었잖소."

"가진 건 힘밖에 없는 놈한테는 아무것도 아니구먼요. 제가 참말로 감사하지요. 제 말에 귀 기울여 주시고, 절 사람으로 대해 준 양반님은 유 의원님이 처음이세요. 감사합니다, 의원님."

망나니가 상체를 기울여 세풍에게 절을 했다.

"아닙니다. 그리 말씀해 주셔서 제가 더 고맙습니다."

세풍도 몸을 낮추었다.

세풍과 만복이 의원으로 돌아가는 길이었다. 낯익은 사내 하나가 세풍을 불렀다. 동헌에서 만난 적이 있는 오작인이었다. 오작인이 벌겋게 피가 모인 눈으로 다가왔다. 할 말이 있는 듯 입을 옴짝달싹했다.

"밤에 잠을 못 자고, 귀신을 보지요?"

만복이 물었다. 오작인이 고개를 끄덕였다.

"가요. 우리 심의 유세풍 의원님께서 싹 고쳐 주실 거예요."

만복이 오작인의 팔짱을 끼며 세풍을 보았다. 이를 드러내고 함빡 웃었다.

그날 저녁, 병자들이 물러가고 세풍은 은우의 방을 찾았다. 끝방이자 제 옆방이었다. 방 사이로 난 사잇문으로 얼굴을 내밀었다.

"여기가 명의 은우님이 계시는 곳입니까?"

은우가 웃었다.

"명의는 아니고, 명의가 되고 싶어 하는 의생입니다만……."

"곧 의원이 되시겠는데요? 부인병도 잘 고치고, 심병도 고치신다고 들었습니다."

"그래, 유 의원님께서는 무슨 병이실까요?"

"잠을 잘 못 잡니다."

은우가 눈을 동그랗게 떴다. 금시초문이라는 눈치였다.

"어떤 사람이 자꾸 생각나서요."

"누구……."

"무서운 사람. 절 홀린 무서운 사람……."

은우가 세풍을 가만히 보다가 입을 열었다.

"오늘부터는 편히 주무실 거예요. 제가 의원님의 곁은 지켜드릴 수 없지만 의원님의 꿈길은 지켜 드릴 테니까요."

좋으면서도 아픈 말이었다. 세풍은 가슴에 한줄기 빛과 함께 비가 쏟아졌다.

병신들의 운명

1

한여름 해가 빠지고 있었다. 별들이 하나둘씩 얼굴을 내밀었다. 세풍이 갓을 쓰고 끈을 묶었다. 밖으로 나갔다. 은우가 마당에 서서 주위를 두리번거리고 있었다. 단희를 찾고 있으리라. 은우의 귀가 시간이 되면 늘 먼저 나와 기다리고 있는 아이였다. 세풍이 은우에게 다가갔다.

"단희를 찾으십니까?"

"예."

"성안에 약첩을 배달하고 곧장 동헌으로 돌아가라고 하였습니다."

"예……."

은우가 말끝을 길게 늘였다. 아쉬워하는 듯한 표정이었다.

"이제부터 은우님의 밤길은 제가 지켜드리겠습니다."

은우가 큰 눈을 더 크게 뜨고 세풍을 바라보았다. 세풍은 그 시선이 싫지 않았다.

세풍은 은우와 함께 의원을 나섰다. 은우가 고개를 살짝 숙이고 옆으로 비켜섰다. 세풍에게 길을 터 주었다. 먼저 가라는 뜻이었다. 세풍이 오른손을 앞으로 뻗으며 은우에게 먼저 가라는 뜻을 내비치었다.

"아니어요. 의원님 먼저……"

"아닙니다. 은우님 먼저 가십시오."

세풍과 은우 사이에서 거절과 양보의 언행이 몇 차례 왔다 갔다 했다.

입분과 만복이 대문간에 서서 두 사람을 보고 있었다. 입분이가 마른 꼴뚜기처럼 뒤틀린 표정을 지으며 한마디 했다.

"뭐 하는 거야?"

"양반님들은 지킬 것도 많고 차릴 것도 많아 참 피곤들 해."

만복이 대문으로 나가 목청을 높였다.

"아씨께서 우리 서방님의 눈앞에서 무사히 가시는 걸 보셔야 우리 서방님 마음이 놓이신다네요."

세풍이 만복을 향해 이마를 찡긋거렸다. 닥치고 들어가라는 뜻이었다. 세풍이 만복을 흘겨보고서는 앞장섰다. 은우가 웃으며 세풍의 뒤를 따랐다.

두 사람은 의원 골목을 빠져 나와 내리막길을 따라 걸었다. 세풍이 몸을 돌려 은우에게 다가왔다. 은우가 걸음을 멈추었다.

세풍이 은우의 앞에 섰다. 은우의 얼굴 가까이로 손을 가져갔다. 은우가 고개를 들고 세풍을 올려다보았다. 세풍이 은우의 머리 뒤로 손을 가져가 쓰개치마를 벗겨 내렸다. 쓰개치마가 은우의 어깨 위에 살포시 떨어졌다.

풀벌레가 울었다. 은우의 하얀 얼굴 위로 별빛이 쏟아졌다.

"이제 시원하실 겁니다."

은우가 주위를 살폈다.

"아무도 없습니다."

은우가 고개를 끄덕였다.

"먼저 가십시오."

은우가 걸음을 뗐다.

하나, 둘, 셋, 넷, 다섯. 세풍이 걸음을 뗐다. 은우와 세풍의 거리가 벌어졌다. 법도와 세간의 시선이 정한 거리였다.

두 사람은 풀꽃 냄새 그득한 들길을 지나 소락성 동문 앞에 도착했다. 은우가 걸음을 멈추고, 세풍도 걸음을 멈추었다. 은우가 몸을 돌려 세풍에게 절을 하였다. 동행해 주셔서 감사하다는 뜻이었다. 세풍도 절을 했다. 두 사람이 성문 앞에서 헤어졌다.

은우가 성문 안으로 들어갔다. 세풍은 은우가 떠난 자리를 물끄러미 바라보다가 걸음을 뗐다. 성문 안으로 들어가 걸음을 서둘렀다. 저만치 은우의 뒷모습이 보였다. 은우는 오가는 사람들의 시선을 피해 다시 쓰개치마를 쓰고 있었다.

세풍은 천천히 은우를 따라갔다. 몇 채의 민가를 지나 시전을 지나 북쪽으로 걸음을 옮겼다. 몇 개의 관청을 지나 동헌으로 들어갔다. 세풍은 은우의 모습이 동헌 안으로 사라지는 것을 보고 의원으로 돌아왔다.

다음 날, 세풍은 은우와 함께 새말 부잣집 노부인의 택진을 갔다가 돌아오는 길이었다. 날이 후텁지근했다. 볕은 뜨겁고 대기는 축축했다. 가만히 있어도 땀이 줄줄 흘렀다. 엿기름을 들이부은 양 온몸이 끈적거렸다. 세풍은 걸음을 멈추고 은우를 보았다. 은우가 쓰개치마로 얼굴을 폭 싸매고 따라왔다.

"덥지 않으십니까?"

"더워요."

은우가 웃었다.

"쓰개치마라도 벗고 가시지요."

"낮이잖아요."

"당분간 낮엔 왕진을 삼가야겠습니다."

"계 의원님이 밤에 다니지 말라고 하셨잖아요. '내 식구 다치는 건 싫다' 하시면서요."

은우가 계 의원의 흉내를 내며 웃었다.

"저도 내 사랑, 아……."

세풍이 입을 벌린 채 가만히 있었다. 은우가 눈동자를 슬그머니 위로 옮겨 세풍의 시선을 피했다. 숲에서 매미가 시끄럽게 울었다.

"사람이 다치는 게 싫습니다."

"날이 좀 덥다고 다치기야 하나요? 어서 가요."

세풍이 다시 앞장섰다. 세풍과 은우는 다섯 보는 떨어져 있었다. 세풍은 보속을 줄여 은우와 거리를 좁혔다. 은우는 보속을 늦춰 세풍과 거리를 넓혔다. 두 사람의 거리가 가까워졌다가 멀어졌다. 세풍이 은우와 나란히 서려 하면 은우는 자꾸만 뒤로 물러났다.

"나란히 걸으면 아니 되겠습니까?"

은우는 쓰개치마를 여미고 주위를 경계했다.

"보는 눈이 많습니다. 어서 가시어요."

세풍은 망설였다.

"과부가 외간 사내랑 나란히 걷는다면 세간의 입방아에 오르내릴 거예요."

세풍이 앞장섰다. 녹엽 아래로 풀꽃들이 고개를 내밀었다. 하늘은 파랗고 들은 푸르고 날은 밝았다. 그러나 세풍의 마음에는 먹빛 구름이 일었다. 빗물이 떨어지고 검은 웅덩이가 떠올랐다. 웅덩이에 비친 은우의 모습이 애처로웠다.

"앞니 빠진 갈가지 아무 데나 가지 마라. 앞도랑에 가지 마라 피리새끼 놀랜다. 뒷도랑에 가지 마라 송어새끼 놀랜다. 방구 밑에 가지 마라 다람쥐가 놀랜다."

아이들의 노랫소리에 웅덩이가 사라졌다. 세풍은 고개를 들고 주변을 살폈다. 예닐곱 먹은 아이들이 돌을 던지며 노래를 불렀다. 돌은 걸인 두 사람을 향해 날아들었다. 옷은 천 조각을 조각

조각 붙여 기워 입었고 머리는 봉두난발이었다. 상투를 틀지 않아 정수리의 속알머리가 휑하니 드러났다. 세풍이 아이들을 쫓았다. 아이들은 쫓겨 가면서도 노래를 불렀다.

"감사합니다, 나으리."

걸인 하나가 고개를 숙이고 절을 했다.

"달리 감사드릴 방법은 없고, 쇤네가 점을 좀 쳐 드리겠습니다."

세풍이 걸인들을 바라보았다. 점을 봐주겠다는 이의 눈은 초점 없이 먼 허공을 젓고 있었다. 맹인이었다. 그 곁에 선 이는 팔한 짝이 없었다. 걸음을 뗄 때마다 다리도 절었다. 하나 남은 팔과 성치 않은 다리를 흔들어 대면서 끊임없이 무언가를 중얼거렸다. 마치 제 앞에 있는 누군가에게 이야기를 하는 듯하였다.

"괜찮네."

세풍은 맹인의 앞에 놓인 바가지에 엽전 하나를 넣었다.

"공짜 밥은 먹지 않습니다."

맹인은 바가지를 세풍에게 내밀었다.

"그럼 내 점괘를 봐주게."

은우가 다가왔다. 냄새가 심할 텐데 은우는 아무렇지 않게 맹인 앞에 앉았다. 맹인은 은우에게 사주를 물었다. 은우가 사주를 알려 주자 맹인이 눈을 감았다. 엄지를 중지, 검지 위로 옮기면서 문지르다가 눈을 떴다. 맹인이 초점 없는 눈매를 길게 늘어뜨리고 웃었다.

"북풍이 지나갔으니 봄 동산에 꽃이 가득 피겠습니다."

은우가 웃었다.

"고맙네."

은우가 엽전 하나를 더 넣어 주었다.

세풍은 맹인 옆에 있는 자를 유심히 보다가 가까이 다가갔다. 불쾌한 냄새에 잠시 숨을 멈추었다. 가만히 살펴보니 얼굴에 주름은 없으나 수염과 머리가 허옜다. 맹인은 아니지만 시선은 허공을 맴돌았다. 세풍은 그의 손목을 잡고 맥을 짚었다.

"나는 의원일세. 계수 의원으로 오게."

"이 친구는 귀신 들린 병신으로 살다 길에서 죽을 팔자입니다. 마음 쓰지 마십시오, 나으리."

맹인이 대신 대답했다.

"팔자? 그딴 게 어디 있는가? 병이 있으면 치료하면 될 것을."

걸인들과 헤어지고 세풍과 은우는 나무 그늘 아래에서 잠시 볕을 피했다. 은우는 세풍에게 왜 점괘를 보지 않았는지 물었다.

"자기 앞도 못 보는 맹인이 어찌 다른 사람의 운명을 볼 수 있겠습니까?"

"눈을 뜨면 보이지 않는 것들이 눈을 감으면 잘 보일지도 모르잖아요?"

"다 혹세무민하는 소리입니다."

"그래도 전 기분이 좋아졌어요. 위로를 받은 듯해요. 봄 동산에 꽃이 가득 핀다니 그자가 점친 운명이 꼭 맞았으면 좋겠어요."

세풍이 고개를 돌려 은우를 바라보았다. 은우는 여전히 쓰개치마를 쓰고, 세풍과 거리를 두고 서 있었다. 은우가 소락산 진초록 봉우리를 응시하며 웃었다.

세풍은 오전 내내 어제 본 걸인 병자를 기다렸으나 오지 않았다. 병자의 증상은 사수. 보고 듣고 말하고 행동하는 모든 것이 망령된 증상. 심하면 평생 보거나 듣지도 못했던 일을 말하고 귀신을 보기도 하는 병. 기혈이 극도로 허하거나 신이 허한 경우 또는 담화가 성하여 정신이 안정되지 못하는 경우 생기는 병증이었다.

세풍은 만복을 불렀다.

"사람을 좀 찾으러 가야겠다."

"지금요?"

만복이 하늘을 보며 얼굴을 찌푸렸다. 볕은 어제보다 더 뜨거웠다.

"그래. 채비를 하거라."

"중요한 사람인가요?"

"치료를 받아야 할 병자이니라."

"아프면 오겠지요."

"오지 않으니 찾으려는 것이다."

"어디 사는지는 아시고요?"

"모른다. 이제부터 찾아봐야지."

"의원이 오지 않는 병자를 찾으러 다니기까지 해야 돼요?"

만복이 수건을 꺼내 땀을 훔쳤다.

"난 찾으러 다녀야겠다. 넌 싫으면 의원에 있거라. 나 혼자 나가마."

"아뇨, 서방님의 만복, 서방님의 부적이 함께 가야지요. 이까짓 더위, 쩌죽기밖에 더 하겠어요?"

세풍은 채비를 하고 방을 나왔다. 계 의원이 부채를 부치면서 마루로 나왔다.

"떠돌이 걸인들을 어디서 찾겠다고?"

계 의원이 물었다.

"소락현 안에 있겠지요."

"너무 힘들면 포기하고 와. 의원이 탈이 나면 쓰나."

"다녀오겠습니다."

계 의원은 만복을 불러 부채를 하나 건네주었다. 만복은 부채를 멀뚱히 보았다.

"갖고 가."

만복은 부채를 받아 들고 세풍을 따라 나갔다.

"남해댁, 제호탕 좀 준비하오."

계 의원이 부엌간을 향해 소리쳤다.

2

세풍은 전날 병자를 만났던 곳으로 갔지만 병자도 맹인도 보이지 않았다. 주변을 뒤져봐도 없었다. 세풍은 그늘에서 놀고 있는 아이들에게 다가가 물어보았다. 아이들은 고개를 저으며 모른다고 했다. 남을 놀리는 데는 신나 하던 아이들이 오늘은 병든 닭 마냥 얌전했다.

"산으로 들어갔어요."

사내아이 하나가 소락산을 가리키고 손을 내밀었다. 세풍은 엽전을 건네주었다.

"설마 소락산까지 뒤지려는 건 아니시지요?"

"산은 좀 시원할 게야."

만복이 한숨을 내쉬었다. 얼굴에서는 땀이 줄줄 흐르고 등짝은 이미 함빡 젖어 있었다.

"너 먼저 돌아가거라. 나는 골말까지는 가봐야겠다."

"안 돼요. 지난번에 산속에서 황천길 갈 뻔한 일은 다 잊으셨어요? 저 없이 또 무슨 봉변을 당하시려고요? 같이 가셔요."

산속으로 들어오니 한결 나았다. 산그늘과 산바람이 땀과 열기를 식혀 주었다. 만복은 계곡물에 목과 몸을 축였다. 두 사람은 바위에 앉아 잠시 쉬었다. 만복이 세풍에게 부채를 부쳐 주었다.

"서방님, 이렇게까지 하시는 모습은 처음 봬요."

세풍은 고개를 돌려 만복을 보았다.

"전에는 병자들이 서방님을 찾았지 서방님이 병자들을 찾지는 않으셨잖아요."

세풍은 지난날을 떠올리며 엷은 미소를 지었다.

"요새 사람들 말이, 서방님도 계 의원님만큼 어진 의원이래요."

세풍은 고개를 저었다. 저는 한참 멀었다. 계 의원이야말로 명의이자 인의였다.

"한데 저는 어쩐지 좀 걱정이 돼요. 서방님이 소락도, 계수 의원도, 여기 의원 노릇도 참말 좋아하시는 것 같아서요."

"좋아하는데 왜 걱정이냐?"

"한양도, 대궐도, 서방님의 출셋길도 영영 멀어질까 봐서요. 서방님이 얼마나 공부하고 애쓰셨는지 다 아니까요."

"대궐이 어디 내가 돌아가고 싶다고 돌아갈 수 있는 곳이겠느냐?"

"왜요? 영감마님도, 아니 이제 대감마님이지요. 대감마님도 높은 분 되셨잖아요."

아버지 유후명은 얼마 전 종일품 숭록대부의 품계를 받았다. 대왕대비전의 시치를 무사히 끝내고 공을 인정받았다고 하였다.

"너는 돌아가고 싶으냐?"

"우리 집인데 서방님은 돌아가고 싶지 않으세요?"

세풍은 답하지 못했다. 내의원으로 돌아가기를 바랐지만, 아버지가 있는 집으로는 아직 돌아가고 싶지 않았다. 또 이제는 소락을 떠나기도 싫어졌다.

"아씨 때문이지요?"

"아니야."

세풍은 만복의 시선을 외면하며 얼굴을 붉혔다. 제 마음을 고스란히 들킨 것 같았다.

"지도 다 알아유."

만복이 엉덩이를 털면서 일어났다. 세풍이 만복의 등에 대고 말했다.

"알긴 뭘 아느냐? 계 의원님께 배울 게 아직 많이 남았다."

잊을 만하면 임순만이 나타나 계 의원이 광의라며 아버지에게 확인하라고 하였지만 세풍은 개의치 않았다. 제가 보고, 알고, 느낀 계 의원의 모습만 믿기로 했다. 계 의원은 진정 의원이었다.

세풍과 만복은 골말에서도 병자를 찾지 못하고 의원으로 돌아왔다. 의원이 여느 때보다 시끄러웠다. 남해댁, 입분, 단희와 병자들까지 들마루 둘레에 모여 있었다. 남해댁이 세풍을 보며 어서 오시라고, 손짓했다.

"의원님도 한번 보세요. 은우님이 용한 점쟁이를 데리고 왔어요."

들마루에 세풍이 찾던 맹인 점쟁이와 사수 병자가 있었다. 맹인 점쟁이는 의원 식구들과 병자들의 점괘를 봐주고 있었다. 그의 말 한마디에 사람들이 맞장구를 치기도 하고 박장대소하기도 했다.

세풍은 툇마루에 주저앉았다. 이제야 몸이 힘들다고 느꼈다. 만복은 세풍의 곁에 앉았다가 몸을 눕혔다. 남해댁이 부엌에서 사발 두 개를 들고 나왔다.

"만복아, 이놈아, 일어나라. 의원님을 모신다는 놈이 자빠져서 뭐 하는 거고?"

"서방님이랑 저 사이는 그냥 웃전과 종놈 사이가 아니라니까요."

"무슨 사인데?"

"이건 뭡니까?"

세풍이 끼어들었다.

"제호탕이에요. 아직 덜 우러났지만 우선 드세요. 더위 먹은 데는 이게 제일 좋다면서요."

만복이 벌떡 일어났다.

"제호탕! 대궐에서 드시는 거 맞지요?"

제호탕은 여름이면 임금과 웃전들이 꼭 마시는 음료였다. 오매육, 사인, 백단향, 초과를 고운 가루로 내어 꿀에 재워 끓였다가 냉수에 타서 마셨다. 대전과 대왕대비전, 대비전에는 우유에 타서 올리기도 하였다.

세풍은 제호탕을 몇 모금 마시고 고개를 갸웃거렸다. 제호탕 맛이 아니었다.

"칡뿌리, 오미자, 인삼, 맥문동이군요."

"예, 아직 맛이 심심하지요. 차게 식힌 걸 드리려고 미리 떠놨어요. 저녁에는 진국으로 드실 수 있어요."

세풍은 제호탕을 마저 마셨다. 궁중 제호탕보다 더 시원했다.

점사가 끝나고 맹인과 병자가 대청에 자리 잡았다. 세풍은 방 안에서 그를 관찰하였다. 병자는 우는 소리로 중얼댔다. 이따금씩 웃기도 했다. 노래를 하는 듯도 하였다.

"우리 오늘 음식 많이 했는데 먹을 복이 있네."

남해댁이 보리와 조가 섞인 쌀밥, 무를 댕강 썰어 넣고 끓인 된장국, 장아찌, 볶은 나물과 무친 나물, 무김치, 호박전, 어포로 상을 차려 왔다. 남해댁은 밥상을 맹인과 사수 병자 사이에 놓았다.

맹인은 허겁지겁 밥숟갈을 떴다. 보이지 않을 텐데도 음식을 잘도 찾아 먹었다. 사수 병자는 숟가락을 들지 않았다. 남해댁이 숟가락을 쥐어 줬다. 병자는 밥을 한 술 뜨고 중얼중얼, 국을 한 술 뜨고 중얼중얼거렸다. 그사이 맹인은 허발하고 밥그릇을 비웠다. 밥과 국을 더 받아서 또 먹었다.

"천천히 들어요. 아무도 안 빼앗아 먹어."

남해댁이 맹인을 말렸다. 맹인은 이 음식이 평생 유일한 음식인 양 무서울 만치 빠르게 먹어 치웠다. 나중에는 수저도 팽개치고, 손으로 되는대로 음식을 집어 입에 쑤셔 넣었다. 남해댁이 찬을 맹인 앞으로 당겨 주었다.

"그래 맛있나? 하기야 내가 워낙 음식 솜씨가 좋다."

맹인이 갑자가 일어섰다. 눈동자를 희번덕이며 맨발로 마당으로 내려갔다. 몸을 비틀비틀대다가 주저앉아 구토를 시작했다. 만복이 달려가 맹인의 등을 두드렸다. 맹인은 고통스럽게 소리를 질러대며 먹은 음식을 다 게워냈다.

맹인은 대청에 뻗었다. 계 의원이 그의 손가락을 사혈하고 시침했다. 손가락과 발가락에 검은 피가 맺혔다. 맹인은 기운이 다 빠진 듯 축 늘어져 있었다. 세풍이 맹인에게 다가갔다.

"자네, 단순한 체증이 아니네. 몸에도 마음에도 병이 들었어. 우리 의원에 며칠 머물면서 시료 받게."

맹인이 세풍의 손을 덥석 잡았다. 손가락으로 손금을 훑었다.

"인명을 살리는 귀한 손입니다."

"의원의 손이니 당연할밖에."

세풍은 코웃음을 치며 손을 빼내려 했다. 맹인은 세풍의 손을 더 세게 움켜잡았다.

"하나 지금은 길을 잃었습니다. 곧 칼바람이 불어와 의원님의 목을 조를 터이니 의원님께서도 이미 짐작하고 계시는 바입니다."

"헛소리 그만하게."

세풍은 당황하며 손을 뺐다. 얼굴이 붉어졌다.

"남들의 운명이 아니라 자신의 몸을 돌보게."

세풍은 굳은 얼굴로 방 안으로 들어와 자리에 앉았다. 세풍은 다시 얼굴이 어두워졌다. 곧 칼바람이 불어 의원님의 목을 조를 것이니 의원님께서도 이미 짐작하고 계시는 바입니다. 맹인의 말이 칼날이 되어 목을 겨누는 듯했다.

3

아침부터 떡시루에 들어앉은 듯, 날이 쪘다.

은우는 땀을 닦으며 계수 의원으로 향했다. 소락산을 바라보았다. 쓰개치마를 벗고 두 뺨으로 맞던 소락산의 시원한 공기가 그리워졌다. 머리카락을 적시던 소락산의 바람도 간절했다.

"단희야. 내 앞으로 걸어가 보렴."

단희가 눈을 멀뚱히 뜨고 은우를 바라보았다.

"어서. 네가 먼저 걸어 가."

단희가 어줍게 앞으로 나아갔다. 출발해, 라는 말에 걷기 시작했다. 은우도 단희를 따라 걸었다. 숲에서 저를 앞세우고 걷던 세풍을 생각했다. 생각하면 할수록 그 마음이 고마워 은우의 마음도 자꾸만 세풍을 향해 움직여 갔다.

은우가 의원에 들어섰다. 남해댁, 입분, 할망, 만복이 머리를 맞대고 들마루에 앉아 있었다. 심각한 표정으로 속닥거리고 있었다. 무슨 일 있냐는 은우의 물음에 남해댁이 조용히 말했다.

"유 의원님께 혼담이 들어왔어요."

은우가 잠자코 있었다. 생각지 못한 일이라 어떻게 반응해야 할지 몰랐다.

"은우님도 싫죠?"

입분이 물었다.

"내가 좋고 싫고 할 게 어디 있겠어? 의원님 일인데……. 경사 잖아. 의원님께 잘된 일이네요."

"아니에요."

남해댁이 얼굴을 찌푸렸다.

"혼담을 넣은 이가 임순만이에요. 은우님도 아시죠? 계 의원님

원수."

"그 작자가 남해댁 아주머니를 불러서 매파 노릇을 하라고 했대요. 성사만 되면 값은 두둑이 쳐주겠다고요."

"유 의원님 아버님께서 아주 높은 대감이 되셨대요."

숭록대부요, 하고 만복이 덧붙였다.

"해서 연을 맺으려고 그러는 거예요. 그 작자가 벼슬자리에 한이 맺혀서 높은 양반하고는 무조건 닿고 보자는 심산을 갖고 있어요."

"그래도 그 댁 아씨께서 참한 분일 수도 있잖아요."

은우가 말했다.

"뭐, 그래도 딸은 잘 키웠다고 하더라고요."

남해댁이 고개를 끄덕였다.

"안 돼."

입분이 소리쳤다. 만복이 세풍의 방을 가리키면서 목소리를 낮추라고 눈치를 주었다.

"난 이 혼인 반댈세."

"나도 안 돼. 우리 풍이 색시는 따로 있어."

할망이 은우의 손을 잡았다.

"할망, 이분도 진짜 풍이 색시는 아니거든."

입분이 할망을 흘겨보았다.

"색시는 차라리 만복이지."

남해댁이 웃었다.

"만복이 넌 어째 가만히 있어? 네가 죽고 못 사는 네 서방님 일인데?"

만복은 슬쩍 은우를 보고 한숨을 쉬었다.

"저는 우리 서방님이 이번에는 참말로 사랑하는 분을 만나서 백년해락했으면 좋겠어요."

"뭔 락?"

입분이 물었다.

"백년해락. 백 년 동안 함께 즐거웠으면 좋겠다고."

"사람이 어떻게 백 년을 살아?"

입분이 입술을 비죽거렸다.

"그게 너는 아니고?"

남해댁이 만복을 놀리듯이 물었다.

"저와 우리 서방님의 부부연은 벌써 끝났지요."

"뭔 소리래?"

만복이 머리를 긁적이며 세풍의 방을 흘깃 보았다.

"제가 우리 서방님의 만복이, 부적인 건 아시지요?"

세풍이 세 살 때였다. 구토와 설사 증상이 생겼는데 인삼과 백출산을 써도 낫지 않았다. 얼굴이 창백하고 턱이 뻣뻣하고 몸이 차가웠다. 세풍의 아버지 유후명도 더 이상 도리가 없겠다고 생각했다.

"원래 부인 한 명보다 사내 열을 치료하기가 쉽고, 부인 열 명보다 아이 한 명을 치료하기가 어렵거든요."

만복이 『동의보감』에 나오는 말을 인용했다.

"그래서?"

남해댁이 재촉했다.

세풍의 조부인 유 참봉이 승려를 불러 기도를 청했다. 승려의 말이 세풍에게 곧 귀인이 찾아와 병을 씻은 듯이 낫게 할 것이니 염려 말라는 것이었다.

그리고 다음 날, 만복이 태어났다. 만복이 태어나면서 세풍의 병이 거짓말처럼 나았다. 해서 유 참봉은 만복에게 '만복'이라는 이름을 주고, 만복을 세풍에게 주었다.

"네가 그 귀인이라고?"

"귀인도 보통 귀인이 아니지요. 실은 저와 서방님이 부부 사이였거든요. 전생에."

은우와 남해댁, 입분이 웃었다.

신기한 일은 또 있었다. 만복이 태어나자 유 참봉은 만복 어미를 세풍의 유모로 배정하였는데, 세풍은 더 이상 젖을 먹지 않았다. 만복은 전생의 아내였던 제게 양보한 것이라고 하였다.

"그래서 유 의원님은 호리호리하신데 너는 이래 뚱뚱한 거라."

"어쨌든 우리 서방님한테 부부 이야기는 비밀이에요. 부끄러워하시거든요."

만복이 방 안에 있는 세풍을 애정 어린 눈길로 바라보며 웃었다. 세풍이 고개를 들고, 은우를 향해 웃었다.

할망이 들마루에 올라서서 은우의 귀에 속삭였다.

"아가, 우리 풍이는 너밖에 없어. 알지?"

은우가 세풍에게 고개를 숙여 인사를 하고서는 계 의원의 방으로 갔다.

세풍이 사수 병자에게 나이를 물었다.

"마흔은 안 되었을 겁니다."

사수 병자 대신, 곁에 앉은 맹인이 대답했다. 맹인은 한 시도 병자의 곁을 떠나지 않았다.

세풍은 병자의 맥을 짚었다. 느리고 숨어 있는 듯하면서 참새가 모이를 쪼듯이 뛰는 맥.『내경』에서 이르는 사수맥이었다.

"헛것을 보거나 듣고, 횡설수설 헛소리를 하며, 이상한 행동을 보였을 걸세."

"나무 구멍에 고인 빗물을 마시면 사귀를 물리칠 수 있지요."

"사귀가 어디 있는가? 오랫동안 잘 먹지 못하고, 잘 자지 못하고, 근심한 탓에 원기가 부족하고 기혈이 허해져서 생긴 병증이네."

세풍은 붓을 들고 약방문을 쓰려다 말고 머뭇거렸다.『동의보감』에서 치약治藥으로는 도노원, 벽사단, 살귀오사환 등을 처방하였고, 물리치는 양법으로는 회춘벽사단, 이자건살귀원 등을 처방하였다. 그런데 양법이 마뜩치 않았다. 호두골, 주사, 웅황, 귀구, 귀전우, 무이로 환을 만들어서 주머니에 한 알을 넣고, 남자는 왼쪽, 여자는 오른쪽 팔에 차라고 했다. 또 병자가 있는 방 안에서 태우면 모든 사귀가 가까이 오지 못한다고 하였다.

세풍은 『동의보감』의 처방 대신에 백강잠, 백복령, 오수유, 육계, 인삼, 천오를 처방하였다.

"공짜 약은 받을 수 없습니다."

"우리 의원에서는 시료를 하고 대가를 바라지는 않네."

물론 예외는 있지만……. 세풍은 헛기침을 하였다.

"약값을 내겠습니다."

맹인은 방을 나가 툇마루에 앉았다. 품에서 낡은 소금 하나를 꺼내 불었다. 계수 의원에 소금 소리가 울려 퍼졌다. 의원들도, 의원 식구들도, 병자들도 잠시 하던 일을 멈추고 맹인의 연주를 들었다. 연주 솜씨가 보통이 아니었다. 세풍은 그가 젊은 시절, 악사이지 않았을까 생각했다.

연주가 끝나고 세풍이 맹인에게 물었다.

"둘은 어떤 사이인가?"

"길바닥에서 오다가다 만난 사이입니다."

세풍이 병자를 보았다.

"병자의 팔다리는 날 때부터 상한 게 아니네. 어찌하다 저리되었는가?"

"병신 팔자로 태어났으니 병신으로 살아야지요. 달리 연유가무어 있겠습니까?"

"팔자가 어디 있는가? 제 의지와 노력에 달린 것이지."

"하여 의원님의 생은 의지와 노력대로 가고 있습니까?"

세풍은 말문이 막혔다. 맹인이 웃으며 일어섰다.

세풍이 만류하는데도 맹인은 병자를 데리고 의원을 떠났다. 거지가 남 신세를 지면 진짜 거지가 된다고 했다. 세풍은 의원 골목에 서서 두 사람을 바라보았다. 맹인이 병자의 하나 남은 팔을 잡았다. 병자가 뒤뚝뒤뚝 다리를 절었다. 맹인의 걸음걸이에 맞추어 보속을 늦추는 듯하였다.

사수 병자는 활인서에서 돌보던 고아였다. 호란 중에 부모를 잃었다. 고향도 이름도 나이도 몰랐다. 활인서에 함께 있는 아이들은 '멍청이'라고 부르다가 나중에는 '멍멍이'라고 불렀다.

어느 날 중년 사내가 활인서를 찾아왔다. 자식도 없고 양자로 들일 일가친척도 없어서 대를 이을 아들을 입양하겠다고 했다. 아이들은 눈빛을 반짝이며 더러운 얼굴을 치켜들었다. 사내는 아이들을 유심히 살폈다.

아이들은 모두 얼굴이 검고 몸이 야위었다. 하지만 눈썹과 이목구비는 저마다 달랐다. 눈썹이 짙고 굵은 아이, 눈이 큰 아이, 콧대가 평평한 아이, 입술이 가는 아이…… 그 가운데 사내가 찾던 아이가 있었다. 눈썹과 이목구비 때문이 아니었다. 마른 몸 아래로 드러난 굵고 단단한 뼈. 열두세 살쯤 먹은 키. 사내는 멍멍이를 가리켰다.

"쟤는 멍청이에요."

한 아이가 말했다.

"그래?"

그거 더 잘되었구나. 사내는 아이의 흐리멍덩한 눈빛이 마음에 들었다.

"멍청한 게 아니라 순한 거야."

사내가 얼굴 가득, 사람 좋아 보이는 웃음을 그렸다.

멍멍이는 사내를 따라 활인서를 떠났다. 고개를 몇 개 넘어 사내의 집에 도착했다. 집에는 또래 남자아이가 하나 더 있었다.

"네 동생이다."

사내가 남자아이에게 멍멍이를 소개했다.

"이름은…… 개도 아니고 멍멍이가 뭐냐? 오늘부터 멍게라 해라."

사내는 이름을 새로 붙여 주고 방 안으로 들어갔다.

"나는 똘이."

똘이는 멍게를 데리고 부엌 옆에 딸린 작은 방 안으로 들어갔다. 번듯한 기와를 올린 집이었는데 방에 들어오니 장판지 대신 짚이 깔려 있었다.

똘이는 부엌으로 나가 저녁밥을 지었다. 멍게는 문 옆에 쪼그리고 앉아서 똘이가 하는 양을 지켜보았다. 밥과 국과 찬, 생선 한 마리도 있었다. 멍게는 침을 꼴깍 삼켰다. 똘이는 저녁상을 차려서 안방에 들여놓고 나왔다.

멍게는 다음 상을 기대했다. 똘이는 식은 꽁보리밥 두 덩이만 뭉쳐서 방으로 들어왔다. 상도, 그릇도, 수저도 없었다.

"먹어 둬."

"우리는 비린 물고기 안 먹남?"

똘이가 멍게를 한심하게 바라보았다.

"대를 이을 아들이 된다고 하던데……"

"개소리. 얼른 처먹어."

멍게는 다음 날부터 사내의 노비 아닌 노비가 되었다. 사내가 멍게를 입양한 이유는 자식으로 키우기 위해서가 아니라 노예로 부리기 위해서였다. 똘이 역시 마찬가지였다. 호란 직후에 입양된 아이였다. 국법은 입양한 아이를 노예로 부리는 것을 금지했지만 무용지물이었다.

멍게는 하루에 꽁보리밥 한 덩이씩을 먹으면서 물을 긷고, 밭을 갈고, 마당을 쓸고, 빨래를 하고, 밥을 지었다. 사내가 사는 데 필요한 온갖 일을 다 했다. 사내는 가끔씩 여자를 데려왔다. 여자는 며칠씩, 몇 달씩 사내의 곁에 머물다가 떠났다. 얼마의 시간이 지나면 또 다른 여자가 왔다가 떠났다. 여자가 있을 때에는 여자가 사는 데 필요한 일까지 멍게가 다 해야 했다.

삼 년이 지났다. 똘이도 멍게도 턱 아래로 수염이 거뭇거뭇 올라왔다.

"이 지옥에서 나가야겠어."

똘이가 멍게의 귓가에 속삭였다. 둘은 함께 탈출하기로 약속했다.

사내가 술에 취해 곯아떨어진 밤이었다. 똘이는 멍게의 도움을 받아 잠든 사내를 밧줄로 꽁꽁 묶었다.

"난 할 일이 있어. 너 먼저 가."

"무슨 일? 곧 깨어날 텐데……."

멍게가 불안한 얼굴로 물었다.

"이놈을 이대로 두면 둘 다 곧 잡히고 말 거야."

"그럼 같이 해."

"네가 할 수 있는 일이 아니야."

"그러다가 깨어나서 잡히면 어떡하려고?"

"안 잡혀. 넌 걸음이 느리니까 먼저 달아나. 내가 집을 정리하고 고갯마루 서낭당으로 갈게."

멍게가 망설였다.

"꼭 갈게."

"무사히 올 거지?"

"응. 무사히 달아날 거야."

똘이가 웃었다. 멍게는 똘이가 걱정스러워 몇 번이나 뒤로 돌아보면서 고갯마루로 달아났다.

오래지 않아 똘이의 모습이 서낭당 고갯마루 아래에 나타났다. 멍게는 폴짝폴짝 뛰며 손을 흔들었다.

"어서 와."

똘이가 멍게를 향해 달려왔다. 손에 낫 하나가 들려 있었다. 설마, 저걸로 주인을 베기라도 하였나. 멍게는 가슴이 쿵쿵 뛰었다.

"이놈, 멍게야!"

똘이의 목소리가 쉬고 탁했다. 똘이가 아니라 주인 사내였다. 주인 사내가 달려와 낫을 높이 쳐들었다가 내리쳤다. 멍게가 비명을 질렀다. 목이 댕강 잘려 나가는 느낌이었다. 멍게는 피를 뿜으며 그 자리에 고꾸라졌다.

똘이는 멍게를 성황당으로 내보내고 주인 사내가 감춰둔 재물을 챙긴 다음 안방에 화로를 엎질렀다. 불길이 기름 먹인 장판지 위로 번져 나갔다. 똘이는 밧줄을 풀고 주인을 흔들어 깨웠다.

"아버지, 큰일 났어요. 어서 일어나세요. 불이 났어요."

주인 사내가 눈을 뜨고 벌떡 일어났다. 똘이가 베개로 불을 끄면서 소리쳤다.

"멍게 놈이 불을 지르고 도망갔어요. 재물도 다 털어 갔어요."

사내의 눈이 짐승처럼 뒤집혔다. 마당으로 뛰쳐나가 낫을 집어 들었다.

"고갯마루를 넘을 거예요."

사내가 집을 나갔다. 사내가 사라지자 똘이는 짐을 챙겨 집을 나왔다.

"멍청한 놈이 미끼로는 제격이지."

똘이는 멍멍이보다 멍청한 멍게 덕분에 무사히 달아날 수 있다고 좋아하며 서낭당 반대편으로 달아났다.

멍게는 눈을 떴다. 주위를 보았다. 제가 살던 집 헛간이었다. 목이 잘렸는데 산 건지 죽은 건지……. 멍게는 몸을 움직였다. 분명 살았다. 잘린 것은 목이 아니라 팔 한쪽이었다.

조선 정신과 의사 유세풍

멍게가 일을 제대로 할 수 없게 되자 주인 사내는 멍게를 매품팔이로 만들었다. 태형이나 장형을 집행하는 관아를 찾아다니며 매를 맞고 돈을 벌어 오게 했다. 멍게는 십수 년을 매품팔이로 살다가 한쪽 다리까지 못 쓰게 되었다.

"병신 육갑하네."

주인 사내는 욕을 해대며 멍게에게 여전히 매품을 팔게 했다.

어느 날부터 멍게는 귀신과 대화를 했다. 화를 내다가 웃다가 울었다. 매를 맞을 때에도 밥을 먹을 때에도 잠을 잘 때에도 중얼중얼했다.

"병신이 귀신까지 들려 가지고 누구 신세를 망치려는 게야?"

나이 들고 병들고 외팔에 다리마저 절고 헛소리까지 하게 되자 사내는 멍게를 내쫓았다. 멍게가 노예 생활을 한 지 이십 년 만이었다. 그사이 멍게의 검고 무성했던 수염이 허옇게 시들었다.

4

"내가 본 세상이 어땠냐고?"

맹인은 보이지 않는 밤하늘을 올려다보았다.

"까맸어. 밤처럼……."

그리고 아름다웠지, 맹인은 기억했다. 까만 밤하늘에 쌀알처럼 흩어진 별들. 공이질에 지친 토끼가 몸을 숨긴 조각달. 달빛을 닮은 하얀 얼굴. 별빛을 담은 반짝이는 눈동자. 밤하늘을 찍어 바른 까만 머리.

맹인이 처음 본 세상은 새까만 눈동자였다. 태어난 지 이레 만에 눈을 뜨고 마주한 세상이었다.

"신을 모셔라. 네게 생명과 빛을 주시리라."

까만 눈동자가 막 눈을 뜬 아기와 눈을 맞추고 노래하듯 말했다.

"네? 박수가 되라고요?"

아기 어미가 눈을 동그랗게 떴다.

"박수라니요? 안 됩니다."

아기 아버지가 손을 내저었다.

"이 아이, 신을 떠나서는 평생 어둠 속을 헤매리라."

꽹과리, 장구, 북, 바라는 장단을 타고, 피리, 해금, 대금은 가락을 탔다. 이따금 징이 울렸다. 까만 눈동자는 아기를 안고 노래를 불렀다. 장구잽이는 추임새를 넣었다. 붉은 입술은 복숭아 가지를 들고 춤을 추었다. 복숭아 가지가 아기의 머리를 간지럽힐 때마다 아기는 눈을 감았다.

"아이 이름을 성동이라 하세요. 때가 되면 다시 오겠습니다."

까만 눈동자가 굿을 끝내고 돌아가면서 말했다.

성동은 눈을 뜨고부터 무럭무럭 자랐다. 푸른 하늘, 초록 잎사귀, 붉은 산열매, 투명 빗물, 누런 흙, 검은 벌레, 하얀 눈. 세상의 색을 보고 만지고 맛보며 소년이 되었다. 성동이 열두 살이 되던

해 봄날, 까만 눈동자가 성동을 찾아왔다. 아버지는 성동을 보낼 수 없다며 까만 눈동자를 사립문 밖으로 내쫓았다.

"잊으셨습니까? 칠성신께서 저 아이를 살리셨습니다."

"참말 신이 있어 아이를 살렸다면 어찌 아이의 행복을 빼앗는단 말이오? 그런 신이라면 필요 없소. 내 자식은 사람인 내가 지키겠소."

까만 눈동자는 마당에서 놀고 있는 성동을 보면서 말했다.

"아이의 운명입니다. 피할 수 없습니다."

까만 눈동자가 돌아간 후, 아버지는 팔 한 짝을 잃었다. 늘 오가던 산에서 나무를 하다가 난데없이 호랑이를 만나 죽을 고비를 넘기고 살아남았다. 다친 아버지를 대신하여 어미가 밭일을 나갔다. 별안간 뒷걸음치던 소에 깔려 다리를 절게 되었다. 이웃들은 성동을 무당에게 보내라고 했다. 아버지는 성동을 꼭 껴안고 고개를 저었다.

얼마 후, 아버지는 시름시름 앓다가 몸져누웠다. 의원도 원인을 몰랐다. 침도, 약도 듣지 않았다. 그해 가을, 어미는 다리를 절뚝거리며 산으로 올라가 까만 눈동자를 데려왔다. 성동은 가지 않겠다고 떼를 썼다. 어미는 성동의 손을 잡고 눈물을 흘렸다. 아버지는 문틀에 여윈 몸을 기대고 담배만 피웠다.

"네 운명이야. 피할 수 없단다."

까만 눈동자는 성동의 손을 잡고 말했다.

성동은 까만 눈동자를 따라와 그녀의 신아들이 되었다. 오 년

동안 신어미와 잽이에게 무법을 배우고 장성했다. 성동은 내림굿을 하고 몸주신을 모셔야 했다. 운명이었다.

내림굿을 받기 전날 성동은 신어미를 찾았다.

"떠나겠습니다."

"그 계집 때문이냐?"

성동은 달빛을 닮은 하얀 얼굴, 별빛을 담은 반짝이는 눈동자, 밤하늘을 찍어 바른 까만 머리 여인과 장래를 약조했다.

"혼인을 해. 박수도 가정을 이룰 수 있다."

"박수의 아내는 되기 싫댔어요. 흙을 일구고 살겠어요. 남들처럼 살겠어요."

"네 운명이야. 피할 수 없어."

"아니요. 제 운명은 제가 결정하겠습니다."

성동은 신어미에게 큰절을 하고 방을 나왔다. 성동이 사립문을 밀었을 때 잽이의 목소리가 들렸다.

"이놈, 무법이 그리 우습더냐?"

성동은 뒤를 돌아보았다. 잽이가 탑삭나룻을 꿈틀대며 몽둥이를 들고 다가왔다.

"가게 둬. 신께서 결정하실 일이야."

신어미가 소리치고, 방문을 닫았다.

성동은 농부가 되었다. 제 땅은 아니었지만 김을 매고 밭을 갈고 씨 뿌리는 일이 좋았다. 방울 대신에 가래를 들고, 향내 대신에

흙내를 맡고, 무가 대신에 일노래를 불러 좋았다. 성동은 해뜰참에 돋을볕을 받으며 들에 나가 해거름에 떠오르는 으스름 달빛을 받으며 집으로 돌아왔다. 그의 곁에는 늘 하얀 얼굴, 반짝이는 눈동자, 까만 머리 여인, 아내가 있었다.

가을이 되어 추수를 하였다. 도조를 제하면 남는 몫은 많지 않았다. 하지만 성동은 제가 일군 땅과 운명이 자랑스러웠다. 아내와 들을 보면서 하루빨리 우리 땅을 갖자고 다짐했다.

"이녁, 벌써 해가 졌소?"

성동은 쪽마루에서 새끼를 꼬다가 물었다.

"아니요, 벌써 일하기 싫은 건 아니고요?"

아내가 웃었다. 해가 지더라도 새끼는 마저 꼬아야 한다고 했다.

성동은 눈을 비볐다. 눈앞에 달안개가 피어올랐다.

"왜 그래요?"

"눈이 좀 침침해서……. 피곤한가 보오. 자고 나면 좋아지겠지."

다음 날 아침 성동은 눈을 떴다. 눈앞에 까만 세상이 펼쳐졌다. 달빛을 닮은 하얀 얼굴, 별빛을 담은 반짝이는 눈동자, 밤하늘을 찍어 바른 까만 머리를 다시는 볼 수 없었다.

성동은 희망을 놓지 않았다. 궁중에서 맹인 악사를 모집한다는 소식을 듣고 장악원으로 갔다. 굿판에서 배운 피리 덕분에 악공이 되어 녹봉으로 살 수 있게 되었다. 성동이 첫 녹봉을 받고 집에 돌아온 날 아내는 몸이 좋지 않다고 했다. 성동은 아버지를 떠올리며 의원을 불렀다.

"축하하네. 자네, 아버지가 되겠어."

성동은 부지런히 피리를 불고 아내는 알뜰히 살림을 꾸렸다. 아홉 달이 지났다. 건강하던 아내는 아들을 낳고 죽었다. 일주일 후 아들도 죽었다.

"운명이라고요? 피할 수 없다고요?"

성동은 하늘을 향해 울부짖었다. 까만 밤하늘에서 자드락비가 쏟아졌다.

"아니요. 살아서 피할 수 없다면 죽어서라도 피하겠습니다."

성동은 곡기를 끊었다. 얼마 안 되는 재산을 팔아 길잡이를 구했다. 누울 자리를 찾아 고향으로 향했다. 길잡이는 하루도 못 가서 성동을 버리고 달아났다. 성동은 행인에게 갖은 멸시를 받으며 물어물어 고향에 도착했다.

개가 짖었다. 밥 냄새가 났다. 보이지 않는 눈이 뒤집혔다. 성동은 밥을 찾아 무작정 달려갔다. 바닥에 무릎을 꿇고 밥을 손으로 집어 입 안에 쑤셔 넣었다.

"이놈의 거지가 왜 개밥을 빼앗아 먹고 난리야?"

성동은 음식을 토했다. 죽으려고 곡기를 끊을 때는 언제고 개밥에 눈이 뒤집혀 개꼴을 한 제가 역겨웠다. 성동은 개처럼 울었다. 토하고 울고 토하고 울었다.

"운명을 피할 수 있더냐?"

신어미의 목소리였다.

"가자."

조선 정신과 의사 유세풍

"신은 모시지 않겠습니다."

성동의 마지막 고집이었다.

신어미는 성동에게 맹인 판수를 소개해 주었다. 성동은 낮에는 굿판에서 피리를 불고 밤에는 판수에게 점을 배웠다. 신어미가 죽고 성동은 길가로 내쳐졌다. 길을 떠돌다가 사수 병자를 만나 지난 사 년 세월을 함께했다.

"내가 본 세상이 어땠냐고? 까맸어, 지금처럼. 눈을 떴을 때나 눈을 감았을 때나 내 세상은 까만 어둠뿐이었어. 억울하냐고? 억울할 일이 뭐 있어? 타고난 팔자대로 사는 건데."

맹인은 다시 밤하늘을 올려다보았다.

"오늘은 별이 가깝구먼. 내일은 비가 오겠어."

"보여요?"

"그게 보이면 내가 이러고 살겠어? 이제 그만 가봐. 우리 멍게 깰라."

"그지. 하여튼 이 점괘 맞으면 다음에는 외양간이 아니라 마루에서 재워 주리다."

아낙이 웃으며 일어섰다. 맹인이 멍게에게 짚을 덮어주었다.

5

세풍은 소락 일대에서 유명해졌다. 사람들은 이제 계수 의원하면 침의 계 의원뿐만 아니라 심의 유세풍을 떠올렸다. 여러 의원을 전전하며 이 약 저 약을 다 써도 낫지 않는 병자들이 먼 곳에서 세풍을 만나러 왔다. 한양에서 온 이도 있었다.

남편 때문에 울화병을 얻은 부인, 시어머니의 핍박을 참다 참다가 쓰러진 며느리, 일찍이 자식과 아들을 보고 술로 세월을 견뎌온 부인들이었다. 친구에게 배신당해 억울하게 옥살이를 한 사내도 있었지만 대개 누구의 부인과 누구의 며느리였다.

『의학입문』에서는 '칠정은 모두 하나의 마음에서 나오고 칠기는 모두 하나의 기에 의해 작동하는데, 부인이 정지情志와 관련된 어떤 일에 직면해 자주 울체되는 것은 여성이 음에 속하고 또한 성性이 치우친 사정 때문이다'라고 하였지만 세풍은 부인들이 처한 삶이 그들을 병들게 할 수밖에 없다고 생각했다.

"이제 곧 내의원으로 돌아가겠네."

세풍이 한양에서 온 병자를 끝으로 오늘 진료를 마치고 방을 나왔을 때 계 의원이 다가왔다.

"심의로 유명세를 떨쳤으니 내의원으로 돌아갈 일만 남았잖아."

세풍이 계 의원을 바라보았다. 제 생각을 어찌 꿰뚫어 봤을까 싶었다.

"해서 심의가 되기로 한 거 아니야?"

물론 그랬다. 심의로 명성을 얻으면 침의가 아닌 심의가 되어 내의원으로 돌아갈 길이 열릴 수 있으리라 기대했다.

"모르겠습니다."

"뭐가? 네가 왜 심의가 되었는지? 아니면 돌아갈지 말지?"

"돌아갈지 말지요."

"왜, 선녀님 때문에?"

세풍이 계 의원을 쳐다보았다.

"네 얼굴에 다 써 있다. 선녀님이 등원했을 때랑 퇴근했을 때랑 네 얼굴이 달라."

"선녀님…… 누구요?"

세풍이 조심스레 물었다.

"우리 계수 의원에 출퇴근 하는 분. 선녀처럼 곱고 착한 분."

"그런 분이 있었습니까?"

"아니면 네 전생의 부인인 만복이던가?"

계 의원이 소리 내어 웃었다. 만복이 이 자식. 세풍이 이를 악물었다.

"선녀님은 같이 가면 되는 거고. 다음은 네 아버지가 문제인가?"

"알고 계셨습니까?"

"마음은 너만 볼 줄 아냐?"

"너와 네 아버지 사이에 무슨 일이 있는지 정확히 알지 못하지만 피하는 건 문제를 해결하는 방법이 아니야. 어쨌든 네 아버지인데 선녀님 일도 의논하려면 아버지를 만나기는 해야겠지."

"쉽지 않겠죠. 아버지도, 은우님도……."

세풍이 한숨을 쉬었다.

"선녀님이 은우님이었어?"

계 의원이 눈을 크게 뜨고 웃었다. 세풍이 계 의원 보고 이마를 찡그렸다.

"한데 제가 돌아가도 괜찮으시겠어요?"

"물론. 우리 계수 의원의 번영을 위해서는 너와 은우님이 필요하지. 하나 인생이 어찌 내 뜻대로 되냐? 네가 간다면 잡을 수는 없지."

"돌아가야겠죠?"

"은우님과 아버지 문제가 해결되면……."

"그렇죠."

세풍은 고개를 끄덕이면서도 마음이 개운치 않았다. 돌아갈 수 없는, 다른 이유가 더 있을 것만 같았다.

맹인이 병자를 멈춰 세웠다. 볕이 뜨겁지 않은 곳을 찾아 앉았다.

"괜찮아?"

병자는 대답이 없었다. 맹인이 때가 새카맣게 전 수건을 꺼냈다. 손을 더듬어 병자의 얼굴을 닦아 주었다. 병자의 얼굴에서 땟국물이 흘러내렸다.

"갈 수 있겠어?"

병자는 역시 대답이 없었다.

"안 피곤해?"

"……."

"가자."

맹인이 병자를 일으키고 병자의 팔을 잡았다. 두 사람은 나란히 출발했다.

맹인과 사수 병자는 소락을 떠나 주변 고을 장을 돌았다. 장터 한 귀퉁이에 앉아 점괘를 봐주고, 여의치 않으면 소금을 연주하여 돈푼을 벌었다. 난전에서 겨우 먹을 것을 샀다. 먹는 날보다 굶는 날이 더 많았으나 괜찮았다.

정말 곤혹스러운 것은 아이들이었다. 어딜 가든지 아이들이 따라왔다. 아이들이 모여들면 두 사람은 한구석에 숨은 듯이 쪼그려 앉았다. 놀리면 놀리는 대로 듣고, 돌을 던지면 던지는 대로 맞았다. 아이들이 물러가면 사람이 없는 곳을 찾아 몸을 숨겼다. 다리 밑이나 움막촌에서도 둘을 받아 주지 않았다. 걸인마저 꺼리는 병신의 운명이었다.

작달비가 내렸다.

"나무 밑으로 가. 큰 나무를 찾아."

사수 병자가 두리번거리다가 갑자기 비명을 질렀다.

"알았어. 알았다고."

맹인이 사수 병자를 달렸다. 보지 않아도 알았다. 사수 병자가 본 것은 당산 나무와 그 아래 서낭당일 터였다. 맹인과 사수 병자가 비를 맞으며 달렸다.

맹인과 병자는 원두막 아래에 자리를 잡았다. 맹인이 주머니에서 환약을 꺼냈다.

"약."

사수 병자가 입을 벌렸다. 맹인이 입을 더듬어 약을 넣어 주었다.

"씹어."

사수 병자가 약을 씹었다.

"물 마셔."

사수 병자가 하늘을 향해 입을 벌리고 물을 받아 마셨다.

"유 의원님 말씀이 이 약 먹으면 병이 낫는대. 귀신 안 볼 수 있대. 그러니까 무서워하지 말고 자."

사수 병자가 맹인에게 몸을 기댔다.

"내일은 소락으로 돌아갈까? 소락산 두란봉에 신선이 목욕했다는 폭포수가 있는데 그 폭포수 아래에서 목욕을 하면 모든 병이 낫는대. 계수 의원에 가서 약도 타고, 두란봉 폭포 계곡에서 목욕도 해야겠다."

"미안해……."

맹인이 귀를 기울였다. 병자는 더 이상 말이 없었다. 숨소리가 들렸다. 어느새 잠에 빠져 있었다.

은우는 대청에서 세풍, 계 의원과 함께 제호탕을 들고 있었다. 잠시 쉬는 짬이었다. 어제는 비가 내리더니 오늘은 볕이 쨍쨍했다.

"아씨, 관아에 거지 시체가 들어왔는데 팔 한쪽이 없대요."

단희의 말에 세풍이 벌떡 일어났다. 세풍은 갓도, 도포도 챙기지 않고 동헌으로 향했다.

"저거 저거 아무래도 못 돌아갈 것 같은데⋯⋯."

계 의원이 중얼거렸다.

"예?"

은우가 물었다.

"은우님이 잘 좀 해봐."

계 의원이 웃었다.

"예."

은우는 영문도 모르고 대답했다.

은우는 세풍이 매일 맹인과 사수 병자를 기다리는 것을 알았다. 하여 두 사람의 인상착의를 알려 주고, 혹 두 사람을 찾으면 알려달라고 아버지에게 부탁해 놓았다. 한데 사람의 소식이 아니라 시신의 소식이 온 것이다.

은우는 세풍과 병자를 걱정하며 세풍이 돌아오기를 기다렸다.

"병자가 맞나요?"

돌아온 세풍에게 은우가 물었다.

"아니었습니다."

"다행이에요."

은우가 가슴을 쓸었다.

"안 되겠어요."

세풍은 사수 병자를 찾아야겠다고 했다. 은우는 짐작 가는 곳이 있다며 따라나섰다.

은우는 세풍을 소락성 서문 밖으로 안내했다. 들을 지나고 마을을 지나고 숲을 지나 개천에 다다랐다.

"저 아래예요."

은우가 손가락을 뻗었다. 세풍이 은우가 손가락을 뻗은 곳으로 고개를 돌렸다. 은우는 개천을 가로지르는 다리 아래를 가리켰다. 걸인들이 모여 산다고 했다.

"이런 곳이 있는 줄은 몰랐습니다."

"저도 얼마 전에야 아버지께 들었어요."

"은우님은 여기 계십시오. 제가 다녀오겠습니다."

"아니요. 제가 의원님을 모실게요."

은우가 앞장섰다.

은우는 세풍과 다리 아래로 내려갔다. 악취가 코를 찔렀다. 아이, 여자, 노인, 병자들이 누더기를 걸치고 무표정한 얼굴로 앉아 있었다. 얼굴 위로 벌레들이 날아들었지만 내쫓지 않았다. 내쫓을 기운조차 없어 보였다.

은우와 세풍은 조심스레 걸음을 떼며 걸인들의 얼굴을 꼼꼼히 살펴보았다. 병자나 맹인을 닮은 자에게는 말을 붙이기도 하고, 얼굴을 가린 자들은 가까이 가서 확인했다. 그러나 맹인과 병자는 없었다. 세풍의 얼굴이 어두워졌다.

은우와 세풍은 무거운 마음과 몸을 옮겨 의원으로 돌아왔다. 의원 대문 앞에서 은우가 세풍을 보았다. 세풍에게 힘을 주고 싶은데 어찌해야 할지 막막했다. 세풍이 먼저 입을 열었다.

"은우님, 감사합니다."

"별 도움이 못 되었어요. 하여…… 제가 속상해요."

세풍의 눈꼬리가 살짝 올라갔다.

"그 말씀만으로 충분합니다."

세풍이 손을 뻗어 은우에게 먼저 들어가라는 뜻을 전했다. 이번에도 은우가 앞장섰다.

세풍이 의원에 들어서자마자 입분이 말했다.

"유 의원님, 맹인 점쟁이가 왔어요."

세풍은 맹인에게 달려갔다. 맹인의 얼굴과 목덜미에는 땀이, 이마와 무릎에는 피가 흐르고 있었다.

"멍게가 없어졌어요. 우리 멍게를 찾아주세요."

만복과 입분, 남해댁, 단희가 사수 병자를 찾아 나섰다. 세풍도 은우에게 맹인을 부탁하고 의원을 나섰다. 맹인이 세풍을 따라나왔다.

"상처 치료부터 받게."

"제가 가야 돼요. 제가 가야 찾아요."

맹인이 세풍의 팔을 붙잡고 사정했다. 세풍은 맹인을 데리고 의원을 나왔다. 맹인은 병자가 갈 만한 곳을 일러주었다. 한 시진 동안 소락을 돌아다녔지만 병자는 없었다.

두 사람은 의원으로 돌아왔다. 남해댁과 입분, 단희도 병자를 찾지 못했다고 했다.

은우가 맹인을 대청에 앉히고 상처를 살폈다.

"아씨, 꽃이 피는 것을 샘하여 모진 추위가 한번 찾아오지요. 하나 꽃샘추위는 짧고, 봄날은 길고, 꽃은 향기롭고, 열매는 달지요."

"그리 잘 알면 병자가 어디 있는지나 대시게."

세풍이 부루퉁한 얼굴로 맹인을 쏘아붙이고 방으로 들어왔다. 상처를 치료한 은우가 따라 들어왔다.

"의원님, 괜찮으세요?"

세풍은 말없이 은우를 바라보았다.

"속상해하시는 것 같아서……."

세풍이 어렸을 때, 맹인 점쟁이가 세풍의 집에서 밥을 얻어먹었다. 아버지는 병든 아내와 어린 세풍의 점괘를 청했다. 점쟁이는 세풍의 사나운 운명 때문에 세풍이 태어나자마자 어머니가 병이 들었다고 했다.

"……그이는 제 운명이 어지러워 두 어머니를 모신다고 했습니다. 얼마 지나지 않아서 어머니께서 돌아가셨지요."

"의원님 때문이 아니잖아요."

"물론, 병이 위중하여 돌아가셨습니다. 저는 두 어머니를 모시지도 않았고요. 아버님께서는 다시 혼인을 하지 않으셨으니까요."

"그래도 그 점괘 때문에 마음이 많이 아프셨겠군요."

세풍은 잠시 숨을 가다듬고 말했다.

"제 앞에서 말하지는 않았지만, 다들 저 때문에 어머니가 병이 들고 돌아가셨다고 생각했으니까요."

"결국 점괘라는 거, 안 맞은 거네요."

세풍은 고개를 끄덕였다.

"하여 저는 사주니, 팔자니, 운명이니, 점괘니 하는 것들을 믿지 않을뿐더러 아주 싫어합니다."

"저만큼 싫으실까요? 아시잖아요."

은우가 웃었다. 시어머니에게 '남편 잡아먹은 팔자'라는 소리를 듣던 은우였다.

"한데 그거 아세요? 점괘 중에서 좋은 일은 종종 맞는다는데요?"

세풍이 고개를 끄덕였다. 은우가 세풍을 보며 장난스러운 미소를 지었다.

"은우님의 좋은 점괘는 맞을 겁니다."

"의원님도요."

"제게 좋은 일이 있다고 했습니까?"

"올해 경사가 있으실 거라는데요?"

"무슨 경사요?"

"혼담이 들어왔다면서요?"

"아, 그건……."

세풍이 이마에 맺힌 땀을 닦았다.

"역시 점괘는 틀리는군요. 벌써 거절했으니 올해 경사는 없을 겁니다."

"또 틀렸구나."

"하지만 은우님의 점괘는 맞을 겁니다. 꽃도 피우고, 열매도 가득 얻으실 겁니다."

"예."

은우가 웃으며 방을 나갔다. 은우의 미소에 세풍은 가슴에 꽃이 피는 듯하였다.

해거름에 약초꾼들이 산에서 내려왔다. 약초꾼들이 약초를 창고 앞에 풀어 놓고, 장군에게 검사를 받았다. 장군이 좋다고 한 것은 만복이 창고에 들이고, 남해댁이 값을 쳐주었다. 통과하지 못한 것들은 약초꾼들이 따로 팔았다. 하지만 계수 의원에서 약초 값을 가장 높게 쳐주기 때문에 약초꾼들은 최상의 약초를 캐왔다.

세풍은 의원을 나서는 약초꾼들을 붙잡고, 혹시 걸인 하나를 보지 못했느냐고 물었다.

"팔 한 짝이 없고, 다리를 저네."

"그러고 보니 절름발이 하나가 폭포수 쪽으로 가는 걸 본 듯해요."

약초꾼 하나가 대답했다.

"신선 폭포예요!"

맹인이 들마루에 앉아 있다가 소리쳤다.

"목욕하러 갔을 거예요."

맹인이 일어섰다. 세풍과 맹인, 만복은 소락산으로 달렸다. 계곡을 따라 올라가 폭포수로 갔으나 병자는 보이지 않았다.

"물에 빠져서 못 나오는 건 아닐까요?"

맹인이 울 듯한 목소리로 물었다.

"그럼 떠올랐겠지요."

만복이 대답했다. 맹인은 물속으로 들어가겠다고 했다. 자기가 직접 찾아보겠다며 물에 발을 담그다가 미끄러졌다.

"앞도 못 보는 양반이 누굴 찾는다고 이래요?"

만복이 맹인을 부축했다. 맹인이 무릎을 꿇고 울기 시작했다.

"곧 날이 어두워진다면서요. 그럼 우리 멍게는 어째요?"

맹인이 무릎을 꿇고 울음을 터뜨렸다.

"이렇게 해요. 우리 의원 아씨가 사또 따님이신데, 사또께 말씀드려서 폭포수를 뒤져 달라고 해요. 제가 말씀드릴게요."

맹인이 울음을 그쳤다. 어서 아씨께 가자고 했다.

세 사람은 계곡을 벗어났다. 세풍은 맹인에게 근래 병자가 어땠는지 물었다.

"오락가락해요. 그래도 의원님이 주신 약을 먹어서인지 '오락'하는 시간이 좀 늘었어요. 제 이름이 멍게인 줄도 알고, 옛날 이야기도 했어요."

"정신이 들었을 때 가장 많이 하는 행동이나 말은 무엇이었는가?"

"울었어요. 정신이 들면 늘 울었어요. 저한테 미안하다면서요. 제게 짐이 돼서 미안하다면서요."

세풍이 걸음을 멈추었다.

"벼랑으로 가보자."

"벼랑엔 왜⋯⋯. 설마?"

맹인이 가슴을 쳤다. 세 사람은 벼랑을 향해 달렸다.

벼랑 끝에 병자가 있었다. 세풍은 맹인을 멈추어 세우고 만복을 보냈다.

"눈치채지 못하게 다가가."

만복이 신을 벗고, 병자를 향해 슬금슬금 다가갔다. 병자는 '오락' 상태인지 '가락' 상태인지 알 수는 없었으나 움직이지는 않았다. 만복은 병자의 뒤에서 그를 와락 안았다. 병자가 몸부림쳤다. 만복은 병자를 안은 채 뒤로 발랑 누웠다. 몸을 움직여 위로 올라왔다. 벼랑 끝에서 멀어지자 몸을 뒤집어 병자를 눕혔다.

세풍은 맹인을 데리고 병자에게 다가갔다. 맹인이 무릎을 꿇었다.

"벼랑에는 왜 간 거야? 떨어져 죽으려고? 네가 없으면 나 혼자 어떡하라고? 그깟 정신 좀 없으면 어때? 정신 있는 놈들이 나한테 훨씬 해코지를 많이 했어. 멀쩡하게 양팔 있고, 멀쩡하게 걷는 놈들이 우리를 더 많이 괴롭혀."

맹인이 바닥을 치며 울부짖었다. 병자는 알 수 없는 말들을 중얼거렸다.

"네가 내 눈인데 눈이 없으면 나는 어떻게 살라고? 앞 못 보는 나를 두고 너 혼자 편한 데로 가려고?"

맹인이 병자를 때리며 울었다. 병자가 중얼거리기를 그치고 맹인을 보며 눈을 껌뻑거렸다.

세풍과 만복이 맹인과 병자를 데리고 의원으로 돌아왔다. 두 사람은 상처를 치료받고 깨끗이 목욕도 했다. 남해댁이 새 옷을 내주었다.

"이래 보이 멀쩡하네. 누가 거지라고 하겠어?"

"저희 거지 아닙니다."

맹인이 대답했다.

"거지가 아니라 병자이지. 두 사람 다."

세풍이 말했다.

"저이는 말할 것도 없고, 폭식을 하고 음식을 게워내는 것도 병이오. 의원에 머물면서 시료를 충분히 받고 가오."

"전 이제 말짱합니다."

맹인이 가슴을 치며 말했다. 일전에 의원에서 겪은 체증이 다 내려갔다는 뜻이었다.

"병이 들면 병이 드는 대로, 거지가 되면 거지꼴로, 병신이 되면 병신 꼴로 다 제 운명대로 사는 게지요."

"하면 내가 둘의 운명을 바꿔 주겠소. 병이 나으면 십 년, 이십 년은 더 살 것이오."

"약값도 밥값도 다 하겠습니다. 의원님."

병신들의 운명

113

맹인의 고집에 세풍이 웃었다.

어느 날, 사수 병자의 정신이 맑았을 때 세풍이 말했다.

"당신 잘못이 아니오. 인간의 마음이 나쁘오. 약한 사람들을 착취하고 선한 사람들을 이용하려는 인간의 심보가 잘못이오. 당신은 아무런 잘못이 없소. 그러니 당신이 고통받을 이유가 없소."

6

새말 부잣집에서 세풍과 은우는 노마님의 병증을 살폈다. 기침과 가래 증상이 있어 육군자탕을 처방했다. 세풍이 침자리를 정하고, 은우가 침을 놓았다.

노마님의 병세가 많이 좋아졌다고 했다. 시료가 끝나고 며느리인 젊은 마님이 세풍과 은우에게 요기를 하고 가라고 청했다.

"그럼 사양치 않겠습니다."

세풍이 대답했다. 은우가 세풍을 보았다. 평소와는 다르다고 생각하는 것 같았다.

젊은 마님의 명에 노비들이 분란하게 움직이며 상을 봐 왔다. 오늘따라 세풍의 눈에 젊은 마님과 노비들의 모습이 달리 보였다. 이십 년간 노예 생활을 한 사수 병자가 떠올랐다. 세풍과 은우는 떡과 과일, 다식, 약과 등 보기에도 좋고 먹기에도 좋은 음식들을 대접받았다.

"약값은 어떻게 보내야 할지……."

젊은 마님이 물었다.

"면포도, 비단도, 쌀도, 무엇이든지 많으면 많을수록 좋습니다."

은우가 다시 세풍을 바라보았다. 세풍은 남은 음식도 싸 달라고 청했다.

세풍이 음식 보따리를 들고 부잣집을 나섰다. 약값은 따로 보내주기로 하였다. 은우가 세풍에게 물었다.

"저희 시어머니 기억하세요?"

"은우님 일인데 어찌 잊을 수 있겠습니까?"

"시어머니께서는 평생 시할머님을 욕하면서도 꼭 닮아 가셨지요. 의원님도 계 의원님을 꼭 닮아 가시는군요. 아니지요. 계 의원님은 먹다 남긴 음식을 싸 오지는 않으셨는데 의원님은 한술 더 뜨시는군요."

세풍이 웃었다. 계 의원을 닮았다고 하는데도 싫지 않았다.

"그래도 전 품위는 잃지 않을 겁니다."

"그건 두고 봐야 알지요."

세풍은 고개를 저었다. 제 입에서 '지랄'이니, '변'이니 하는 소리가 나올 리는 없었다.

세풍은 새말 초입에서 은우에게 먼저 돌아가라고 했다.

"저도 함께 갈게요."

"제가 어디 가는 줄 아십니까?"

"알고 있어요."

"어떻게……. 만복이조차 모르는 사실인데……."

세풍이 입술을 벌리고 쓱 웃었다.

"제게 관심이 너무 많으신 것 아닙니까?"

"관심이 생기네요. 자꾸."

세풍도, 은우도 잠시 잠자코 있었다. 세풍이 헛기침을 했다.

"그래도 은우님이 가실 데가 아닙니다. 저 혼자 다녀오겠습니다."

"의원이 어찌 병자를 가리겠어요? 저도 병자를 돌보는 사람이에요. 반가의 아녀자들처럼 내외를 하지 않는다고는 하나 부녀자들은 분명 의원님께 보이고 싶지 않은 병도 있을 거예요. 제가 도움이 될 거예요."

은우가 세풍을 보며 눈빛을 반짝였다.

세풍과 은우는 서문 밖, 걸인들이 사는 다리 밑으로 왔다. 세풍은 음식 보따리를 풀어 걸인들에게 주고, 은우와 병자들을 살폈다.

다음 날 계수 의원 문간에 걸인들이 몰려왔다. 소락 걸인들뿐만 아니라 이웃 고을 걸인들까지 들이닥쳤다. 저마다 제 병을 봐 달라고 아우성쳤다. 개중에는 멀쩡한 이들도 있었다.

"지금은 병자들이 많아서 의원님이 다 못 보셔요. 의원님이 짬이 나면 봐주실 테니까 돌아들 가 있어요."

입분이 소리쳤다. 걸인들은 밥을 달라고 고함을 질렀다.

"이 많은 입에 들어갈 밥이 어디 있어? 없어!"

남해댁이 걸인들을 내쫓았다. 걸인들은 대문을 두드리고, 발을 구르고, 소리를 치며 난동을 부렸다. 사내고, 여인이고, 아이고 막무가내였다. 결국 보리밥 한 덩이씩을 받아 들고서야 자리를 떴다. 남해댁은 한 번만 더 오면 관아에 고발하겠다고 으름장을 놓았다.

"다 누울 자리를 보고 다리를 뻗는 거예요. 저들이 의원님의 선의를 이용하는 거예요. 하나를 주면 열을 달라는 게 사람 마음이에요. 우리가 비렁뱅이들까지 다 구제할 수 없으니 더 이상 선심 쓰지 마세요. 다음에 오면 진짜 나졸들을 불러서 내쫓아야 돼요."

남해댁의 말을 듣고 세풍은 마음이 불편했다. 툇마루에 가만앉아 있자니 맹인이 지팡이를 짚고 와 세풍의 곁에 앉았다.

"의원님 잘못이 아닙니다. 의원님의 호의를 욕심내는 인간의 마음이 나쁜 게지요. 애달파하지 마십시오."

"내 심정을 어찌 아오?"

"눈이 아니라 마음으로 보니까요. 의원님처럼요."

세풍과 맹인이 미소를 지었다.

"일전에 칼바람이 불어와 내 목을 조를 거라고 하였잖소. 참말이오?"

맹인이 세풍의 손바닥을 더듬었다. 세풍이 잠자코 있었다.

"의원님의 심성이 의원님의 운명을 바꾸겠습니다. 음…… 의원님께 귀인이 들었군요."

맹인은 오늘 약값으로 세풍의 점괘를 더 봐주겠으니 사주를 부르라고 했다. 세풍은 됐다고 거절했다. 만복이 대신 세풍의 사주를 알려 주었다. 맹인이 눈을 감고 점을 쳤다. 세풍은 긴장한 표정으로 맹인을 보았다. 내심 궁금하였다.

"의원님, 자식 복이 많으십니다."

"자식이라니, 난 처도 없는데?"

"이상합니다. 자식이 하나, 둘, 셋, 넷…… 일곱인데요?"

"뭐? 일곱?"

세풍이 웃었다.

"하니 당신이 엉터리요. 팔자니 운명이니 하는 것도 다 거짓이고."

"점괘가 맞으면 훗날 제 생각을 한번 해주십시오."

맹인이 웃었다.

다음 날 해뜰참에 맹인과 사수 병자는 의원을 떠났다.

"소락에 정착하지 않겠소? 내 도와주겠소."

"제 운명대로 사는 게지요. 저희에게는 이 산야, 이 길이 고향이고 집입니다."

세풍은 쉬이 두 사람을 보낼 수 없었다. 먼발치서 두 사람을 쫓았다. 맹인과 병자가 걸음을 멈추었다.

"의원님, 연이 닿으면 다시 뵐 날이 있겠지요. 고마웠습니다."

맹인이 보이지 않는 세풍을 향해 소리치고 길을 떠났다.

"그 눈은 뒤에 달렸나 보구려."

세풍은 의원으로 돌아와 왕진을 준비했다.

"의원님, 또 거지들 보러 가시게요?"

남해댁이 물었다.

"아니요."

"예, 잘 생각하셨어요. 나라님도 구제 못하는 걸 의원님이 어떻게 하시겠어요?"

"의원은 병자를 보러 갑니다."

세풍이 미소를 지으며 덧붙였다.

"그들은 마음이 악한 게 아니라 약한 겁니다. 평생을 비빌 데 없이 살아온지라 제 선의에 마음이 약해진 겁니다. 열을 줄 수는 없지만 내가 줄 수 있는 걸 주면 됩니다. 전 둘은 줄 수 있습니다. 둘이라도 줄 수 있으니 얼마나 다행입니까?"

계 의원이 대청으로 나와 말했다.

"남해댁, 유 의원 손에 음식 좀 들려 주소."

"계 의원님마저 왜 그러세요?"

"또 벌어 오겠지. 청출어람 우리 심의 유세풍 의원님이."

세풍은 음식을 싸 들고 의원을 나섰다. 은우가 따라 나왔다. 세풍이 걸음을 멈추고 은우에게 다가갔다. 세풍이 은우의 손을 잡았다. 은우가 놀라 눈을 동그랗게 떴다.

"어디든지 저와 함께 나란히 갑시다. 욕 좀 먹으면 어떻습니까? 욕을 좀 먹어야 오래 살고, 자식도 하나, 둘, 셋, 넷, 다섯, 여섯, 일곱까지, 많이 낳고 하는 겁니다."

은우가 붉어진 얼굴로 세풍의 손을 뿌리쳤다. 주위를 살피다가 앞서 걸었다. 세풍이 은우의 곁으로 가서 빙그레 웃었다. 은우는

병신들의 운명　　　　　**119**

걸음을 서둘러 세풍을 앞섰다.

"풍아!"

할망이 세풍을 부르며 대문간으로 달려왔다. 계 의원이 양팔을 뻗고 할망을 막아섰다.

"니 우리 풍이하고 우리 풍이 색시 못 봤나?"

"둘이 아무 짓도 안 하더라."

할망이 계 의원을 째려보았다.

"뭔 소리래?"

"아니, 못 봤다."

할망이 풍이를 부르며 대문간을 나섰다.

"가면 안 된다."

계 의원이 할망의 손을 잡았다. 할망이 제 손을 잡은 계 의원의 손을 노려보다가 눈을 치떴다.

"이 개지랄 영감탱이가 미쳤나? 니 지금 누구한테 수작이래? 지랄이 똥 싸서 비루빡에 처바를 때까지 맞아 볼 거래? 내 손에 한 번 죽어 볼 거래?"

"미안하다, 할망. 그게 아니다."

계 의원이 집 안으로 도망쳤다. 이런, 지랄병이 발광 나서 용트림하다가 똥간에 처박혀 죽을 놈, 할망이 욕을 해대며 계 의원을 쫓았다.

조선 정신과 의사 유세풍

술 맛 별 맛

1

소락의 녹엽이 자취를 감추고, 나뭇잎들은 노랗고 붉은 물을 들이기 시작했다.

하늘색은 더 짙어지고, 땅과 하늘과의 거리는 더 멀어졌다. 아침저녁으로 볼에 와 닿는 공기가 시원했다. 북쪽 두란봉과 동쪽 보장산, 북녘강과 남강, 소락의 들과 벌에 가을이 오고 있었다.

세풍이 소락현에서 맞는 네 번째 가을이 왔다. 세풍이 제 인생에서 맞는 가장 행복한 가을이었다.

계수 의원에는 병자들이 없었지만 의원 식구들은 부산했다. 각자 할 일을 빠르게 끝내놓고, 나들이를 준비했다.

오늘이 그날이구나, 세풍은 생각했다. 한 해에 한 번 초라니패가 소락성을 찾았다. 초라니패는 '초라니'라는 요사스러운 가면을 쓰고 돌아다니면서 굿도 하고, 연희도 선보이는 놀이패였다.

"서방님, 올해는 같이 가요."

만복이 세풍에게 큰 얼굴을 들이밀었다. 매년 하는 말이었으나 매년 거절 당해온 터였다.

"그래."

세풍이 시원하게 대답했다. 남해댁과 입분이 세풍을 쳐다보았다.

"요새 우리 유 의원님 좀 이상해요."

남해댁이 눈을 가늘게 뜨고 세풍을 보았다.

"바람이 부는 게지. 사, 랑의 바람이……."

계 의원이 방에서 나오면서 말했다. 입분이가 눈을 치켜뜨고 계 의원을 노려보았다.

세풍이 나갈 채비를 하고 마당으로 나왔다. 계 의원, 남해댁, 입분, 만복, 단희, 장군까지 마당으로 나왔다. 어서 가자는 말에, 세풍이 머뭇거리다가 물었다.

"할망은?"

"벌써 가 있어요. 그런 자리에는 우리 할망이 일등이에요."

남해댁이 대답했다.

"우리도 얼른 가요. 빨리 가야 좋은 자리 맡지."

입분의 말에 의원 식구들이 걸음을 뗐다.

"잠깐만요."

모두들 걸음을 멈추고 세풍을 보았다. 세풍이 사람들을 차례로 보고서는 의원 안으로 시선을 돌렸다.

"먼저들 가십시오."

사람들이 왜? 하는 얼굴로 세풍을 쳐다보았다.

"볼일이 좀 남아 있습니다."

식구들이 의원을 나섰다. 우리 의원엔 도둑 안 들어, 훔쳐 가는 게 아니라 그냥 가져가는 거지, 가져가는 건 도둑 아니야, 훔쳐 갈 거라곤 약밖에 없어, 약 도둑은 도둑도 아니야, 저마다 한 마디씩 하는 소리가 들렸다.

세풍은 은우가 있는 안방으로 갔다. 은우는 책을 보고 있었다.

"은우님은 안 가십니까?"

"저는 책을 봐야 해서요. 잘 다녀오세요."

은우가 미소를 지었다. 안 가는 것이 아니라 못 가는 것이었다. 과부는 사람들이 많은 저자에 공연을 보러 가는 것을 삼가야 했다. 세풍은 은우의 하얀 미소 뒤에 숨긴 뜻을 알아차렸다. 은우는 아무렇지 않게 웃으며 세풍에게 잘 다녀오라고 했다. 세풍도 아무렇지 않게 웃으며 공부를 열심히 하라고 했다.

세풍은 홀로 의원을 나왔다. 만복과 장군이 세풍을 기다리고 있었다. 나머지 식구들은 골목을 벗어나서 보이지 않았다.

"은우님?"

장군이 물었다.

"공부하셔야 된대."

세풍과 장군이 의원을 바라보다가 만복의 재촉에 걸음을 뗐다.

소락성 저잣거리 끝, 서문 광장에는 초라니들이 굿거리를 준비하고 있었다. 노인들과 아이들이 먼저 와서 앞자리를 잡았다. 의원 식구들은 할망을 찾아 곁으로 갔다. 할망이 세풍을 보고 일어났다.

"색시는?"

"못 왔어."

"색시랑 같이 다녀야지. 왜 혼자 왔어?"

세풍은 말없이 고개를 돌렸다. 광장 주변을 한 바퀴 돌아보았다. 갓을 쓰고 비단 도포를 걸친 사내들, 세조대를 길게 늘어뜨린 사내들, 흰 무명 바지저고리를 입은 사내들이 저자를 활보하고 있었다. 색 고운 치마와 쓰개치마를 걸친 여인들, 흰색, 물색, 회색, 갈색, 두록색 치마를 입고 초록색 장의를 쓴 여인들도 있었다.

사람들이 많았다. 은우만 없었다. 세풍의 마음에 바람이 불어왔다. 계 의원이 말한 '사랑의 바람'만은 아니었다. 사랑의 바람이라 하기에는 바람이 불고 간 자리가 너무 허우룩했다.

"어디든지 저와 함께 나란히 가자고 하지 않았습니까?"

은우가 고개를 들었다. 툇마루에 앉아 가을볕 아래에서 책을 읽고 있었다. 명에서 들여온 『만병회춘』이었다. 세풍이 상기된 얼굴로 제 앞에 서 있었다.

"뛰셨어요?"

"어서 갑시다."

세풍이 은우의 손을 잡아 일으켰다.

"전 의원을 지킬게요. 볼 책도 있고요."

"은우님이 안 가시면 저도 안 가겠습니다. 뒷간에 처박아 둘 법 도를 따르느니 평생 연희를 보지 않겠습니다."

은우는 세풍을 따라 의원을 나왔다.

은우는 세풍과 소락성 동문까지 나란히 걸어서 왔다. 동문 앞 에서 은우는 걸음을 멈추었다. 쓰개치마를 단단히 여미고, 세풍 의 왼쪽 뒤로 몇 보 물러났다. 세풍이 은우가 하는 양을 가만히 보았다. 은우가 제 손을 뒤로 감추었다. 손을 잡으면 안 된다는 뜻 이었다. 은우가 괜찮아요, 하는 미소를 지었다. 세풍이 고개를 끄 덕이고, 먼저 걸음을 뗐다. 은우가 세풍의 뒤를 쫓았다.

세풍은 동서대로로 가지 않았다. 사람들이 많이 다니지 않는, 작은 골목길로 향했다. 은우는 행인들이 없어서 다행이라고 생각 하며 세풍을 따라 소락성 서문 광장에 도착했다.

사람들이 공연 마당을 둘러싸고 있었다. 뒷자리에 있는 사람들 은 선 채로 공연을 구경하고 있었다. 은우는 사람들 사이를 비집 고 들어갈 용기가 나지 않았다. 먼발치에서 사람 구경이나 해야겠 다 생각하고 있을 때 세풍이 성문을 가리켰다.

"저리로 갑시다."

두 사람은 문루에 올랐다. 문루에 있던 군졸이 세풍에게 인사 를 건넸다. 세풍에게 치료를 받은 적이 있다고 하였다. 은우는 세 풍을 따라 성벽으로 갔다. 아래쪽 광장이 보였다.

이미 초라니굿은 끝난 듯하였다. 애꾸눈의 초라니 하나가 비틀 비틀거리면서 나타났다. 죽방울을 던지고 받았다. 다른 초라니들도 함께 죽방울을 놀렸다.

"멀지만……."

"아니에요. 얼마 만인지 몰라요. 고마워요."

은우는 몸을 앞으로 숙이고 공연에 집중하였다. 죽방울을 따라 은우의 눈길이 위로 아래로 옆으로 이동했다. 공연을 보는 것이 꿈만 같았다. 세풍의 눈길이 은우에게 흘러들었다. 은우가 세풍을 보며 다시 한번 고맙다고 인사했다.

높은 솟대가 마당 한가운데 세워졌다. 애꾸눈 초라니가 비틀비틀 걸어가 솟대를 타고 올랐다. 은우는 어린 시절에 보았던 기억을 더듬어 다음 행동을 예측했다. 초라니는 꼭대기에 박힌 가로목 위에서 몸을 뒤집기도 하고, 매달리기도 하고, 물구나무도 서리라. 사람들이 가장 흥미를 보이는 공연이었다. 초라니가 떨어지지 않을까, 손에 땀을 쥐게 했다.

애꾸눈 초라니가 꼭대기 가로목 위에 섰다. 흔들흔들 초라니의 몸이 허수아버지처럼 춤을 추었다. 초라니는 몸을 한 바퀴 돌렸다. 솟대 아래에서 죽방울을 던지던 초라니 둘이 공연을 멈추고 애꾸눈 초라니를 바라보았다. 애꾸눈 초라니는 가로목 위로 훌쩍 날아올랐다. 구경꾼들은 물구나무를 기대하며 침을 꼴깍 삼켰다.

사람들이 고함을 질렀다. 환호가 아니었다. 두려움과 공포에 질린 비명이었다. 사람들의 시선 끝에 초라니가 바닥에 널브러져 있었다. 계 의원이 초라니에게 달려가는 모습이 보였다.

은우도 세풍과 문루를 내려갔다. 군중 사이를 비집고 들어가 한가운데 공연 마당으로 갔다. 세풍이 계 의원에게 초라니의 상태를 물었다.

"뼈는 괜찮아. 평소 훈련이 잘된 몸이야. 것보다……."

세풍은 초라니의 얼굴을 살폈다. 얼굴이 불에 덴 것처럼 화끈거리고 벌겠다. 목까지 달아올랐다.

"일단 의원으로 데려가야겠다."

만복이 초라니를 업고 앞장섰다. 군중은 양 갈래로 나뉘어 길을 터주었다. 은우도 계 의원, 세풍과 함께 그 길을 따라 공연 마당을 빠져나왔다.

계수 의원에서 은우를 본 적이 있는 자들은 은우에게 인사를 했다. 은우님, 하고 부르는 이들도 있었다. 은우의 손을 잡으며 반가워했다. 은우도 미소를 지으며 그들과 인사를 나누었다.

그러나 은우를 흘깃하며 수군대는 자들도 있었다. 쓰개치마를 쓴 여인들은 눈살을 찌푸리고, 갓을 쓰고 세조대를 찬 사내들은 혀를 찼다. 지옥에서 온 사자처럼 차가운 얼굴로 은우를 뜯어보고 있었다.

은우의 눈빛이 흔들렸다. 은우는 쓰개치마를 단단히 여미고 고개를 숙였다. 사람들의 시선을 피해 공연장을 벗어났다. 은우는 대로를 피해 좁은 골목으로 스며들었다. 세풍이 은우를 쫓았다.

"불편하시면 귀가하셔도 됩니다."

은우가 동헌이 있는 북쪽으로 고개를 돌렸다. 높이 솟은 관아 아문을 바라보다가 걸음을 뗐다. 갈림길에서 계수 의원으로 가는 서문으로 발길을 옮겼다. 세풍이 은우를 불렀다.

"괜찮으십니까?"

은우가 고개를 끄덕였다.

"공연이 끝났으니 병자들이 많이 올 거예요. 어서 돌아가요."

은우가 미소를 지었다.

2

의원 마당은 얼굴에 분칠한 초라니패로 북적였다. 솟대에서 떨어진 초라니가 걱정돼서 함께 온 자들이었다. 계 의원이 큰방에서 초라니 병자를 봤다.

"술 좀 그만 처먹어!"

계 의원의 호통 소리가 마당까지 들렸다. 초라니들은 그럴 줄 알았다고 한 마디씩 했다. 은우는 큰방으로 들어갔다. 방 안에는 병자가 누워 있고, 병자 또래로 보이는 초라니가 하나 더 있었다.

"약술이에요, 저한테는."

"똥구녕에 뜸뜨다가 똥통에 처자빠지는 소리 한다. 술이 독이지 어떻게 약이야?"

병자가 벌건 얼굴로 웃었다.

"계속 웃고 싶으면 술 끊어. 자네한테는 이제 술이 사약이야."

"이놈이 공연 전에 꼭 술을 마신다니까요. 이십 년이 넘었어요. 요새는 아침에도 마시고, 밤에도 마시고, 자다가 일어나서도 마셔요. 오늘은 공연하기 전에 한 병을 마셨어요."

동패 초라니가 말했다.

"중독이구먼."

계 의원이 병자의 배를 만졌다. 배가 불룩 솟아 있었다. 병자는 아프다고 죽는소리를 냈다.

"여기가 항상 부른 듯 그득하지?"

"예."

병자는 인상을 쓰며 대답했다.

"여기도 그럴 테고."

계 의원은 병자의 옆구리를 만졌다. 으악, 병자는 얼굴을 일그러뜨리며 소리를 질렀다.

"살찐 게 아니었어요?"

동패 초라니가 물었다.

"살이 아니고 병이야. 복부와 옆구리만 부풀어 오르는 병. 팔다리는 오히려 더 가늘어졌을걸."

"예."

초라니가 고개를 끄덕였다.

"다른 곳은 오히려 살이 빠졌어요."

"창만이라고 해. 원인은 여기 계시는 은우님이 설명해 주실 거야."

"죽지는 않겠지요?"

병자가 물었다.

"이제 술 마시면 죽어."

"공연 전에 딱 한 잔만 하는 것도 안 돼요?"

"죽고 싶어? 정 그리 죽고 싶으면 내 지금이라도 뜸침 한 방으로 보내 줄 수 있어."

계 의원은 침을 꺼냈다. 병자는 잘못했다고 손을 내저었다.

"처방은 은우님이 하세요."

계 의원이 말했다. 병자와 동패 초라니의 시선이 은우에게 향했다. 은우가 병자를 보았다.

"걱정을 털어버리기 위해서 술을 마셨나요?"

"네, 뭐, 네, 그렇지요."

"병자는 근심으로 칠정이 몸속에 울체되어 있는데 술의 습기와 열기를 더한 탓에 눅눅한 열기가 몸속에서 타오르고 있어요. 『만병회춘』에서 처방하는 분심기음으로 칠정으로 막힌 기운을 소통시키고, 『동의보감』에서 처방하는 대금음자로 술로 생긴 담음을 제거하고, 위기를 고르게 하면 어떻겠습니까?"

은우가 계 의원을 바라보며 말했다.

"좋아요."

계 의원은 고개를 끄덕였다. 은우는 붓을 들고 약방문을 썼다. 병자는 은우와 계 의원을 번갈아 보았다.

"한데 이분은 뉘신지요?"

"네 병 고쳐 주는 의원님이시잖아."

"예? 여자인데요?"

"여인은 뭐, 의원 하면 안 돼?"

"여인이 의원을 하는 건 조선팔도 어디에서도 본 적이 없어서 요."

"의녀는 봤잖아."

동패 초라니가 병자의 팔을 찔렀다.

"은우님은 의녀가 아니라 의원이시고, 우리 계수 의원에서는 여인도 능력이 있으면 의원을 해."

"그럼 여느 의원들처럼 맥도 짚고 침도 놓고 뜸도 뜨고 어려운 글자로 약방문도 써 주고, 다 하시나요?"

"응. 사내들이 하는 거 다 해."

병자의 얼굴이 밝아졌다.

"그럼 제 침도 저 의원님이 놓아 주시나요?"

계 의원이 고개를 저었다.

"아니. 너는 나한테 맞아야 다시는 술 처먹을 생각을 안 하지."

계 의원은 뜸도 오십 장은 떠야 하니 은우에게 준비해 달라고 했다.

병자가 옷고름을 풀었다. 복부에 칼날에 벤 상처가 있었다. 얕지 않았다. 가슴에도 검에 찔린 상처가 있었다.

"……전란 중에도 살아남았는데 이깟 술 때문에 죽어야 되겠어?"

계 의원이 침을 들었다.

은우는 세풍과 같이 개말 어귀를 벗어나 나란히 들길을 걸었다. 의원이 파하고 세풍이 저를 배웅하는 길이었다. 단희가 몇 보 뒤에서 따라왔다.

"기분은 좀 어떠십니까?"

세풍이 물었다.

"좋은데요."

은우가 웃었다. 진정이었다. 의원에서 병자들을 보고 의원 식구들과 지내다 보니, 저잣거리에서 있은 일은 까마득히 잊게 되었다. 제가 의원이라서 좋아해 주는 사람이 많았고, 고마워해 주는 사람도 많았다.

"아니, 이게 누구신가?"

개울을 건너자 새말 쪽에서 임순만이 내려왔다. 지난번 개울 돌다리에서 마주친, 술 취한 양반이었다. 계수 의원 입택 고사 때 와서 소란을 피운 양반이었다. 남해댁은 무슨 이유인지 임순만은 늘 계 의원을 못 잡아먹어 안달이라고 했다.

은우는 얼른 쓰개치마를 썼다. 임순만은 웃음을 실실 흘리며 세풍에게 다가왔다. 세풍은 인사를 하고, 은우는 고개를 돌렸다.

"숭록대부로 영전하신 어의 대감의 아드님이 아니신가. 혼담을 거절하기에 아주 대단한 댁과 정혼이라도 한 줄 알았지."

임순만이 은우를 힐끔대며 비꼬듯이 말했다. 은우는 임순만의

조선 정신과 의사 유세풍

눈길을 피해 몸을 돌렸다. 세풍의 안색이 차가워졌다. 세풍이 임순만의 앞으로 나아가 그의 시야를 가로막았다.

"어디 왕진이라도 가는 모양이지?"

"갈 길이 급하니 먼저 가겠습니다."

"잠깐. 자네에게 할 얘기가 있는데……."

세풍의 이마에 내 천 자가 드러났다.

"무슨 볼일이십니까?"

"우리 딸이 싫으면 내 질녀도 참하다네."

어처구니없는 소리에 세풍은 얼굴을 굳혔다.

"아시다시피 저는 상처한 몸입니다. 다른 좋은 혼처를 알아보시지요. 제 혼사는 저와 저희 집안에서 알아서 하겠습니다. 그럼 먼저 가시지요."

세풍은 목인사를 하고 은우를 보았다.

"우리도 가지요, 은우님."

임순만의 피둥피둥한 얼굴이 붉으락푸르락했다. 임순만은 세풍을 노려보다가 도포 자락을 털며 걸음을 뗐다.

"한데……."

임순만이 걸음을 멈추고 뒤돌아보았다.

"자네 아버님께서는 아시는가? 자네가 좋은 혼처를 마다하고 예서 과부와 놀아나는 사실을?"

"나으리!"

세풍이 음성을 높였다. 은우가 손을 떨었다. 아씨, 하며 단희가 은우의 손을 잡았다.

"내 자네가 아들 같아서 걱정이 되어 하는 말일세. 하하. 뭘 그리 역정을 내시는가? 진정하시게. 화는 만병의 근원이라 하지 않는가?"

임순만이 웃었다.

"아씨를 모욕하지 마십시오."

임순만이 은우에게 시선을 옮겼다.

"아! 그러고 보니 현령 댁 아씨께서 자네와 함께 계셨구먼. 조심하시게. 소락에는 지켜보기 좋아하는 눈도, 말하기 잘하는 입도 많다네. 하하."

임순만은 수염을 쓰다듬으며 소리 내어 웃고 세풍에게 바투 다가섰다.

"날 모욕한 건 자네야. 두고 보세. 난 불쾌한 일은 결코 잊지 않는 사람이니."

임순만은 세풍과 은우에게 미소를 지으며 자리를 떴다. 기분 나쁜 미소였다.

"송구합니다."

세풍이 말했다.

"의원님이 뭘요."

"소인의 말이니 마음에 담지 마십시오."

은우는 고개를 끄덕였다.

"여기서부터는 저희끼리 갈게요."

"아니……."

"괜찮아요. 조금만 가면 동문인걸요."

은우가 미소를 지었다. 세풍은 걱정스러운 얼굴로 은우를 보았다. 은우는 인사를 하고 걸음을 뗐다. 단희가 뒤쫓아 오면서 말했다.

"의원님이 먼발치서 쫓아오시는데요."

은우는 말없이 걸었다. 날이 검기울었다.

3

병자는 주막으로 돌아와 잠자리에 들었다. 옆에 누운 초라니들은 곯아떨어졌다. 코 고는 소리가 전쟁터 화포 소리만큼 귀를 어지럽혔다. 병자도 눈을 감았지만 잠이 오지 않았다.

병자는 입맛을 다셨다. '딱 한 잔' 생각이 간절했다. 술을 잊기 위해 몸을 뒤척였다. 그래도 술 생각이 떠나지 않았다. 죽을 것처럼 숨이 팔딱팔딱 뛰었다. 술을 먹어서가 아니라 못 먹어서 병이 날 듯하였다.

병자는 보따리를 챙겨 밖으로 나왔다. 싸리 울타리 밑에 쪼그려 앉았다. 병자는 제 짐 속에 꿍쳐 둔 술병을 꺼내 잔에 따랐다. 졸졸졸, 세상에서 가장 맑고 아름다운 소리에 입이 벌어졌다. 잔을 들어 마셨다. 한 잔만 마셔야 되니 천천히 마셨다. 술이 혓바닥을 휘감고 목구멍을 타고 흘러 오장육부로 파고들어 갔다.

"녹용, 산삼이 대수인가. 이게 바로 약이지. 맛도 좋고, 약값보다 싸고, 기분도 좋아지는 약."

한 잔을 넘기고 나니 딱 한 잔이 더 아쉬웠다. 이제 술 마시면 죽어, 계 의원의 말이 떠올랐다. 의원들이 늘 하는 소리지, 두 잔 마신다고 죽나. 병자는 한 잔을 더 따랐다. 이번에는 술잔을 들고 단숨에 털어 넣었다. 몸속에서 폭포가 열렸다. 술이 절벽을 타고 콸콸 쏟아졌다.

한 잔은 정이 없고, 두 잔은 심심하고, 사내라면 석 잔은 봐야지. 한 잔 더 따랐다. 마지막 잔. 어떻게 마셔야 할까 고민하다가 아무 생각 없이 입에 넣었다. 술이 몸속으로 스며들면서 밤하늘이 열렸다. 신선이 되어 북두칠성을 국자 삼아 백두산 천지수를 떠 마시는 기분이 바로 이거야, 싶었다.

백두산 천지수를 한 잔만으로는 끝낼 수 없지. 넉 잔, 다섯 잔, 여섯 잔이 들어갔다.

"아이고, 이 사람아. 죽고 싶어 환장했는가?"

친구 초라니가 나와 술병을 빼앗았다.

"자네 백두산 천지수를 맛본 적이 있는가?"

"천지수고 나발이고 나까지 의원님한테 혼나게 생겼구먼. 그 의원님이 한번 지랄병이 도지면 진짜 개 같다는데 이제 어쩔 거야?"

"이 친구 술 마시게 하면 자네 똥구녕에 대침을 박아 버릴 거야. 하하하."

병자가 계 의원의 흉내를 내면서 웃었다.

"차라리 내가 먹고 죽어야지."

친구는 남은 술을 들이켰다. 병자는 천지수에 젖어 가는 동패의 목젖을 보며 입맛을 다셨다.

다음 날 병자는 친구와 함께 의원을 찾았다. 친구는 밖에서 기다리겠다고 하였다. 병자 혼자 큰방으로 들어갔다.

"오늘 아침에 술 했어, 안 했어?"

계 의원이 병자의 얼굴을 살피고 물었다.

"안 했어요."

"어젯밤에는 술 했어, 안 했어?"

"안 했어요."

"그거야 보면 알지. 만약에 거짓이 있으면 너는 오늘 똥침 맞고 뒤진다."

계 의원은 병자의 팔을 끌어당겨 맥을 짚었다. 병자는 입술을 핥았다. 계 의원이 병자의 얼굴을 보았다. 병자가 빙그레 웃었다.

"은우님, 들어와요. 내 오늘 똥침의 진수를 가르쳐 드리지요."

계 의원이 밖을 향해 소리쳤다. 병자가 두 손을 모아 빌었다.

"하도 잠이 안 와서 딱 한 잔만 했어요. 딱 한 잔만 먹고 잤어요. 아이고, 의원님, 살려주셔요."

"한 잔?"

계 의원은 코웃음을 쳤다.

"아니 두 잔."

"두우 잔?"

"네, 두 잔만 했어요."

"모주 여섯 잔이구먼. 어디서 거짓부렁이야?"

병자는 탈바가지처럼 눈을 휘둥그레 떴다.

"아이고, 의원님, 이 일대서 제일가는 명의시라더니 참말로 용하시네요."

"그래, 용한 의원한테 용한 똥침도 한번 맞아 봐. 뭐 하러 돈 쓰고 시간 쓰고 술 마시고 죽어? 침 한 방이면 가는데. 죽고 싶어서 의원 말 안 듣고 지랄 발광을 하는데 그 소원 이뤄줘야지."

계 의원이 병자의 팔뚝을 잡으며 밖에다 소리쳤다.

"은우님!"

"은우님 아직 안 오셨어요."

만복이 대청으로 올라와 대답했다.

"내 오늘 똥침으로 한 방에 가는 법을 보여 드리려고 했더니 좋은 구경을 놓치셨네. 만복아, 들어와서 이놈 뒤집고 엉덩이 까라."

"의원님, 살려 주세요."

만복이 병자를 잡았다. 병자는 몸부림을 치며 사정했다.

"다시는 술 안 마셔요. 제가 또 술 마시면 사람이 아니에요. 아니, 또 술 마시면 똥침으로 죽이든지 살리든지 의원님 마음대로 하세요. 제발 한 번만 봐주세요."

밖에 있던 친구가 뛰어 들어왔다.

"의원님, 한 번만 봐주세요."

"오, 잘 왔다. 자네도 이 친구 술 마시게 하면 내 똥침 준다 했지?"

"진정은 아니시지요?"

"계수 의원에는 허언이 없다. 병자가 의원 말 안 듣고 죽겠다고 용을 쓰는데 의원이 도와줘야지. 걱정 마. 침 값은 공짜야."

계 의원이 대침을 높이 쳐들었다.

"만복아, 어서 뒤집어라."

친구가 만복을 등 뒤에서 붙잡았다. 병자는 일어나 머리로 만복을 들이받고서 방을 나갔다. 병자와 친구가 건넌방으로 내빼고 문을 닫았다. 문고리까지 잠갔다. 계 의원은 당장 오라고 지옥사자처럼 고함을 질렀다.

"앉으시오."

점잖은 목소리에 병자와 친구가 뒤를 돌아보았다. 세풍이었다.

"누구?"

"의원이오."

세풍이 미소를 지었다.

"예?"

병자는 울상을 지었다.

"죽이지 않을 테니 염려 말고 앉으시오."

"계 의원님과 한편 아니십니까?"

"절대 아니오."

병자와 친구는 머뭇거렸다. 세풍이 방석을 가리켰다. 병자와 친구는 자리에 앉았다. 세풍은 친구에게 나가 있으라고 했다.

"안 돼요. 저도 여기 있게 해주세요."

"계 의원님 때문에?"

"예."

세풍이 웃었다.

"괜찮으니 나가 보게."

"안 돼요. 똥침으로 죽인다고 하셨어요."

"지……."

세풍은 고개를 저으며 코허리를 찡긋했다.

"아니, 개 풀 뜯어 먹는 소리. 우리 계수 의원에서 똥, 아니 변침으로 자네를 죽일 일은 결코 없으니 걱정 말게."

친구는 머뭇거렸다. 세풍은 웃으며 방문을 가리켰다. 친구는 우물쭈물하며 방을 나갔다.

세풍은 병자를 살폈다. 밝은 날 가까이서 보니 병자의 나이가 어리지 않았다. 마흔은 훌쩍 넘어 보였다. 나이치고는 몸이 빠르고 단단했다. 그러나 낯빛은 검고 눈에는 붉은 핏발이 여러 줄 서 있었다.

세풍은 병자에게 베개를 건넸다.

"팔다리를 죽 뻗고 누우시오."

"침을 놓으시려고요?"

"아니요."

병자가 누우면서 말했다.

"그럼……."

"이야기나 나누자고. 대화라고 하오."

세풍이 병자의 맥을 짚으며 웃었다.

"심심하니까."

병자는 눈을 게슴츠레 뜨고 세풍을 보았다.

"또라이는 아니오."

병자가 눈을 껌뻑거렸다.

"이 근방에서 제일로 용하고 유명한 의원이라더니 알고 보니 의원이 다 또라이 아니야, 라고 생각한 것 같은데……."

병자가 마른침을 삼켰다.

"점쟁이인가. 늙은 양반은 거짓말을 맞히고 젊은 양반은 속말을 맞히네, 라고도 한 것 같은데. 물론 점쟁이도 아니오."

세풍이 웃었다. 병자를 눕히고 대화하는 건 최근에 세풍이 생각한 방법이었다. 심신을 편히 하고, 심심하니까 이런저런 이야기나 나누자고 하면 병자들이 어려운 이야기를 털어놓기가 한결 쉬우리라고 판단하였다.

세풍은 우선 병자의 신상에 관해 가볍게 이야기를 나누었다. 어제 본 공연 소감도 들려주고, 공연에 대해서 묻기도 했다.

"복부에 상처는 언제 생겼소?"

"병자년 난리 때 오랑캐와 싸우다가 칼을 맞았어요."

"그럼 여기 상처도 전란 중에 생겼소?"

세풍은 병자의 몸 여기저기에 난 상처들을 가리켰다.

"예. 여기는 칼을 맞았고, 거기는 창에 찔렸고……. 여기도 있어요. 뒤꽁무니 빠져라 도망가는데 등 뒤에서 화살이 날아왔죠."

병자는 등짝을 보여 주면서 이야기를 계속했다.

병자는 속오군 군졸이었다. 병자년에 참전하여 눈 한쪽을 잃었다. 더 이상 군에 있을 수 없어 고향으로 돌아왔다. 전란 후라 고향도 형편이 엉망이었다. 밭 한 뙈기도 없는, 애꾸눈 병자가 먹고 살 도리는 없었다. 식구들과 입에 거미줄 치고 굶어 죽을 날만 기다리게 생겼는데 초라니패를 만났다. 초라니패는 전란 중에 다친 군인들이 조직한 광대패였다. 병자는 초라니패에 들어가 백희百戲를 배웠다.

"그럼 술은 왜 마시오?"

"좋아서 마시지요. 의원님은 술 안 좋아하세요?"

"난 별로……. 맛도 모르겠고, 몸도 불편해지고 해서 한 잔 정도만 마시오. 딱히 좋은 점을 모르겠소."

병자는 딱하다는 눈으로 세풍을 바라보았다.

"술을 마시면 좋은 점이 있소?"

"그럼요. 술을 마시면 용기가 생기지요. 맨정신에 할 수 없던 일도 용기 내서 할 수 있지요."

"용기가 필요할 때가 많소?"

"공연할 때요. 관객들 앞에 서면 아랫도리까지 달달달 떨려요. 그때 술 한 잔을 딱 마시면 정신이 알딸딸해지면서 용기가 막 생겨나요. 그럼 공연도 훨씬 더 잘할 수 있지요."

세풍이 고개를 끄덕였다.

"그럴 수 있겠군. 하나 술을 계속 마시면 살길을 장담할 수 없소. 더 이상 술을 입에 담아서는 아니 되오. 공연을 쉬는 한이 있어도 술을 끊으시오."

"그럼요. 제가 또 술 마시면 진짜 뚱침 맞고 뒈져야죠."

병자는 다시는 술을 마시지 않겠다고 약조하고 방을 나갔다.

세풍은 밖을 내다보았다. 한낮이 지났는데도 은우는 오지 않았다. 지난 이 년 동안 은우는 지각도 한 번 하지 않았다.

"제가 다녀오겠습니다."

만복이 말했다.

"어디?"

"이심전심. 서방님 마음속의 그곳. 얼른 다녀오겠습니다."

만복이 의원을 나섰다.

"아씨는 당분간 집 밖을 나설 수 없으시다네요."

동헌에 다녀온 만복이 말했다. 세풍의 낯빛이 어두워졌다. 짐작 가는 바가 있었다.

"왜?"

세풍의 얼굴을 보면서 남해댁이 만복에게 물었다.

"그 향청 임순만이라는 양반이 사또를 찾아왔다는데요."

세풍이 한숨을 쉬었다. 두고 보자던 임순만의 얼굴이 내내 걸리던 참이었다.

"임순만. 또 그 양반이가?"

남해댁의 얼굴과 목소리에 짜증이 묻어났다.

"요새는 잠잠하다 싶더니 왜 또 시비가?"

임순만은 수절해야 할 과부가 의원에 드나들면서 사내들과 동석하고, 더불어 외출하면서 소락 반가의 기강을 어지럽히고 있으니 향청 좌수로서 이 일을 묵과할 수 없다며 호통을 쳤다고 했다.

세풍은 도포를 입었다. 갓끈을 묶다가 갓을 내팽개쳤다. 오늘따라 갓이 갑갑했다. 사족土族이라는 것들에게 화가 났다.

세풍은 방을 나와 대문간으로 향했다. 만복이 막아섰다.

"오시지 말라는 아씨의 당부가 있었어요."

"비켜 서."

"아씨 말씀이 맞잖아요."

"만복아."

"아씨 입장을 생각해 보세요. 아씨는 서방님과 처지가 다르잖아요."

세풍이 은우의 앞에 나서면 사람들은 세풍이 아니라 은우를 손가락질할 것이다. 사내는 되고 여인은 안 되고, 광부曠夫는 되고 과부는 아니 되는 세상이었다.

세풍은 한숨을 토하며 들마루에 주저앉았다.

4

중년 부인이 나 죽는다며 의원으로 들어섰다. 위아래로 하얀 치마저고리를 입었다. 몸집이 작은 여종이 제 몸의 두 배나 되는 부인을 부축하며 마님을 살려달라고 했다.

입분이 부인을 큰방으로 안내했다. 부인은 몸을 비틀거리며 댓돌에 오르려다 말고 웩웩대며 구토를 했다. 죽겠다고 울부짖었다.

입분이 발을 내리고 계 의원이 발 밖으로 물러났다. 계 의원은 여종에게 증상을 물었다.

"그저께 저녁부터 구토를 하고 설사도 하셨는데 어제 저녁부터는 소변이 안 나왔어요."

부인은 입을 막았다. 또 속이 울렁거려서 죽겠다고 했다. 입분은 여종에게 타구를 건넸다. 여종은 마님의 입 앞에 놋쇠 타구를 받쳤다.

"치워라. 상스럽구나."

부인이 인상을 썼다.

"병증이 있기 전에 무얼 드셨느냐?"

계 의원이 여종에게 물었다.

"돼지고기를 드셨습니다."

"마님께서는 신장의 양기가 부족하니 돼지고기, 상추, 고사리, 감, 메밀과 같이 찬 음식을 드시면 아니 된다."

"맥진도 하지 않고 내 신장에 양기가 부족한지 어찌 아오?"

"그럼, 맥진을 해도 괜찮으십니까?"

"아니. 맥진은 됐고 이 구토부터 좀 해결해 주시오."

부인은 뱃속에서 개구리들이 날뛴다고 했다.

"시침을 해야 합니다."

"반가의 여인이 어찌 사내에게 침을 맞겠는가?"

부인은 또 구토를 했다. 입분이 재빨리 타구를 부인의 앞에 들이밀었다. 타구가 가득 찼다.

"여의가 있다 들었네. 어서 들이시게."

"여의는 과부입니다. 아시다시피 집 밖 출입이 자유롭지 않으니 여의의 집으로 가서 침을 맞으셔야 합니다."

"내가 지금 죽게 생겼는데 거기까지 어찌 가란 말인가?"

부인은 또 웩웩댔다. 입분이 새 타구를 들고 부인의 옆에 앉았다.

"약을 드시면 또 토해내실 겁니다. 우선 침을 맞아서 구토를 가라앉혀야 합니다."

"여의를 데려오라니까."

부인이 목소리를 높였다.

"여의는 올 수 없습니다. 지금 계수 의원에 침의는 저밖에 없습니다."

부인과 계 의원이 실랑이를 벌였다. 부인은 구토를 몇 번씩 하면서도 여의를 고집했다.

"발을 걷어."

계 의원이 입분에게 말했다.

"안 된다."

부인이 입분에게 소리쳤다.

"발을 걷으래도."

"안 된다!"

"걷어라."

"안 돼."

부인이 악을 썼다.

"제가 시침하겠습니다."

계 의원이 고개를 돌렸다. 은우가 방 안으로 들어왔다.

"팔꿈치 위, 무릎 위, 가슴 아래, 발등, 손에 시침할 거예요. 옷을 벗어 주세요."

계 의원이 나가고 은우가 시침을 하였다. 입분은 가만히 은우의 모습을 지켜보았다. 한 식경이 지나고, 은우가 침을 뽑기 위해 부인에게 가까이 갔다.

"제가 할게요."

입분이 나서서 침을 뽑았다. 부인이 트림을 하면서 자리에서 일어났다.

"좀 어떠세요?"

"이제야 좀 살겠네."

부인이 몸을 움직이며 웃었다.

"저…… 소변은?"

부인이 은우를 보며 물었다.

"관격이에요. 구토와 설사가 심하여 몸속의 진액이 완전히 사라져버렸어요. 약을 드시면 곧 소변도 보실 거예요."

"설사도?"

"네."

"잘되었군. 고맙네."

은우는 부인에게 약방문을 써 주고 침을 정리했다. 부인은 방을 나가지 않고 은우를 가만 보다가 말을 꺼냈다.

"한데…… 자네, 유 의원과는 어떤 사이인가?"

부인이 눈빛을 반짝이며 은우 앞으로 얼굴을 들이밀었다. 은우는 말없이 부인을 바라보았다.

"둘이 같이 돌아다닌다면서?"

"……"

"과부가 사내들 득실거리는 의원에 드나들어도 되나?"

"……"

"아니 뭐, 나는 나무라는 건 아니고…… 요즘 소문이 안 좋던데…… 걱정돼서 그러지."

부인은 눈매를 가늘게 뜨고 웃었다. 입분이 부인을 흘기며 입을 비죽거렸다.

"유 의원님과는 아무 사이도 아닙니다. 한데 제가 왜 의원에 왔냐고요? 제가 안 오면 부인께서 계 의원님에게 침을 맞으시겠어요? 부인의 복색을 보니 저와 처지가 다르지 않은 듯한데 과부라 바깥출입을 할 수 없으니 아파도 집에 갇혀서 돌아가시겠어요? 아니잖아요. 부인께서 병을 고치러 의원에 왔듯이, 저도 병자에게 책임을 다하기 위해서 의원에 왔습니다."

은우가 눈빛을 단정히 하고 말했다. 부인이 일어났다. 과부가 부끄러운 줄도 모르고 지 할 말은 다 하네, 방을 나가면서 중얼거렸다.

입분이 은우를 쳐다보았다. 은우는 말없이 침을 정리하고 있었다. 입분은 입술을 옴짝달싹하다가 조용히 방을 나왔다.

부인이 대청에 섰다. 여종이 하얀 신을 디딤돌 위에 가지런히 놓고 팔을 내밀었다. 부인이 여종의 팔을 잡고 신을 신었다.

"음식을 처먹고 맘보를 곱게 써야 피와 살이 되지."

할망이 댓돌에 앉아서 중얼거렸다.

"뭐야?"

부인이 할망 앞에 섰다.

"이해하세요, 마님. 정신 나간 할매입니다."

남해댁이 허리를 굽히며 부인을 달랬다.

"이 의원 왜 이래?"

부인이 입을 비죽거리며 대문간으로 향했다.

"저거 사람이래, 돼지래?"

할망이 부인의 뒷모습을 보며 남해댁에게 물었다.

"응, 돼지."

"정신이 나간 건 내가 아니라 메주 너래. 저거이 사람이지 어떻게 돼지래?"

"아이고. 우리 할망 똑똑해졌네요. 맞아요. 저거 사람이에요."

만복이 할망 곁에 앉으면서 말했다.

"이 돼지가 말을 하네."

할망이 만복을 보면서 눈을 끔뻑거렸다.

계 의원은 마당을 서성거리면서 세풍의 눈치를 살피고 있었다. 나는 끝방에 병자 보러 가야겠다. 괜히 큰 소리를 내며 끝방으로 들어갔다.

세풍이 큰방으로 갔다. 세풍이 앉자 은우가 자리에서 일어섰다. 세풍이 은우를 따라 일어났다.

"은우님……."

"늦어서 죄송해요."

은우가 어색하게 웃고서 방을 나갔다.

"은우님."

세풍이 은우의 소매에 살짝 손을 댔다. 은우의 시선이 세풍의 손에 머물렀다.

"송구합니다."

세풍이 고개를 숙이며 손을 뗐다.

"보는 눈이 많아요. 의원님."

은우가 방을 나가려다 말고 세풍을 보았다.

"전 괜찮아요. 걱정 마세요."

은우가 방을 나갔다. 세풍이 은우의 뒷모습을 망연히 바라보았다.

병자들은 은우를 힐끔거렸다. 자기들끼리 속닥거리다가 은우와 눈이 마주치면 미소를 지었다. 부러 은우에게 다가와서 풍문에 신경 쓰지 말라고 말하는 자들도 있었다. 반가의 부인들은 풍문에 관해서 꼬치꼬치 캐묻기도 했다. 반가의 사내들은 은우를 향해 에이, 라는 소리를 내며 불편한 심기를 드러냈다.

은우는 모두 다 편치 않았다. 사람들이 제게 주목하고 제가 사람들의 입에 한 번이라도 오르내리는 것이 싫었다.

세풍은 먼발치에서 이 모든 상황을 지켜보았다. 은우에게 다가가려고 하면 은우는 얼른 자리를 피했다. 눈으로라도 위로를 건네고 싶었지만 은우는 한 번도 세풍의 눈길에 응답하지 않았다. 그냥 세풍을 없는 이로 여기고 있었다. 세풍은 은우의 행동이 이해되면서도 서운한 것은 어쩔 수 없었다.

날이 저물고, 병자들이 돌아갔다. 은우는 귀가를 준비하고 마당에서 의원 식구들에게 인사를 건넸다. 의원 식구들은 은우의 눈치를 살폈다.

"저 괜찮아요."

은우가 미소를 지었다. 그럼요, 네, 네. 그래, 그래. 남해댁과 계의원이 고개를 마구 끄덕였다.

"내일 뵐게요."

은우는 결국 세풍에게 인사조차 건네지 못하고 의원을 나섰다. 은우님, 등 뒤에서 세풍의 목소리가 들렸다.

만복이 어디선가 나타나 단희를 끌고 사라졌다. 남해댁이 할망의 팔을 잡아끌었다. 우리 며느리한테 잘 가라고 인사해야 돼, 할망이 입을 열자, 남해댁이 할망의 입을 막고 부엌으로 사라졌다. 계 의원이 입분을 끌고 방으로 들어갔다. 장군에게 들어오라고 손짓했다. 장군은 계 의원을 한 번 보고서는 약장을 정리했다.

"저도 있습니다."

은우가 고개를 돌려 세풍과 시선을 엇비꼈다.

"안녕히 계십시오."

은우가 몸을 숙여 인사를 했다.

"오늘 공부는 아니 하십니까?"

세풍이 마당에 나와 섰다.

"죄송합니다. 돌아가서 하겠습니다. 궁금한 점이 있으면 서면으로 여쭙겠습니다."

"왜 번거롭게……."

"번거로우시면 계 의원님께 여쭙겠습니다."

은우가 세풍의 시선을 피하며 말했다.

"그런 뜻이 아닙니다. 아시지 않습니까?"

은우가 잠시 망설이다가 입을 열었다.

"송구합니다. 의원님의 뜻이 무엇이든 간에 제가 감당할 수 없는 것들입니다. 그 뜻은 받을 수 없습니다. 전 꼭 의원이 되고 싶습니다. 하니 절 의생으로만 대해 주십시오."

"배웅해 드리겠습니다."

"아닙니다. 내일 뵙겠습니다."

은우가 돌아서서 의원을 나갔다. 세풍은 하늘을 보았다. 어슬한 하늘에 눈썹달이 떠올랐다. 세풍이 잠시 있다가 의원을 나갔다.

곧이어 털썩, 바닥에 주저앉는 소리, 참던 숨을 내쉬는 소리가 동시에 터져 나왔다. 의원 식구들이 숨을 죽인 채 문 앞에 붙어서서 세풍과 은우의 눈치를 살피고 있었다.

"저는 언제 가요?"

단희가 눈을 멀뚱히 뜨고 만복에게 물었다.

"나도 모르겠어."

만복이 고향 억양을 뱉으며 한숨을 내쉬었다.

5

"의원님! 살려 주세요."

아침부터 친구 초라니가 의원으로 뛰어 들어왔다. 세풍은 만복이 부르기도 전에 툇마루로 나왔다. 친구는 병자의 상태가 이상하다고 했다.

"어떻게 이상한가?"

"그게…… 정신이 나갔어요."

세풍은 친구 초라니를 따라 초라니들이 묵고 있는 소락 나루터

주막으로 향했다. 세풍은 북녘강 둑길을 따라 나루터로 달렸다. 숨이 차면 걷고, 걷다가 숨이 고르면 또 달리고, 또 숨을 고르며 걸었다.

강가엔 갈대가 가을바람에 출렁이고 있었다. 친구 초라니는 달리면서 사정을 설명했다. 나이는 많은데 세풍보다 더 잘 달렸다.

"제가 그 친구 술 안 먹이려고 꽁꽁 묶어 놓고 잤어요. 손모가지에 밧줄을 묶고 그 줄을 제 몸뚱어리에 감아서 몇 번이나 둘둘 말았어요. 술 생각날까 봐 공연도 쉬라고 했어요. 오랑캐한테 칼침 맞고도 살았는데 개지랄 의원님한테 똥침 맞아 뒈질 순 없잖아요? 한데 그 친구가 오늘 아침부터 이상한 거예요. 한 눈을 위로 홉뜨고 손을 달달 떨면서…… 정신 나간 사람 같다니까요."

세풍이 주막에 도착했을 때 초라니들이 한 방에 모여 병자의 곁을 지키고 있었다.

"의원님, 술 좀 주세요."

병자가 세풍을 보자마자 사정했다. 식은땀을 흘리며 손을 떨었다.

"술은 안 된다 하지 않았소?"

"한 모금만 마실게요. 딱 한 모금만 주세요. 딱 한 모금만 넘기면 참을 수 있어요."

병자는 눈물까지 흘렸다. 세풍은 병자의 떨리는 손을 잡고 맥을 짚었다. 병자는 술 생각에 가슴이 두근거린다고 했다.

"의원님, 술 좀 주세요. 저 죽을 것 같아요. 아니, 죽으려나 봐요.

저 죽겠어요. 술 못 마시면 죽을 거예요."

병자가 흑흑흑, 하고 흐느끼기 시작했다.

"일단 의원으로 가오."

친구가 병자를 부축하여 밖으로 데리고 나가고 세풍이 따라나왔다. 주막 마당에서는 손님들이 들마루에 앉아 뜨듯한 국물을 안주 삼아 모주를 한 잔씩 걸치고 있었다. 병자의 눈길이 손들의 술잔에 머물렀다. 병자가 눈을 희번덕거리며 눈알을 굴렸다.

"잡게!"

세풍의 고함보다 병자가 빨랐다. 병자가 눈동자를 홱 돌리더니 사내 세 명이 둘러앉은 술상으로 질주했다. 술잔을 빼앗아 들어 입 안에 털어 넣었다. 이놈이 미쳤나, 사내들이 삿대질을 하며 언성을 높였다.

병자는 상에 놓인 술병을 들어 입 안에 들이부었다. 술이 입 안으로 반, 입 밖으로 반 흘러나왔다. 친구가 달려가서 병자를 말리고, 사내들은 욕을 퍼부었다. 세풍이 쫓아가서 술병을 빼앗았다. 병자는 술병을 놓지 않았다.

초라니 둘이 붙어 병자를 붙잡았다. 세풍과 병자가 술병을 놓고 실랑이를 벌였다. 술병이 병자의 손에서 튕겨 나가 들마루에 앉아 있는 사내의 머리 위로 툭 떨어졌다. 사내 하나가 쌍욕을 하면서 자리에서 일어나 병자의 맨상투를 잡았다.

"이러지 말게."

세풍이 손을 내저으며 말렸다.

"넌 뭐야?"

맞은편에 앉아 있는 사내가 일어나 삿대질을 했다.

"의원님한테 너라니, 이게 낮술 먹고 처돌았나?"

친구 초라니가 사내의 멱살을 잡았다.

"이 광대 놈의 새끼가, 어디서 방귀를 뀌고 도리어 성질이야?"

나머지 사내 하나도 일어났다. 욕설과 주먹질이 오고 갔다. 병자와 친구, 사내들이 성난 닭처럼 엉겨붙었다. 다른 초라니들이 끼어들었다. 옆에서 술상을 받고 있던 사내들도 팔을 걷어붙이고 일어나 초라니들에게 달려들었다.

"아니, 왜 자네들까지……. 한편인가 보이. 그래도 이러면 아니되네. 술값은 내 다 보상해 주겠네. 그만들 하게."

세풍이 소리쳤지만 아무도 세풍의 말에 귀 기울이지 않았다.

"군자는 싸움을 멀리하고, 하품지인은 주먹으로 싸운다고 했거늘."

세풍의 얼굴로 사발이 날아들었다.

"내가 지금 이자들에게 개소리를 짖고 있구나!"

세풍은 병자를 찾아 싸움판을 비집고 들어갔다. 사내들과 초라니들이 넘어지고 부딪치고 다시 일어섰다. 술상이 엎어지고 그릇이 날아다녔다. 주막은 아수라장이 되었다. 그 가운데에서 세풍은 여기저기서 얻어터지고 발길질에 차였다. 갓이 떨어지고, 상투가 풀어지고, 머리카락이 뜯겼다. 흰 도포가 더러워지고 코에서는 붉은 액이 흘러내렸다.

"출혈이군."

세풍이 소매로 코를 훔쳤다. 숨을 거칠게 내뱉으며 눈을 감았다.

"그만!"

우렁찬 목소리가 주막 한가운데 울려 퍼졌다. 만복이었다. 사내들은 잠시 멈추었다가 다시 엉겨 붙었다. 만복은 전장 속을 헤치고 들어가 세풍을 끌고 나왔다. 세풍을 툇마루에 앉혔다. 세풍은 산발에 녹초가 되어 있었다.

"서방님, 괜찮아요? 눈 좀 떠 보셔요."

만복이 소매로 세풍의 코에서 흘러나오는 피를 닦았다. 세풍이 눈을 떴다.

"만복이, 왜 이자 온 기여?"

혼이 빠진 듯 늘어진 세풍이 고향 억양으로 물었다.

"그니께 늘 같이 다니자고 했잖유."

만복도 고향 억양으로 대답했다.

만복은 다시 싸움판 속으로 들어가 병자를 끌고 나왔다. 병자를 들쳐 업고, 세풍의 손을 잡고 주막을 빠져나왔다.

"세상 점잖은 양반이 이게 무슨 꼴이시래요?"

의원에 들어서자 남해댁이 세풍의 몰골을 보고 달려왔다.

"둘이 싸웠어?"

입분이 병자와 세풍의 꼴을 보고 만복에게 물었다. 방 안에서 은우가 나와 입을 벌렸다.

"병자는 의원에 머물게 해라."

세풍은 한 마리 학처럼 고고하게 걸음을 옮기며 방으로 들어갔
다.

세풍은 병자가 술을 찾을 때마다 지구자 달인 물을 마시게 했
다. 병자가 말을 듣지 않으면 밤탱이가 된 제 눈을 가리켰다. 병자
는 미안했는지 세풍의 말을 고분고분 따랐다. 객방에 머물면서 밥
과 탕약도 꼬박꼬박 챙겨 먹고 침도 잘 맞았다.

병자가 세풍의 방으로 왔다. 세풍의 눈을 보면서 사과를 했다.

"술이 맛이 있소?"

"그럼요."

병자는 고개를 끄덕이며 당연한 걸 물으신대요, 라고 덧붙였
다.

식혜, 수정과, 순정과, 밀수, 앵도, 복숭아, 복분자 과실 화채처
럼 몸에 해롭지도 않고 맛난 음료들이 많은데 왜 굳이 맛없는 술
을 마시는지 세풍은 알 수 없었다.

"무슨 맛이오?"

병자의 얼굴이 환해졌다.

"하늘 맛, 구름 맛, 달 맛, 별 맛이지요."

병자는 구름을 탄 듯 황홀하게, 별이 된 듯 반짝거리며 웃었다.

"마음이 울적할 때 마시는 술은 푸른 하늘 맛. 기쁠 적에 마시
는 술은 하얀 구름 맛. 그리운 이를 생각하며 마시는 술은 먼 달

맛, 사랑하는 이를 보며 마시는 술은 빛나는 별 맛. 바람 맛, 숲 맛, 어머니 맛, 빛 맛도 있지요."

"그렇군……."

세풍은 이해할 수 없는 맛이었다. 세풍은 병자에게 술을 좋아하게 된 계기를 물었다.

초라니패에 들어온 병자는 혹독하게 훈련받았다. 죽방울 받기는 쉬웠다. 가면을 쓰고 극을 하는 초라니굿은 그런대로 할 만했다. 하지만 솟대타기는 고도의 훈련이 필요했다. 힘든 시간을 견디고 무대에 섰을 때 사람들은 그의 공연에 환호했다. 웃고, 긴장하고, 소리를 지르고, 박수를 쳤다. 병자는 자신이 너무 대견하고 감격스러웠다. 그러나 무대를 내려서면 병자는 천대받는 광대일 뿐이었다.

어느 겨울날 초라니들은 주막 봉놋방 두 군데에 자리를 잡았다. 한 양반이 주막에 손님으로 들어왔다. 다짜고짜 초라니들이 들어앉은 방을 비우라고 했다. 초라니들은 엄동설한에 어디를 가느냐며 방을 같이 쓰자고 사정했다. 천한 것들이 지금 누구와 한 방을 쓰자는 게야, 양반이 노발대발했다. 물러나지 않으면 물고를 내겠다고 했다. 초라니들은 찬바람 속으로 쫓겨 나왔다.

양반과 그를 수행하는 자들이 각각 방 두 칸을 차지했다. 초라니들은 헛간에 자리를 폈다. 살을 에는 추위였다. 친구 초라니는 몸까지 아팠다. 병자는 무릎을 꿇고 양반에게 머리를 조아렸다. 윗목이라도 좋으니 아픈 친구만이라도 아랫것들이 머무는 방 한

구석에서 재워 달라고 사정했다. 양반은 천한 광대가 감히 명을 거스르려 한다며 역정을 냈다.

"여봐라."

양반이 옆방을 향해 소리쳤다. 아랫것들이 나와 병자를 찬 바닥에 떨구었다. 본때를 보여 주라는 명에 아랫것들이 병자를 매질했다.

동패 초라니들은 무릎을 꿇으며 빌밖에는 할 수 있는 일이 없었다. 주막에 머무는 다른 나그네들도 말리지 않았다. 개중에는 초라니패의 공연을 즐기던 이도 있었다. 그러나 그들에게도 광대는 천대받아야 마땅한 천것이었다.

"누구는 천한 광대가 되고 싶었나요? 저도 농사짓고 싶어요. 하나 밭 한 뙈기 없는데 어떡하나요? 굶어 죽지 않으려고, 구걸 안 하려고, 내 몸 놀려 내 식구들 먹이려고 이 짓을 택했어요. 제가 광대질 하는 게 그리 잘못인가요? 사람들은 웃는 얼굴로 공연을 즐겨 놓고는 공연이 끝나면 우릴 멸시해요. 점점 사람들이 무서워졌어요. 사람들 앞에 서는 일이 두려워졌어요."

병자는 공연을 할 때면 온몸에 땀이 나고 초조하고 불안해졌다. 관객들의 눈빛이 날카로운 창이 되어 저를 찌를 것만 같았다. 그래서 술을 마시기 시작했다. 술을 마시면 사람들이 무섭지 않았다. 아무도 저를 찌를 것 같지 않았다. 공연을 무사히 끝낼 수 있었다.

6

야삼경, 남해댁이 자리에서 일어났다. 젊을 때는 한밤중에 소변이 마려운 일도 없었고, 설사 소변이 마렵다 하여도 잘 참을 수 있었는데 이제는 제 마음대로 안 되었다. 자다가 꼭 한 번씩은 일어나야 했다. 머리맡에 요강을 찾았으나 보이지 않았다. 입분이가 내놓았으리라.

"어이구, 너도 늙어 봐라."

남해댁이 입분의 머리를 쥐어박는 시늉을 하며 밖으로 나왔다. 부엌에서 바스락거리는 소리가 났다. 아무리 급해도 이건 해결하고 가야 했다. 남해댁은 빗자루를 찾아들었다.

"망할 놈의 쥐새끼!"

남해댁은 부엌으로 들어가 빗자루를 휘둘렀다.

"아이고, 이 뭐고?"

병자가 쭈그려 앉아 술을 마시고 있다가 바닥에 엉덩방아를 찧었다.

"내 술!"

남해댁이 소리쳤다.

"이게 어떤 술인 줄 알아?"

남해댁은 소리를 지르며 빗자루로 바닥을 내리쳤다. 마음 같아서는 귀한 술을 처마신 병자를 패고 싶었다. 소리를 듣고 세풍과 계 의원이 부엌으로 나왔다.

"의원님, 저도 술 그만 마시고 싶어요. 한데 지금은 마셔야겠어요. 지금 안 마시면 저 죽어요. 저 좀 살려주세요."

병자는 훌쩍거리며 세풍의 바짓가랑이를 붙들었다.

"다 처마시고 이제 와서 뭘 또 마셔?"

남해댁이 병자를 나무랐다.

"술 한 병 가지고 뭘 그러오?"

계 의원이 남해댁을 말렸다.

"의원님 드리려고 만든 인삼주예요."

"인삼은 아깝다만 내 먹은 셈 치오."

"누가 계 의원님 드린다고 했어요?"

남해댁은 세풍을 쳐다보았다.

"유 의원은 술도 못 마시는데?"

"그러니까 좋은 술을 드셔야죠."

"저는 괜찮습니다."

세풍은 남해댁을 달랬다.

"이왕 이렇게 된 거 술 다 갖고 오오."

계 의원은 병자를 데리고 큰방으로 갔다. 남해댁이 술상을 봐왔다.

"보오. 더 있잖아요. 다 갖고 오오."

"없어요."

"좋은 술이 있을 텐데……. 꿍쳐 둔 것까지 다 갖고 오오."

"좋은 술은 아까 저 병자가 다 처드셨어요."

계 의원과 병자가 마주 앉았다. 계 의원은 병자에게 오늘 밤 술을 원 없이 마시고 내일부터는 끊자고 했다. 세풍이 들어와 계 의원을 말렸다.

"의원님까지 왜 이러십니까?"

"술 때문에 도둑놈 되는 거보다는 낫잖아."

계 의원과 병자는 술잔을 주거니 받거니 했다.

잠시 후 남해댁이 들어왔다. 손에는 인삼주가 들려 있었다. 두부도 부쳐 왔다.

"이건 유 의원님 거."

세풍도 자리를 잡고 술을 받았다. 한 잔 마셨다. 또 한 잔 마셨다. 역시 아무 맛이 없었다.

"유 의원님, 더 마셔도 돼요?"

남해댁이 물었다.

"주십시오."

세풍은 또 잔을 들었다. 남해댁이 걱정스러운 얼굴로 세풍을 보았다.

"아프거든, 맘이."

계 의원이 세풍의 잔에 술을 따랐다.

다음 날. 병자는 자리보전했다. 병자는 배를 부여잡으며 죽겠다고 호소했다.

"술 못 마시면 죽는다고 해서 마시게 해줬더니 마시고도 지랄이야?"

"이제 다시는 술 안 마셔요. 제발 살려주세요."

병자는 벌건 얼굴로 계 의원에게 사정했다.

계 의원과 병자의 목소리를 듣고 세풍이 눈을 떴다. 머리가 아프고 속이 뒤틀렸다. 이런 걸 왜 마시는지, 세풍은 다시는 술을 마시지 않겠다고 다짐하며 몸을 일으켰다.

세풍은 방을 나와서 은우가 왔는지 확인했다. 은우는 큰방에 있었다. 세풍은 입분에게 병자를 들이라고 말하고 제 방으로 들어갔다. 병자 대신 계 의원이 건너왔다.

"한데 나 어제 아무 일 없었냐? 몸은 괜찮은데 기억이 없어."

"아무 일도 없었습니다."

"남해댁 말로는 우리 둘 다 의원 밖으로 나갔다가 한참 있다가 돌아왔다는데……."

"의원 밖이요?"

세풍이 고개를 갸웃거리다가 아, 했다. 잊고 있던 기억이 되살아났다.

술을 마시다가 뛰쳐나간 계 의원은 새말 임순만의 집으로 갔다.

"야, 임순만이! 나 소락현 개지랄이야."

계 의원은 자다가 나온 임순만에게 고래고래 소리를 질렀다.

"주토 광대 놈이 예가 어디라고 망주를 처먹고 와서 지랄 발광 네굽질이야? 미친 게냐?"

"내 새끼들 건들지 마. 내가 진짜 처돌아서 지랄 발광 떨면 뭔 짓을 할지 몰라."

"네 새끼가 대체 어디 있는데?"

계 의원은 세풍의 손목을 잡았다.

"여기 있잖아. 유세풍이. 또 유은우. 같이 밥 먹으면 한 식구고, 내 품에 있으면 내 새끼지."

"상놈의 새끼가 감히 양반한테 제 새끼라니? 네놈이 죽고 싶어서 처돈 게지?"

"너만 하겠냐? 너처럼 아무 데서나 싸지르고 천민 새끼 만드는 것보다는 낫지."

"뭐야?"

"상놈이 양반 새끼를 만들었으니 출세했네, 출세했어. 너보다는 내가 백배 천배는 출세했다. 하하하."

세풍은 계 의원의 웃음소리를 떠올리고서 웃었다. 세풍은 계 의원에게 임순만의 집에 잠시 다녀왔다고만 말했다.

"나 어제 개지랄 떤 거 아니야? 그놈이 뒤끝 있는 놈이라서 너무 긁으면 부스럼이 되는데……."

"아니요. 멋있으셨습니다."

세풍은 엄지를 치켜 들었다.

"그래?"

"예."

세풍이 고개를 끄덕이며 웃었다.

어슬녘, 은우는 끝방에서 나와 마당으로 내려섰다. 마당에 있던 세풍이 은우의 앞으로 다가섰다. 세풍은 저를 기다린 눈치였다. 은우는 주변부터 살폈다. 얼른 고개를 숙이고 비켜섰다.

은우를 향한 사족의 시선은 곱지 않았고, 세풍을 향한 은우의 시선도 정답지 않았다. 요사이 은우는 세풍과 함께하는 자리를 피했고, 어쩌다 세풍과 눈이 마주치면 고개를 숙이고 시선을 피했다.

"잠시 뒤뜰로 오십시오."

"지금은 곤란해요. 하실 말씀이 있으면 예서 하시지요."

"병자가 뒤뜰에서 기다리고 있습니다."

은우가 고개를 들고, 세풍을 보았다. 잘못한 일도 없이 제 눈치를 살피는 세풍의 모습이 안쓰럽고 딱해 보였다. 그렇다고 세풍과 거리를 좁힐 수도 없었다. 제가 세풍을 가까이하면 세풍도 곤란해지리라.

"저는 여기 있겠습니다. 은우님, 혼자 가십시오."

세풍이 은우의 생각을 읽은 듯, 말했다.

은우는 병자를 보러 뒤뜰로 갔다. 초라니 병자와 친구가 은우에게 인사를 했다. 은우는 멀뚱히 서 있었다. 초라니들은 은우를 의자로 안내했다. 가을 물이 든 나무 그늘 아래, 의자 하나가 놓여 있었다. 은우는 자리에 앉았다. 초라니들은 은우의 정면에 서서 배우희를 시작했다.

주인공은 애꾸눈 광대. 애꾸눈 광대는 천한 광대라 하여 사람들에게 손가락질과 핍박을 받는다. 하지만 꿋꿋이 연습을 하고 공연을 해내고 마침내 조선 최고의 광대가 되어 사람들의 인정을 받게 된다는 내용을 익살스럽게 풀어낸 극이었다.

은우는 초라니와 함께 웃고 울다가 배우희가 끝났을 때 소리 없이 울었다. 투명한 눈물이 은우의 하얀 뺨을 타고 흘러내렸다.

"소리 내서 우셔도 됩니다."

세풍이 다가왔다. 초라니들은 조용히 자리를 떴다.

"마음이 아프시잖아요. 소리 내서 우십시오. 마음이 아프다, 소리 지르십시오. 왜 여인만, 같은 처지인데 과부만 손가락질 당해야 하느냐고 따지십시오."

은우는 어깨를 떨며 흐느끼기 시작했다.

"은우님만 비난받게 해서 죄송합니다. 제가 사내라서 죄송합니다. 은우님께 힘이 되어 드리지 못해서 죄송합니다."

은우는 손으로 얼굴을 감싸고 소리 내어 울었다. 세풍은 은우의 작은 어깨에 놓인 무거운 짐을 보며 속으로 울음을 삭였다.

세풍이 은우의 등을 토닥였다. 은우가 세풍의 가슴에 얼굴을 묻고, 소리 내어 울었다.

바람이 불고 나무들이 잔가지를 떨며 잎을 떨구어냈다. 은우의 눈물이 세풍의 옷자락에, 가슴에 스며들었다.

한참을 울고 나니 은우는 속이 후련해졌다. 다만, 정신을 차리고 나니 자기가 세풍에게 너무 가까이 기대고 있었다. 제 귓가에 세풍의 심장 소리까지 들려왔다. 은우는 세풍에게서 몸을 떼고 잠시 그대로 있다가 일어나 고개를 살짝 숙이고서는 앞마당으로 향했다. 끝까지 세풍을 보지는 않았다. 지금은 볼 수 없었다.

은우는 한참 울고 나니 속이 후련해졌다. 뒤뜰에서 나와 초라니 병자에게 갔다.

"이렇게 재미난 건 처음 봤어요. 고마워요."

"미천한 놈에게 고맙다니요. 제 연희를 좋아해 주셔서 제가 오히려 감사드립니다."

병자가 허리를 숙여 절을 했다.

며칠 후 병자는 의원을 떠나겠다고 했다. 세풍은 병자를 방 안으로 불러들였다.

"그날 공연은 대단했소. 당신의 연희가 은우님을 위로했소. 술을 한 방울도 마시지 않고 해낸 일이오."

"계수 의원 의원님들은 저 같은 것도 사람 대접을 해주시니까요. 하나 의원 밖은 달라요. 쇤네는 여전히 천대받는 광대일 뿐인걸요."

"양반들은 의술은 잡술, 의학은 잡학이라고 하여 천시한다오. 의학이 얼마나 어려운지, 진맥과 시침을 하기 위해 얼마나 많은 수련을 해야 하는지를 아는 유의儒醫라면 모를까, 고뿔이나 체기에 침 자리 하나도 못 잡아서 의원을 찾는 양반들이 그리 말한다오. 내 한동안 얼마나 서러웠던지 의원 노릇을 때려치울까도 고민했다오."

"안 돼요. 의원님이 안 계시면 우리 같은 병자들은 어떡하라고요?"

"안 되겠지?"

세풍은 병자를 보며 눈을 찡긋하였다.

"당신도 마찬가지요. 당신 같은 사람이 없으면 사람들을 웃고 울리는 연희도 사라진다오. 당신에게 돌을 던지는 사람 중에 당신처럼 사람들을 즐겁게 하고 감동을 주는 자는 없소. 그들은 당신이 하는 일이 얼마나 어려운지, 광대가 되기 위해 얼마나 노력했는지 모르는 사람들이오. 그들이 단 한 번만 높은 솟대에 올라가 재주를 넘어 봤다면 그리 말하지 못할 것이오. 우리는 아직 세상 이치를 잘 모르는 아이들의 말에 일일이 신경 쓰지 않잖소. 당신을 잘 모르는 자들의 손가락질에 휘둘리지 마시오."

병자가 고개를 끄덕였다. 세풍은 약방문을 써서 건넸다. 병자가 일어서서 나가는데 세풍이 병자를 다시 불렀다.

"사람들은 은우님이 여인이고 과부라서 의원이 될 수 없다 하오. 당신도 그리 생각하오?"

"아니요. 다른 의원님들하고 똑같으시던데요."

병자를 보내고 세풍은 사잇문으로 눈길을 주었다. 끝방에 은우가 있었다.

"은우님, 들으셨습니까? 은우님은 의원입니다. 계수 의원에 꼭 필요한. 소락 병자들에게 꼭 필요한 의원입니다. 은우님을 잘 모르는 사람들의 개소리에 마음 쓰지 마십시오. 다시 한번 그딴 개소리를 짖어대는 인간들이 있으면 대침을 확 찔러 넣으십시오."

"은우님, 저는 아무 말 안 했어요. 아시지요?"

은우의 음성 대신 끝방에 든 병자의 목소리가 들렸다.

"한데 저분 유 의원님 아니세요? 말투가 좀……."

"계 의원님을 닮아 가시지요?"

은우의 웃음소리가 들렸다. 세풍은 안심하고 의안을 기록했다.

계 의원은 마당에 서서 계수 의원을 한 바퀴 돌아보았다. 하, 이것들 봐라? 입분은 세풍을, 세풍은 은우를 보고 있었다. 만복은 세풍을, 세풍은 은우를 보고 있었다. 어라, 우리 장군이도 은우님을 보고 있네. 이건 뭐지? 계 의원이 고개를 갸웃거렸다. 그럼 은우님은? 은우는 아무도 보고 있지 않지만 그 마음이 누구를 보는지 계 의원은 짐작하고 있었다.

계 의원은 머리를 몇 차례 흔들고 다시 의원 사람들을 살폈다. 손가락으로 만복과 세풍을 가리켰다. 저쪽은 전생의 부부. 이미 끝났어. 손가락을 몇 바퀴 굴리다가 허공으로 날려버렸다.

그리고 저쪽, 힘들지만 두 사람이 헤치고 나갈 문제이지, 세풍과 은우를 보면서 고개를 끄덕였다. 문제는…… 계 의원의 손가락이 입분에게 멈추었다. 계 의원은 한숨을 내쉬었다.

조선 정신과 의사 유세풍

"입분아."

계 의원은 들마루에 앉아서 세풍의 방에 시선을 고정하고 있는 입분에게 다가갔다.

"왜?"

입분이 계 의원을 보지도 않고 시무룩하게 대답했다.

"아버지랑 얘기 좀 해."

"나중에."

"입분아, 아버지 좀 봐."

계 의원이 입분의 앞에서 몸을 낮추고 입분의 팔을 잡았다. 입분이 시선을 옮겨 계 의원을 보았다.

"아버지랑 얘기해."

계 의원이 입분이랑 방 안에 마주 앉았다.

"우리 입분이 시집을 보내야 하는데……."

"시집?"

"응, 시집. 한데 시집가면 여자는 그날로 고생이야. 새벽부터 일어나서 밤늦도록 일해야 돼. 잠깐 눈 붙이고 나면 또 새벽이야. 또 일해야 돼. 종일 일할 걸 생각하니……. 입분아, 아버지는 너 시집 안 보낼란다."

"나도 안 가고 싶어. 아직은……."

"아버지는 나중에라도 싫다. 양반이고 상놈이고, 유 의원이고, 유 의원보다 잘난 놈이 와도 다 싫다. 우리 입분이가 아까워. 나라님이 와도 우리 입분이가 아깝지. 너는 아버지한테 가장 이쁜 딸이니까.”

입분이가 눈썹을 실룩거렸다.

“한데 우리 이쁜 입분이가 엄한 놈 때문에 마음 쓰는 걸 보니 아버지 마음이 아프네. 그것도 홀아비한테. 잘난 건 얼굴밖에 없는 놈한테. 그것도 기생오라비처럼 희멀끔한 놈한테……”

“얼굴 말고도 잘났지, 뭐.”

“잘났으면 뭐해? 나이는 열 살이 넘게 많이 처먹은 놈인데. 저 나이 많은 홀아비는 과부가 딱이야. 그러니 저한테 맞는 과부한테 가라고 해.”

입분이 미간을 찡그리고 잠자코 있었다.

“아버지랑 살다가 네가 너무 좋아서 네 손에 물도 안 묻히고, 고생도 안 시키고, 계집질도 안 하고, 너만 사랑한다는 놈 있으면 그때 시집가. 아니, 우리 집으로 장가오라고 해.”

“조선 천지에 그런 놈이 어디 있어?”

“있잖아, 아버지.”

“치, 바보 아버지.”

“그렇게 하자? 응?”

“아버지 장가들 생각이나 해. 나 아버지 장가보내고 내 맘대로 살아 볼라니까.”

“시집은?”

“됐어.”

“유 의원이라도?”

"늙은 홀아비, 아버지가 싫으면 나도 싫어."

입분이 일어섰다. 방을 나가다가 돌아봤다.

"아버지는 과부라도 괜찮아. 그 나이에 처녀장가는 힘들어. 알지?"

"과부고 처녀고 아버지는 됐어, 이년아."

"아이고, 우리 아버지 돌아왔네."

입분이 웃으며 나갔다. 계 의원이 입분이 나간 자리를 보며 싱긋 웃었다.

남해댁이 집으로 돌아가려는 은우를 붙잡았다. 저녁을 들고 가라고 청했다. 은우는 돌아가서 먹겠다고 사양했다.

"의원님들은 방에서 드시고, 우리는 우리 방에서 먹어요."

"그게 아니라……."

남해댁은 모처럼 고향 음식들을 만들었다고 했다. 은우에게 맛보이고 싶다고 했다.

남해댁이 만복을 불렀다.

만복이 큰방에 상을 내려놓고 나갔다. 수수부꾸미, 감자농마국수, 영채김치, 가자미식해라고 했다. 계 의원은 남해댁이 고향 음식을 차렸다고 했다. 세풍은 낯선 물김치를 보며 젓가락을 들었다. 풀떼기가 잘 익어 있었다.

"영채김치야. 산갓에 따뜻한 물을 부어서 익혔어. 간장에 찍어 먹어."

"이게 다 남해에서 먹는 거라고요?"

"그렇다니까."

계 의원이 자신 있게 대답했다. 식구가 된 지 십오 년, 남해댁에 대해서 모르는 것이 없다고 했다. 세풍은 고개를 갸웃거리며 국수를 들었다. 질긴 식감이 나쁘지 않았다.

남해댁은 귀가하겠다는 은우를 불러 아랫방에 앉혔다. 방에 밥상을 들여놓고 다시 부엌에 갔다가 왔다. 손에는 술병과 술잔이 들려 있었다.

술에서는 삼 향기가 났다. 유 의원님 드리려던 산삼주인데 유 의원님은 술을 못하니 우리끼리 다 마시자고 했다.

"은우님. 몸도, 마음도 고생 많으세요."

남해댁이 은우의 잔을 채웠다. 은우는 술을 석 잔 마셨다. 얼굴이 발그레해졌다.

"병자가 왜 술을 마셨는지 알겠어요."

취기가 오르면서 은우가 입을 열었다.

"용기가 생겨요. 사람들의 손가락질, 뒷말, 시선이 두렵지 않아요. 이대로 밖으로 나가 당당하게 걸어 다닐 수 있을 것 같아요."

"술이 약이옵꾸마."

남해댁의 말투가 달라졌다. 은우가 웃었다.

"사실 제 고향은 남해가 아니에요."

"알고 있어요."

"아무도 모르는데 어떻게 아셨어요?"

"흥분하시면 북방 사투리를 쓰시잖아요."

은우가 미소를 지었다.

"내 잘 숨긴다고 했는데 은우님한테 들켰네요."

"꼭 숨겨야 하는 일인가요?"

남해댁이 한숨을 쉬었다.

남해댁은 귀화한 여진족의 후손이었다. 조상은 함경도 회령에 터를 잡고 조선인이 되었다. 남해댁은 조선에서 태어나 조선에서 자라고 조선말을 쓰고 조선 음식을 먹었다. 자신은 분명 조선인이었다. 그런데 호란이 일어나니까 조선 사람들은 자기 집부터 쳐들어와서 불을 질렀다. 오랑캐의 씨는 물러가라고 했다. 남해댁 가족은 쫓기듯이 고향을 떠나 팔도를 헤매다가 남해에 정착했다.

"혼인은 안 하셨어요?"

"혼인 그딴 거 할 겨를이 어디 있어요? 먹고살아야 되는데. 내가 내 머리를 올리고 이 집 저 집 품을 팔아 아버지 모시고 아우들을 키웠어요."

아버지가 돌아가시고 동생들이 장성한 후, 남해댁은 고향으로 향했다. 중간에 병이 들어 계수 의원에 머물렀다. 계 의원이 어린 입분과 장군을 키우고 있었다. 먹고사는 꼴이 하도 시원찮아서 약값 대신에 밥을 해주다가 이곳에 눌러앉게 되었다. 의원이 커지면서 계 의원은 곳간 열쇠를 남해댁에게 맡겼다.

"한데 어찌 계 의원님마저 아주머니를 남해 태생으로 알고 계실까요?"

"나는 내 입으로 남해가 고향이라고 한 적이 없어요. 어디서 왔냐고 해서 남해에서 왔다고 했는데, 계 의원님 혼자 내 고향을 남해로 착각해서 나를 남해댁이라고 부르고 사람들한테 소개했어요. 그러고 나니 내가 함경도 출신이라고 말을 못 하겠더라고요. 함경도 사람 싫어하는 거 다 아는데……."

은우는 고개를 끄덕였다. 제가 잘못하지 않아도 제 출신과 배경, 처지 때문에 손가락질 받는 심정을 알 것 같았다.

"결심했어요. 이제 내 출신을 떳떳이 밝히겠어요. 왜 내 출신이 함경도고 내가 여진족 후손이라는 게 죄예요? 아니에요. 나는 내 출신도 과거도 현재도 부끄럽지 않아요. 남들이 뭐라는 게 뭐가 중요해요? 그 사람들이 나한테 뭐라고, 내 인생을 살아 주는 것도 아니고, 나 힘들 때 내 손 한 번 잡아 주는 것도 아니고, 나 배고플 때 쌀 한 톨 나눠 주는 것도 아니잖아요. 나, 내 손으로 일해서 내 밥 먹고 살아요. 죄 안 짓고 남들한테 해코지 안 하고 살아요. 그럼 된 거 아니에요? 남들이 내 인생에 대해서 이러쿵저러쿵 방아를 찧어댈 이유가 없어요."

남해댁은 갑자기 마당으로 뛰쳐나갔다.

"나는 여진족의 후손, 함경도 사람이다! 소락 사람들, 나는 남해댁이 아니라 함경도 회령댁이다."

방 안에 있던 의원 식구들이 문을 열고 남해댁을 보았다.

"시원하다."

남해댁이 두 팔을 벌리고 소리쳤다.

"남해댁이랑 은우님이랑 술 드시는 거죠?"

세풍이 두 사람을 말리려고 나섰다. 계 의원이 세풍을 끌고 앉혔다.

남해댁과 은우의 술자리는 끝나지 않았다. 두 사람은 달을 봐야겠다며 들마루로 자리를 옮겼다.

"은우님, 우리 유 의원님한테 너무하세요. 왜 그러세요? 유 의원님이 은우님을 얼마나 좋아하는데……. 우리 유 의원님이 얼마나 좋은 사람인데. 내 이상남. 내가 십 년만 젊었어도, 아니 십 년 갖고는 택도 없네. 하여간 우리 유 의원님한테 그러지 마세요. 내 마음이 다 쌩해요."

대청에 앉아 남해댁과 은우의 대화를 듣고 있던 입분이 장군에게 물었다. 시선은 은우를 쫓고 있었다.

"오라비, 사랑이 뭘까?"

장군의 시선이 은우에게 향했다. 얼굴에 발그레한 미소가 번졌다.

"은우님 예쁘지?"

장군이 고개를 끄덕였다.

"은우님 예쁘다."

장군이 대답했다.

"내 우리 아버지 심정을 알겠네."

입분이 장군을 보며 혀를 차다가 은우를 보고 나직이 말했다.

"그래, 은우님 예쁘다. 얼굴도 마음도 참말 예쁘다."

장군이 웃었다.

"유 의원님 가슴에 구멍이 나서 휑하겠어요."

은우는 남해댁의 말을 들으며 술잔을 들었다. 잔이 비었다. 술병을 들려는데 세풍이 곁에 와 술을 따라 주었다.

"유 의원님도 앉으세요. 자요, 자."

남해댁은 세풍을 끌어 앉혔다. 새 술잔을 가지고 와서 세풍에게 내밀었다. 세풍과 은우는 말없이 술을 마셨다. 남해댁은 술잔을 놓고 들마루에 큰대자로 뻗어버렸다.

세풍이 술을 넘겼다. 곁에는 은우가 있고, 하늘에는 잔별이 빛났다. 은우의 몸이 자꾸만 앞으로 기울어졌다. 세풍은 손을 뻗었다. 은우의 흰 얼굴이 세풍의 손바닥 위로 살포시 떨어졌다.

코까지 골던 남해댁이 벌떡 일어났다.

"우리 은우님, 술 좀 하시네. 뒷일은 의원님이 알아서 하세요."

남해댁은 언제 술에 취했느냐는 듯이 멀쩡하게 걸어서 방 안으로 쏙 들어가 버렸다.

세풍은 잠든 은우를 바라보았다. 술이 반짝이는 빛 가루가 되어 온몸으로 고루 퍼져 나갔다. 세풍은 이제야 술맛을 알았다.

"술에서 별 맛이 납니다."

별빛이 은우의 검은 머리 위로 쏟아졌다.

밤이 깊어가고 뒤뜰에서 귀뚜리가 울었다.

조선 정신과 의사 유세풍

방자한 여인들의 한, 자녀안姿女案

1

계수 의원에 낯선 여인이 왔다. 차림새가 독특했다. 양반 댁 아가씨처럼 폭이 넓고 길이가 긴 치마를 입었는데 쓰개치마 대신 두건을 썼다. 두건 밖으로는 머리카락 한 올 보이지 않았다. 입분은 여인을 아래위로 흘금거리고 말했다.

"여의가 왕진을 가셔서 침을 맞으려면 좀 기다리셔야 돼요."

여인은 성큼성큼 걸어가 대청으로 올라갔다. 여인이 발을 디딘 자리에 부연 흙먼지가 일었다. 입분은 여인을 큰방으로 안내했다. 여인은 계 의원을 흘깃 보더니 눈매를 찡그렸다.

"여기 곱게 생긴, 젊은 의원이 있다던데?"

"지금은 안 계세요. 같이 왕진 가셨어요."

여인이 아쉬운 표정을 지으며 큰방으로 향했다.

"매일 꿩고기만 먹을 수 없으니까 오늘은 닭으로 하지."

여인이 큰방으로 들어가려는데 세풍과 은우가 들어섰다. 여인은 걸음을 멈추고 세풍을 보았다.

"어이, 거기 의원님. 나 좀 봐줘요."

여인은 세풍의 방으로 들어와 방문을 닫았다. 세풍이 일어나 방문을 열었다. 여인은 세풍의 행동에 웃음을 지으며 자리에 앉았다.

여인은 한 달 전부터 기운이 없고 잠이 오지 않으며 최근에는 가슴이 답답하다가 두근거리고 숨이 막혀 죽을 뻔한 적도 있다고 했다. 세풍이 맥을 짚었다. 세삭맥, 심과 비의 기혈이 부족했다.

"식사를 잘 못하시죠?"

"식욕이 없어."

"기지개를 켜거나 하품을 자주 하실 겁니다."

"그게 병이야?"

"병증의 하나입니다."

"한숨도 자주 쉬십니까?"

"그럴걸."

"마음이 어지럽고 혼란스러우며 슬퍼서 울다가 다시 웃을 때가 있고요."

"다들 그러고 사는 거 아니야?"

"그렇죠."

세풍은 고개를 끄덕였다. 심비양허를 동반한 장조臟燥. 자주 슬퍼하며 발작적으로 우는 증상과 더불어 심번불녕, 희노무상, 정신 황홀부정이 나타나는 병증. 손발을 떨고 욕을 하고 소리를 지르기도 하며 정지 자극을 받으면 증상이 심해지는 병증이었다. 하여 병자의 마음을 안정케 해야 했다.

"나 곧 죽지?"

"아니요. 아주 오래 사실 겁니다. 약 잘 먹고, 침 잘 맞으시면요."

세풍이 약방문을 썼다. 병자가 검지로 세풍의 팔을 두드렸다.

"잘 좀 봐요. 죽을 것 같았다니까."

여인은 초조해 보였다.

"한 달 전부터 병증이 있었다고 하셨지요? 마음 상하는 일이라도 있었습니까?"

"아니. 아무 일도."

여인은 다시 침착해졌다. 세풍은 여인의 머리로 시선을 옮겼다. 여인이 제 머리를 쓰다듬었다.

"아, 이거? 설마 지금 나 의심하는 거야? 뭐? 바람이라도 나서 집에서 머리라도 깎였을까 봐? 아니야. 한 달 전까지 비구니였어."

"한데 왜 반말을 하십니까?"

"나이도 나보다 어린 것 같은데 꼭 남자라고 존대를 들어야 되나, 요? 아무튼 약 잘 먹고 침 잘 맞으면 낫는다는 말이지, 요?"

"네. 마음에 거리끼는 점이 없으시다면요."

"없어."

여인이 신경질적으로 대답했다.

"마음에 병이 있다면 그 또한 치료해야 합니다."

"없다니까. 약 줘. 침도 놓고. 약 먹고 침 맞으면 좋아진다며?"

세풍이 약방문을 건넸다.

"침은 의원님이 놓는 거 아닌가?"

"아닙니다."

"좋다 말았네."

여인이 장난스럽게 웃으며 일어섰다.

"이쪽입니다."

세풍이 옆방을 가리켰다. 여인은 대청으로 나가려다 말고 사잇
문을 넘어 끝방으로 건너갔다. 어서 오세요. 은우가 미소를 지으
며 여인을 맞았다.

"여의?"

"예. 괜찮으시지요?"

"젊은 남자 아니면 다 똑같아. 아무나 괜찮아."

여인은 옷을 훌러덩 벗고서는 누웠다.

여인은 침을 맞고 씩씩하게 의원을 나왔다. 여인의 걸음걸이는
기운차고 보폭은 길었지만 의원과 멀어지면서 걸음에 힘이 빠지
고 보폭은 짧아졌다. 여인은 한여름 지는 해처럼 느릿느릿 몸을
움직였다. 집 근처에 왔을 때에는 팔다리에 힘이 없었다. 여인은
길게 한숨을 내쉬고 집 안으로 들어갔다.

"작은댁 어르신께서 오셨습니다."

노비의 말에 여인의 눈동자에 먹구름이 일었다. 숙부께 인사를
드리라는 어머니의 전언을 무시하고 제 방으로 와 버렸다.

숙부를 보내고 어머니가 여인의 방으로 건너왔다.

"숙부께서 언짢아하셨어. 어찌 인사도 드리지 않는 게야? 또 아비 없는 자식을 잘못 가르쳤다며 뒷말을 하겠지."

여인이 한숨을 쉬었다. 한숨을 자주 쉬냐고 묻던 의원의 말이 생각났다.

"혼인은 안 해요."

"그럼 어찌하느냐? 나라님의 명인데……."

마흔 살 이하의 비구니들은 환속하여 출가하라는 조정의 명이 있었다. 애초에 불도에 뜻이 없던 여인은 얼씨구나 하며 잿빛 승복을 벗어 던지고 속세로 돌아왔다. 그러나 집으로 돌아오자마자 병자는 혼인을 하라는 압박에 시달렸다. 어머니는 숙부가 정해주는 혼처로 시집을 가라고 했다.

"내가 왜 늙은이의 첩실이 되어야 해요? 전 좋아하는 사람이 있어요. 혼인은 제가 하고 싶을 때 하겠어요."

어머니는 화살 보고 놀란 새처럼 눈을 떴다.

"또 사내와 사통이라도 한 게야?"

"사통이 아니라 사랑이에요."

어머니가 여인의 등짝을 내리쳤다.

"사내와 사통하여 신세를 한 번 말아먹었으면 됐지, 어쩌자고 또 음행을 일삼는 게야? 이 어미와 우리 집안 생각은 안 하느냐?"

어머니는 목청을 높이며 여인을 더 세게 쳤다. 등짝은 아프지 않았지만 마음이 아팠다. 여인은 가슴팍을 움켜쥐었다. 심통이 시작되었다.

2

남편이 부인을 업고 계수 의원에 들이닥쳤다. 낡은 갓을 쓰고 도포를 걸친 양반이었다. 부인은 시체처럼 축 늘어져서 남편의 등에 매달려 있었다. 은우가 툇마루로 나왔다. 남편이 부인을 대청에 눕히자 은우는 병자의 숨과 맥을 확인했다.

"조반 들고 멀쩡하게 나갔는데 밭에 있다가 갑자기 기절하였다오."

남편은 숨을 헐떡이며 울먹이듯 말했다. 남편의 눈이 발갰다.

"괜찮겠소? 큰 병은 아니겠소?"

은우가 부인을 부르며 흔들어 깨우자 부인이 눈을 떴다. 은우는 부인을 부축하여 큰방으로 데리고 왔다. 남편은 이마에 주름을 짓고 따라 들어와 앉았다. 계 의원이 맥을 짚고 부인과 남편을 번갈아 보았다.

"병자가 너무 지쳤습니다. 무슨 일을 하십니까?"

병자의 눈이 촉촉해졌다.

"종일 밭일을 하네. 나 때문이지."

남편의 말에 부인은 얼른 눈시울을 훔쳤다.

"육극증입니다. 원기의 정혈이 부족하여 몸이 허약해진 병증을 허로라고 해요. 육극은 이 허로가 극도에 이르러 근육, 뼈, 혈, 살, 정, 기에 이상이 생긴 병증이에요."

조선 정신과 의사 유세풍

은우가 병증을 설명하고 부인을 보았다. 피부에는 윤기가 없고 눈에는 정기가 없었다. 몸은 송장처럼 여위었다.

"정극인가요?"

은우가 계 의원에게 물었다. 계 의원이 고개를 끄덕였다.

"그동안 몸이 많이 힘들었을 텐데……. 정기가 너무 부족해요."

부인은 계 의원의 시선을 피하고 고개를 숙였다.

"잘 모르겠습니다. 이 사람이 워낙 힘든 내색을 하지 않는 사람이라……. 그리 아팠으면 말을 했어야지, 이 사람아……."

남편은 부인을 보며 다시 울먹였다. 남편의 눈이 촉촉해졌다.

"마음도 많이 지쳐 있습니다. 혹 괴로운 일이라도 있으십니까?"

"아니요."

병자가 들릴 듯 말 듯한 목소리로 말했다.

"없습니다."

남편이 걱정스러운 얼굴로 병자의 손을 잡았다.

"하루 종일 일을 하니 몸이 힘들 수밖에."

남편은 새로운 사실이 생각났다는 듯 말을 덧붙였다.

"아, 일전에 길을 가다가 미친놈한테 구타를 당했네. 그때 충격을 많이 받았을 걸세."

남편이 대답했다.

"미친놈이라니요?"

은우가 물었다.

"왈짜패거리 중 하나이겠지. 아무 이유도 없이 맞았다오. 하여 자네가……."

남편은 분통이 터진다는 듯 아내의 손을 잡았다. 어깨까지 떨며 울먹였다.

"기운도, 힘도 없는 분이 무슨 일을 이리 많이 하셨어요? 더 이상 과로하면 안 됩니다. 근심도 안 되고요."

"물론이오."

남편이 대답했다.

"시침하러 갈 거예요. 일어서실 수 있으시겠어요?"

부인이 고개를 끄덕였다. 은우가 부인을 일으켰다. 어깨와 팔에 살집이라고는 없었다. 은우는 부인을 끝방으로 데려왔다. 남편도 따라 들어왔다.

"나가서 기다려 주세요."

남편은 여전히 걱정스러운 얼굴로 부인을 보았다.

"염려 마시고, 밖에서 기다려 주세요."

남편은 부인에게서 눈을 떼지 못한 채 밖으로 나갔다.

은우가 방문을 닫았다. 부인은 옷을 벗고 누웠다. 온몸에 왈짜에게 맞은 흔적이 있었다. 시퍼런 멍, 검붉은 멍, 누런 멍. 색도 크기도 모양도 아물기도 가지가지였다.

"그 왈짜에 대해 말씀해 주시겠어요? 장소라든가, 인상착의라든가. 그럼 그자들을 잡는 데 도움이 될 거예요."

"기억이 안 나요, 의원님."

부인은 작은 입술을 움직여 기어들어 가는 소리로 말했다.

"괜찮아요. 한숨 주무신다고 생각하시고 편히 계세요."

부인이 눈을 감았다. 은우가 조심스레 침을 꽂았다.

"의원님! 나 죽어요."

비구니 아닌 비구니 병자가 죽겠다며 계수 의원 문턱을 넘었다. 병자는 가슴을 부여잡고 고통스러워했다. 입분이 병자를 부축했다.

"나 죽겠다니까."

"지금 의원님께 가요."

"나 죽어."

병자의 몸이 점점 무거워졌다. 입분이 힘에 겨워 얼굴을 찡그렸다. 만복이 다가와 병자를 부축해서 세풍의 방으로 데려갔다. 병자는 바닥에 주저앉아 가슴을 쥐어뜯었다.

"의원님, 나 죽어. 숨을 못 쉬겠어. 가슴이, 가슴이……."

병자는 고통을 호소하다가 세풍의 다리를 붙들었다. 세풍은 차분히 병자를 맥진했다.

"자, 이제 괜찮습니다."

"아니야. 나 죽어. 죽는다고……. 아, 이런 개 같은, 나 못 죽어!"

병자는 온 의원이 떠나가도록 소리를 질렀다. 세풍의 허벅지를 세게 움켜쥐었다.

은우가 놀란 얼굴로 사잇문을 열고 병자를 보았다.

세풍은 차분히 병자를 응대했다.

"이 손 떼면 괜찮으실 겁니다."

"아니야, 숨을 못 쉬겠다니까. 숨 막혀서 죽으면 어떡하라고?"

"안 죽습니다. 이 손 떼면 무사하실 겁니다."

"아니야, 죽을 거야."

병자가 손에 더 힘을 주었다.

"안 죽습니다. 하나 둘 셋 하면 떼시는 겁니다. 하나, 둘, 셋!"

"안 돼. 못 하겠어."

"하나 둘 셋!"

세풍은 병자의 팔을 잡고 손을 떼냈다.

"안 돼!"

병자는 죽는다며 비명을 지르다가 곧 잠잠해졌다. 숨을 골랐다.

"진짜 괜찮네."

"의원의 말을 안 믿으시고 이런 데 막 잡으시고, 그러면 안 됩니다."

세풍이 병자를 나무라는 어조로 말했다. 은우가 사잇문을 닫았다. 병자가 세풍의 얼굴을 보고 웃었다.

"젊은 의원이 용하시네. 귀여운 데도 있으시고."

세풍이 헛기침을 하고 병자를 보았다.

"무슨 일 있으셨습니까?"

"아니, 아무 일 없어."

"좀 불안해하고 계십니다."

"불안하다니? 설마 내가 험한 일이라도 당한 사람처럼 보여? 아니, 나 하나도 안 불안해. 나 잘못한 거 없어. 떳떳하다고."

병자는 목청을 높이더니 갑자기 울음을 터뜨렸다. 큰 소리를 내며 통곡까지 했다. 마당에 있던 병자들이 방 안을 흘끔거렸다. 세풍은 말없이 무명 수건을 건넸다.

"고마워. 똑똑하네."

병자는 무명 수건에 코를 풀고 또 울었다. 잠시 후 병자는 언제 울었느냐는 듯이 울음을 뚝 그치고 기지개를 켰다.

"피곤해."

병자는 세풍에게 인사를 하고 대청 쪽으로 걸음을 옮겼다.

"침을 맞으셔야 합니다."

"꼭 여의한테 맞아야 해?"

"아니요. 편하실 대로."

병자가 방을 나가자 은우가 사잇문을 열고 세풍에게 물었다.

"장조인가요?"

"예."

"보기엔 병자 같지 않은데요? 방금은 또 씩씩하게 보였습니다."

"저건 가짜입니다. 진짜 모습을 감추기 위해 더 밝고 씩씩한 척하는 겁니다. 평소에는 슬픈 모습일 때가 많을 겁니다. 오늘처럼 발작적으로 우는 일도 있었을 테고요. 그리고 불안해하는데……그 이유를 통 말하지 않는군요."

"예……."

"한데 장조라는 것을 어찌 아셨습니까?"

"『동의보감』에서 자주 하품을 하며 까닭 없이 계속 우는 부인에게 감맥대조탕을 처방했다는 사례가 기억이 나서……."

세풍도 기억이 났다. 자기와 함께 읽었다. 『의학입문』도 『황제내경』도 『향약집성방』도.

은우는 지난 이 년 세월을 의원이 되기 위해 각고의 노력을 기울였다. 하루에 두세 시진만 자면서 낮에는 실습을 하고 밤에는 의서를 읽었다. 의원에 나오지 않는 명절에도 은우는 방에 틀어박혀 책만 읽는다고 했다. 은우의 지난 이 년 시간에는 의원이 되는 길밖에 없었다.

"오늘부터는 『금궤요략』을 함께 읽겠습니다."

"……."

"의원으로 사시겠다면서요? 의생으로 대해 달라면서요? 계수의원에 나오는 이상, 풍문은 사라지지 않을 겁니다. 그깟 풍문 때문에 공부를 소홀히 해서야 되겠습니까?"

"네. 그리하겠어요."

은우가 얕게 숨을 뱉었다. 세풍은 말없이 의안을 기록했다.

비구니 병자는 큰방으로 가서 계 의원에게 침을 맞고, 아무 일도 없었다는 듯이 의원을 나왔다. 곧장 집으로 돌아가지 않았다. 소락 성내와 강과 산야를 돌아다니다가 날이 저물고서야 집으로 향했다.

조선 정신과 의사 유세풍

인적이 드문 길로 접어들었을 때 뒷덜미가 서늘했다. 누군가 저를 따라오는 듯만 하였다. 그러나 뒤를 돌아보면 아무도 없었다. 좀 불안해하고 계십니다. 세풍의 말을 떠올리며 피식 웃었다. 참말로 용하다고 생각했다. 병자는 몸을 움츠리며 걸음을 서둘렀다.

다음 날 비구니 병자는 또 죽을 것 같다며 의원을 찾았다.

"자, 이제 괜찮으시죠?"

세풍이 맥을 짚고 물었다.

"그러네. 의원님. 용해. 침 맞으면 되지?"

병자가 일어섰다.

"오늘 침은 늙다리 말고, 예쁜 아씨한테 맞아야겠다."

병자는 세풍이 약방문을 쓰기도 전에 사잇문을 열고 건너갔다. 세풍은 약방문을 써서 은우에게 건넸다. 세풍이 문을 닫으려고 하자 은우가 잠시만요, 했다. 은우는 병자에게 세풍이 곁에 있어도 되느냐고 물었다.

"좋아."

병자는 시원스레 대답했다. 은우는 세풍에게 시침을 참관해 달라고 했다.

"아…… 계 의원님을 모시고 오겠습니다."

"아니요. 유 의원님께서 봐주세요. 의원님이 처방하신, 의원님 병자잖아요."

세풍은 난감한 얼굴로 자신의 두 손을 맞잡았다.

"제가 시침하는 걸 한 번도 안 보셨잖아요."

"예……."

"곁에만 계셔 주세요. 계시다가 불편하시면 나가시고요."

은우의 눈길이 세풍의 눈동자에 와닿았다. 세풍은 고개를 끄덕였다.

병자를 사이에 두고 은우와 세풍이 마주 앉았다. 은우가 침을 들었다. 세풍은 고개를 들어 은우의 어깨 너머로 시선을 옮겼다. 차마 시침은 볼 수 없었다.

"의원이 뭘 부끄러워 해? 봐도 돼."

병자가 웃었다. 세풍은 병자를 힐끗 보고서 시선을 다시 벽으로 던졌다.

"인중입니다."

은우가 경혈을 말했다. 세풍에게 마음의 준비를 하라는 뜻일 터였다. 세풍은 손에 땀을 쥐며 다른 생각을 했다. 은우가 몸을 낮추었다. 이제 곧 시침을 하리라.

세풍은 시선을 슬그머니 은우의 얼굴로 옮겼다. 경혈을 찾고 시침을 하는 은우의 얼굴은 처음이었다. 표정이 가지런했다. 눈은 붙박이별처럼 빛났다. 온 신경을 손끝에 모으고 경혈을 찾았다. 온 숨을 손끝에 모으고 침을 꽂았다. 오래전에 제가 잃어버린 의원의 얼굴이었다.

세풍의 눈길이 은우의 어깨와 팔을 타고 내려와 은우의 손에 머물렀다. 은우는 왼손 손가락으로 병자의 팔목 안쪽, 내관혈을 더듬었다. 은우는 자기와 달리 왼손으로 경혈을 찾고, 오른손으로 시침을 하는구나, 생각했다. 은우가 오른손을 뻗어 침을 찾았다. 세풍은 손을 옮겨 침을 잡아 은우에게 건넸다. 은우가 침을 받아서 시침을 했다.

세풍은 놀랐다. 저도 모르게 침을 잡았다. 벌떡 일어서서 제 방으로 돌아갔다. 자리에 앉으니 뒤늦게 식은땀이 흐르고, 가슴이 두근거렸다. 손을 들여다보았다. 자기 손이 침을 잡았다. 자신이 다시 침을 잡았다. 세풍은 천천히 숨을 골랐다.

은우는 엷은 미소를 띠며 세풍이 제 방으로 돌아가는 모습을 보았다. 세풍이 침을 잡은 것만으로도 다행이라고 생각했다. 은우는 세풍의 마음을 받을 수는 없지만 있는 힘껏 세풍의 병을 낫게 해주고 싶었다.

은우가 병자에게 고개를 돌리고 다시 시침을 하려는데 병자가 눈물을 흘렸다.

"아프세요?"

"아니."

은우가 무명 수건으로 병자의 눈물을 닦았다.

"그냥 좀 불안해서. 죽을까 봐 불안해서……."

불안하다니 설마 내가 험한 일이라도 당한 사람처럼 보여, 아니, 나 하나도 안 불안해, 나 잘못한 거 없어, 떳떳하다고……. 은우는 병자가 울음을 터뜨리기 전에 세풍에게 고함을 지르던 일을 떠올렸다.

은우는 병자의 손을 잡았다.

"괜찮아요. 병이 나으면 불안도 사라질 거예요."

"나으면 괜찮겠지?"

"그럼요. 곧 나을 거예요."

병자는 미소를 지으며 고개를 끄덕였다. 침을 뽑고 병자가 물었다.

"의원님도 좋아하는 사람 있죠?"

은우는 말없이 얼굴만 붉혔다.

"있구나. 그게 뭐 부끄러운 일이라고 말을 못해요? 괜찮아. 한창 때잖아요. 나도 좋아하는 사람이 있는데…… 숙부가 자꾸 늙다리 재취로 들어가라잖아."

"부모님은요?"

"아버지는 돌아가시고 숙부가 문중의 제일 큰어른이 되었지. 어머니야 무슨 힘이 있나. 문중에서 결정하면 따라야지."

"하여 상심하셨겠군요. 불안하기도 하고……."

은우는 병자의 이야기를 더 듣기 위해 운을 뗐다.

"그래도 나 굴복하지 않을 거야. 밟으면 일어나고 때리면 들이받고 욕하면 대거리해서 내 행복을 찾을 거야. 한 번밖에 없는 인생, 죽으면 그만이잖아. 내 인생이잖아. 남들이 대신 살아 주지 않잖아. 예쁜 의원님도 남들이 개소리 쳐도 맘 쓰지 말고 원하는 대로 살아요."

병자가 일어섰다. 은우는 병자를 붙잡지 못했다. 다음을 기약하며 병자를 대문간까지 배웅했다. 병자는 뒷모습을 보인 채 양팔을 들고 은우에게 손을 흔들었다. 공작이 날개를 펼치는 듯 우아하게 손을 내리고, 개선장군처럼 두 팔을 흔들며 늠름하게 걸어갔다. 은우는 병자의 모습이 시야에서 사라질 때까지 바라보았다.

비구니 병자는 집으로 돌아왔다. 또 숙부가 와 있었다. 병자는 사랑으로 갔다. 숙부는 어미에게 병자의 혼인을 종용하고 있었다.

"저 그 혼인 안 해요. 숙부님도 이제 우리 집에 오시지 마세요. 제 일은 제가 알아서 판단하고 결정할게요."

병자는 흰 이를 드러내고 웃으며 사랑을 나왔다.

"형님이 돌아가시고 내 저를 어떻게 보살폈거늘, 집안에 망조가 들었구나. 아이고, 형님!"

병자의 등 뒤로 숙부의 고함 소리가 들렸다. 병자는 손가락을 들어 귀를 후볐다. 손가락 끝에 묻은 먼지를 후, 하고 불어 멀리 날려버렸다.

3

이른 아침, 은우는 단희와 함께 등원했다. 할망이 몸을 흔들며 달려와 은우를 반겼다. 은우가 할망과 인사를 나누었다.

"천지현황 우주홍황 일월음음 음음음음……."

글 읽는 소리에 은우가 고개를 들었다. 입분이 마루에 앉아 천자문을 읽고 있었다.

"일월영측 진숙열장."

장군이 약함을 정리하면서 입분이가 읽지 못하는 글자를 읊었다.

"저것들이 정신이 나갔어. 조선말 놔두고, 오랑캐 말을 해. 아니다 왜놈들 말인가?"

할망이 머리를 긁으며 부엌으로 들어갔다.

입분은 장군이 가르쳐 준 대로 글자를 읽어 나갔다.

"일월영측 진숙열장. 그다음은?"

"한래서왕 추수동장 윤여성세……."

"아, 그만. 너무 많아."

입분이가 다시 글자를 하나하나 되짚으면서 읽었다.

"오라비는 이거 안 보고 다 외울 수 있는 거야? 진짜 똑똑한데?"

계 의원이 방에서 나왔다.

"우리 식구들 다 너보다 똑똑해. 이제 와서 왜 천자문을 붙들고 난리야?"

"공부해 갖고 은우님처럼 될 거라고 안 그래요?"

들마루에서 채소를 손질하던 남해댁이 대답했다.

"아버지, 기다려. 내가 은우님처럼 돼서 계수 의원 물려받을 거야."

"내가 긴장해야겠는걸."

은우가 웃으며 계 의원에게 인사를 했다. 건넌방에 있는 세풍에게도 인사를 하고 큰방으로 들어갔다. 계 의원과 입분이 티격태격하는 소리가 들려왔다.

"시집이나 가."

"언제는 가지 말라며?"

"소락현 병자들을 생각하니 네가 얼른 시집을 가야겠다."

"아, 진짜. 친아버지라면 안 그래. 딸 생각 먼저 하지."

"그럼, 친아버지한테 가."

"알아야 가지."

"조선팔도 안가들 다 뒤져 봐."

"왜 안가야?"

"몰랐냐? 너 안 이쁜, 안입분이잖아. 네 어미가 이름 하나는 기가 막히게 잘 지었지."

"아니거든. 나 개지랄 딸, 개입분이거든."

입분이 혀를 쏙 내밀고 대청을 내려갔다. 계 의원이 입분을 보며 허허, 웃었다.

계 의원의 등 너머로 세풍이 건넌방에서 이쪽을 보고 있었다. 은우는 얼굴을 붉히며 고개를 숙였다가 다시 들었다. 세풍의 시선에 제가 없었다. 세풍이 계 의원을 보고 있었다. 부러움과 그리움의 눈빛이었다. 은우는 아버지를 떠올리며 불편해하던 세풍의 모습을 떠올렸다.

"우리 어머니 좀 살려 주세요!"

여자아이의 목소리였다. 예닐곱쯤 되어 보이는 여자아이가 입분을 붙잡고 울먹였다. 은우가 침통을 챙겨서 대청으로 나왔다. 마당에서는 단희가 쓰개치마를 챙겨서 기다리고 있었다.

세풍이 갓을 쓴 채, 아이와 이야기를 나누고 있었다. 은우가 댓돌에 내려서다가 망설였다. 일전에 서문 광장에서 겪은 일이 기억났다. 세풍이 아이와 이야기를 끝내고 은우를 보았다.

"저 혼자 다녀오겠습니다."

"아니요. 함께 가겠습니다."

"괜찮으시겠습니까?"

세풍도 일전의 일을 생각하는 듯했다.

"어차피 제가 집 안에 틀어박혀 있지 않는 한, 풍문은 그치지 않을 거예요. 풍문 때문에 의원이 병자를 외면할 수는 없죠."

은우는 세풍을 따라 의원을 나섰다.

두 사람은 아이를 따라 강말에 도착했다. 아이는 어머니를 부르며 초가 사립문을 밀고 들어갔다. 집 안에는 인기척이 없었다. 아이는 세풍과 은우를 방 안으로 안내했다. 두 사람은 몸을 낮추고 작은 문 안으로 들어갔다. 어두컴컴한 좁은 방 안에 병자가 누워 있었다.

"어머니."

아이가 병자의 곁에 앉아 울었다. 병자가 눈을 뜨며 희미하게 웃었다. 은우가 자리에 앉아 병자를 살폈다. 얼굴이 낯설지 않았다.

"부인!"

일전에 남편이 업고 왔던 육극병자였다. 더 놀라운 점은 병자의 몰골이었다. 얼굴이 퉁퉁하게 부었다. 입술은 터져 피가 흐르다가 말라붙었고, 눈자위는 푸르뎅뎅하게 멍들었다.

"누가 이랬니? 또 그 왈짜 놈 짓이야?"

은우가 아이에게 물었다. 아이는 울기만 했다. 은우는 세풍에게 병자의 몸을 살펴보겠다고 했다. 세풍이 아이를 데리고 밖으로 나갔다.

은우는 병자의 옷을 벗겨 몸을 살폈다. 군데군데 멍이 들어 있었다. 지난밤에 갓 생긴 검붉은 멍이었다.

"지난번에도, 이번에도 왈짜 놈이 한 짓이 아니죠?"

병자가 눈물을 흘렸다.

마당에서 아이는 세풍을 붙잡고 울었다.

"의원님, 우리 어머니 살려주시는 거죠?"

"그래, 걱정 말거라."

"우리 어머니 안 죽는 거죠?"

"그럼, 의원님들이 어머니를 꼭 낫게 하마."

세풍은 마당에 널린 수건을 하나 가져와 아이에게 건넸다. 아이는 수건을 붙잡고 울었다. 세풍은 아이의 손에서 수건을 되돌려 받아 눈물을 닦아 주었다.

"아가, 네 이름이 뭐냐?"

"부용."

"그래, 부용아. 혹 누가 어머니를 아프게 했는지 아니?"

아이는 입을 꼭 다물었다. 어미 잃은 송아지처럼 설운 얼굴로 눈물만 떨구었다.

"아버지는 어디에 계시니?"

아이가 눈을 껌벅거렸다.

"아버지를 만나고 싶은데……."

아이는 울음을 그치고 마른침을 삼켰다.

"아버지와 이야기를 나눠야겠구나."

"몰라요."

아이가 고개를 저었다.

"몰라요."

"아버지는 어머니가 아픈 거 아시니?"

"몰라요."

아버지가 모른다는 겐지, 아이가 모른다는 겐지 알 수 없었다. 하지만 세풍은 짐작 가는 바가 있었다. 세풍이 방 안에 대고 말했다.

"병자를 의원으로 데려가야겠습니다."

4

세풍과 은우는 병자와 부용을 데리고 의원으로 돌아왔다. 은 우는 병자를 객방에 눕히고, 세풍은 부용을 뒤뜰로 데려갔다. 세 풍은 큰방 창 아래에 핀 꽃을 가리켰다. 부용의 키만 한 풀 꼭대기 에 연분홍 꽃들이 소담하게 피어 있었다. 계 의원이 부러 심어 두 고 보는 꽃이었다.

"부용이야. 네 이름과 같은 꽃."

아이는 꽃에 관심을 보였다.

"네 이름은 누가 지어 주셨니?"

"……"

"아버지?"

"아니요."

"어머니?"

"몰라요."

세풍은 꽃을 꺾어 다발을 만들었다. 계 의원이 알면 난리가 나 겠지만 어쩔 수 없었다. 환한 부용 다발을 어두운 부용에게 건넸 다. 부용이 꽃을 받고 웃었다. 세풍은 고욤나무 그늘 아래로 가서 부용과 나란히 앉았다.

"어머니는 몸이 많이 아프셔. 몸도, 마음도 잘 쉬셔야 하는데 저 런 일이 생기면 안 되겠지? 어머니를 저렇게 만든 사람을 알아야 돼. 이분은 병자예요. 이렇게 하면 안 돼요. 알려 줘야 하거든."

부용은 꽃가지만 만지작거렸다.

"아버지가 어머니를 많이 아프게 했구나. 너도 봤니?"

꽃잎 위에서 꼼지락거리던 부용의 손이 멈췄다.

"의원님은 어머니를 돕고 싶어."

부용이 세풍을 보았다. 세풍은 입꼬리를 길게 올리고 웃었다. 눈가에도 웃음을 지었다. 부용은 입술을 깨물었다.

"의원님이 어머니를 꼭 도울 거야. 그러기 위해서는 부용이의 도움이 필요한데……."

"사실대로 말하면 우리 어머니를 살릴 수 있어요?"

부용의 눈빛도 목소리도 똘망해졌다.

"물론."

세풍은 고개를 끄덕하였다.

"사실대로 말하면 우리 어머니 도망 안 가요?"

"아버지가 어머니를 아프게 해서 어머니가 도망가려 했니?"

"아니요."

부용은 입을 닫고 고개를 숙였다. 세풍은 아이가 다시 입을 열 때까지 잠자코 기다렸다.

"어머니도 도망가 버릴 거예요."

부용이 말문을 열었다.

"어머니 말고 누가 또 도망갔는데?"

"예전 어머니들이 아버지한테 맞아서 다 도망갔어요."

"예전 어머니들?"

"지금 어머니가 오시기 전에 어머니가 많았어요. 하지만 지금 어머니가 제일 좋아요. 지금 어머니가 도망가는 건 너무 싫어요. 우리 어머니랑 오래오래 살게 해주세요. 의원님……."

부용의 젖은 눈에서 다시 눈물이 흘러내렸다.

단희가 밥상을 들고 부엌에서 나왔다. 이리 다오, 하고 은우가 밥상을 받았다. 단희가 재바르게 걸음을 놀려 객방 문을 열었다.

은우는 밥상을 들고 객방으로 들어섰다. 눈을 감고 누워 있던 병자가 미안한 표정으로 일어났다. 상을 받으려고 했다. 은우가 괜찮다며 병자의 앞에 상을 내려놓았다. 병자는 밥과 국, 찬이 놓인 상을 가만 들여다보았다.

"어서 드세요. 우리 의원 밥맛이 아주 좋답니다. 특히 이 명탯국이 아주 시원해요. 함경도 음식이랍니다."

은우는 국그릇을 병자 앞에 밀어 주었다. 보얀 국물에 명태 토막이 떠 있었다. 병자가 눈시울을 붉히다가 소매로 눈물을 훔쳤다.

"어찌 그러세요?"

"누군가 제 밥상을 차려 준 게 얼마 만인지 몰라요."

"그럼 더 맛있겠는데요? 많이 드세요."

은우는 병자의 손에 숟가락을 쥐어 주었다. 병자는 국을 한 술 뜨고 미소를 지었다. 병자가 밥을 먹는 동안 은우는 세풍의 말을 떠올렸다.

'병자는 부용의 계모입니다. 올봄에 부용의 어미가 되었는데, 병자가 오기 전에 부용에게는 계모가 몇 명 더 있었습니다. 모두 부용 아버지의 매질 때문에 도망을 갔답니다.'

병자가 밥을 다 먹고 나자 은우는 병자에게 말했다.

"부인은 지금 목숨이 위험할 지경이에요. 이이를 한번 생각해 보세요."

"그건 곤란해요."

"부인께 쏟아질 사람들의 시선을 저도 잘 알아요. 하지만 사람들의 비난보다는 부인의 안녕이 더 중요해요."

"여자들은 이이를 청구하기 어려워요. 아시잖아요? 죽을 지경이 될 때까지 맞아도 남편을 고발하면 도리어 벌을 받을 수 있어요. 설령 방법이 있다 하더라도 전 그럴 수 없어요."

병자는 고개를 저었다.

"맞아 죽더라도 이이는 안 돼요, 의원님."

"부인……."

은우가 안타까운 시선으로 병자를 바라보았다.

"목숨보다 중요한 이유가 있나요?"

"전……저는…… 이미 혼인을 세 번이나 했어요. 자녀안에 이름이 올라 있어요."

"자녀안……."

은우는 입을 벌렸다. 말은 하지 못했다. 가슴이 무거워졌다. 안

타까운 마음으로 병자를 바라만 보았다.

자녀안. 반가의 여인이 품행이 나쁘거나 세 번 이상 개가를 했을 때 그 여인의 소행을 기록하는 공문서였다. 자녀안에 이름이 오르면 집안의 불명예는 물론이요, 자손의 과거, 임관, 승진에도 불이익을 받았다.

외동딸이었다. 어머니는 일찍 돌아가시고 세 명의 오라비와 함께 계모의 손에서 자랐다. 열일곱이 되던 해, 아버지의 뜻에 따라 비슷한 가문의 며느리가 되었다. 그때까지 병자의 삶은 여느 반가의 여인들처럼 평범했다.

그런데 다섯 해가 지나도록 아이를 낳지 못했다. 결국 병자는 가문의 대를 끊었다 하여 남편에게 이이를 당했다. 친정으로 돌아갔으나 아버지는 대문을 걸어 잠그고 시집으로 돌아가라고 했다.

병자는 시집으로 돌아갈 수 없었다. 남편은 이미 새장가를 들었다. 병자는 몸에 걸치고 있던 비단옷과 장신구를 팔아 방을 얻고, 입에 풀칠을 했다. 가진 돈을 다 썼을 때 집주인이 말했다.

"평민 아낙들은 소박을 당하면 새벽에 성황당에 서 있다가 처음 만난 남자와 연을 맺고 산다오."

병자는 평민 아낙처럼 옷을 입고 새벽에 성황당으로 나갔다. 젊은 사내가 등에 짐을 지고 내려왔다. 병자는 얼른 고개를 돌리고 당산나무 뒤로 숨었다. 사내가 병자를 흘깃하고 길을 내려갔다. 병자는 가슴을 쓸어내리며 한숨을 쉬었다. 차라리 당산나무에 목을 매달고 말지, 처음 보는 사내를 따라갈 수는 없었다.

"갈 데가 없으신 게지요?"

어깨 너머로 사내의 목소리가 들렸다. 젊은 사내가 돌아와 있었다. 병자는 얼른 고개를 돌렸다.

"아닙니다."

"저희 집에 가세요. 어머니하고 저만 살아요. 제가 남의 집 일을 다니느라 어머니를 잘 못 모셔요. 저 대신 우리 집에서 어머니를 돌봐 주시면 먹고 자는 건 걱정 없게 해드릴게요."

병자는 고개를 들고 사내를 보았다. 행색은 남루했으나 눈빛과 얼굴이 선해 보였다.

병자는 사내를 따라 낡은 초가로 왔다. 사내의 어미와 안방에 기거했다. 사내는 아침 일찍 나가 남의 집 밭일을 해주고 해질녘에 돌아왔다. 돌아와서는 화전을 가꾸었다. 화전은 제 것이라고 했다. 사내는 글월은 몰랐으나 심성이 순박하고 부지런했다. 병자는 사내에게 믿음이 생겼다. 사내는 아이가 없어도 된다고 했다. 형편이 좋아지면 업둥이를 들이자고도 했다. 두 사람은 물을 떠놓고 혼례를 올렸다. 한동안 병자는 사내와 행복했다.

어느 날 오라비들이 집 안에 들이닥쳤다. 병자가 쫓겨날 때는 나 몰라라 하던 이들이 양반의 이름을 더럽혔다며 병자를 나무랐다. 남편에게 매질을 했다.

"오라버니, 오갈 데 없는 나를 거둬 준 사람이에요."

병자는 큰오라비의 바짓가랑이를 붙들고 사정했다.

"그래도 상것은 안 돼."

큰오라비는 사내에게 이 혼인은 무효라는 다짐을 받았다. 혼인 사실이 알려지면 병자는 자결을 해야 한다고 엄포를 놓았다. 사내는 울면서 고개를 끄덕였다. 오라비들은 병자를 데리고 나왔다.

"어차피 자식은 두지 못할 테니 개가라도 해서 살거라."

친정에서는 허울만 양반인 지금의 남편과 혼인을 주선해 주었다. 병자는 고향을 떠나 멀리 소락으로 시집왔다. 그러나 세상은 좁았다. 삼가녀라는 고변이 있었고, 병자는 자녀안에 이름이 올랐다.

"해서 이이는 안 돼요. 더 이상 아버지와 오라버니께 누를 끼칠 순 없어요."

병자의 눈물이 빈 그릇 위로 떨어졌다.

밤이 이슥해지고, 병자는 계수 의원 객방에 홀로 누웠다. 입분이 부용을 데려가면서 편히 쉬라고 했다. 유 의원의 처방이라고 했다. 좋았다. 남편은 술만 마시면 없는 살림을 때려 부수고, 살림이 없어지면 병자를 때리고 부수었다. 지금은 남편도 없고 할 일도 없었다. 하지만 불안했다. 혼자 쉴 수 있는 방, 차려 주는 밥, 다정한 친절과 배려가 영원히 제 몫이 될 수는 없었다.

인기척이 들렸다. 병자는 습관처럼 놀라고 두려워서 몸을 떨었다.

"유 의원입니다. 잠시 달구경을 나왔으니 괘념치 마시고 누워 계십시오."

병자는 양손으로 머리를 받치고 모로 돌아누웠다. 세풍의 음성이 장지문 너머에서 들려왔다.

"해마다 계수 의원에는 까치가 날아와서 둥지를 틉니다. 올해는 새끼를 네 마리 낳았습니다. 새끼들은 스무 날 남짓이 지나면 둥지를 떠납니다. 한데 한 놈이 남았습니다. 날갯짓을 하다가 떨어져 다리를 다친 놈이었지요. 다른 놈들은 다 날아갔는데 그놈만은 날지 못했습니다. 다친 다리가 다 나았는데도 날아가지 못했습니다. 날개를 펴고 한 발만 디디면 되는데 다친 기억 때문에 용기를 내지 못했죠."

"……."

"날지 못하는 새니 결국 죽을 수밖에 없었겠지요. 하지만 그 새는 날아갔습니다. 어미가 부리로 먹이를 물고 끊임없이 아기 새를 둥지 밖으로 유인했고, 아기는 한 발짝, 용기를 냈죠. 지금은 훨훨 날면서 자유롭게 재미나게 살고 있을 겁니다."

"자다 말고 뭐 하세요?"

만복이 눈을 비비면서 방문을 열고 얼굴을 내밀었다.

"용기가 필요한 법이다, 만복아."

"서방님이나 잘해유."

"자거라."

조선 정신과 의사 유세풍

세풍은 병자에게 인사를 하고 방으로 들어갔다. 병자는 베개를 베고 바로 누웠다.

새벽녘, 병자는 조용히 객방을 나왔다. 하늘에는 조각달이 지고, 닭이 울었다. 동살이 잡혀 왔다. 병자는 디딤돌에 내려서려다 말고 발을 멈추었다. 제 낡은 짚신이 가지런히 놓여 있었다. 누군가 제 신을 정리해 준 것도 오랜만이었다. 병자는 입술을 깨물고 신을 신었다. 대문간을 향해 걸음을 내디뎠다. 날이 밝기 전에 소락을 벗어나리라고 마음을 굳혔다.

"어머니."

병자는 뒤를 돌아보았다. 의원에서 부용이 달려 나와 병자에게 안겼다. 아이는 맨발이었다.

"어머니, 가지 마. 나 두고 가지 마. 나랑 같이 살아."

아이는 앙상한 팔로 병자를 꼭 껴안고 울었다. 병자는 부용을 안고 주저앉았다. 제 신을 벗어 아이의 발에 신겼다.

의원에서 조반을 들고, 병자는 집으로 돌아가겠다며 부용이를 찾았다. 부용이는 할망과 놀고 있었다. 부용이 할망의 치맛자락을 잡으며 가지 않겠다고 했다.

"부인, 의원에 계시면서 생각을 좀 더 해보세요."

은우가 병자를 붙잡았다.

"아무리 생각해도…… 답은 정해져 있어요. 은우님, 저 하나 편하자고 용기를 낼 순 없어요."

"그럼 몸이라도 더 추스르고 가세요."

"어차피 제가 겪어야 하는 일이에요. 미룬다고 달라지나요?"

병자는 부용의 손을 잡고 의원을 나섰다. 은우는 두 사람의 뒷모습을 바라보다가 병자를 불렀다. 병자가 걸음을 멈추고 뒤돌아보았다.

"불행을 겪어야 하는 사람은 아무도 없어요. 부인의 행복만 생각하세요."

"그동안 고마웠습니다. 의원님."

병자가 절을 하고 걸음을 뗐다.

5

은우는 쓰개치마를 썼다. 어젯밤에 읽던 『금궤요략』을 챙겨서 방을 나왔다. 아침 햇살이 검은 마루 위로 쏟아졌다. 은우는 신을 신으려다가 주위를 두리번거렸다. 등원을 할 때면 늘 뜰에 서서 저를 기다리던 단희가 보이지 않았다. 흰 신을 신고 댓돌로 내려섰다. 단희가 중문으로 뛰어 들어왔다.

"아씨, 동헌에 시체가 들어왔어요!"

단희가 쉬지 않고 단숨에 말했다. 은우가 눈매를 가늘게 뜨고 단희를 보았다. 동헌에 시체가 들어오는 일은 종종 있었다. 오늘따라 야단스럽게 구는 단희가 이상했다. 은우는 비구니 병자가 떠올랐지만 고개를 저었다. 그 병자일 리가 없었다. 아니, 그 병자일 리가 없어야 했다.

"어찌 죽었는데?"

"아직 검시는 안 했지만 목이 졸려서 살해된 것 같대요. 한데 비구니 같대요. 머리카락이 없대요. 아니, 있는데 짧대요."

은우는 못 먹을 음식을 먹은 것처럼 온몸에 소름이 돋았다.

"시신을 확인해야겠다."

은우는 내아를 나가서 검시실로 들어갔다. 여인의 다홍빛 치마가 눈에 들어왔다. 은우는 주름진 치마 선을 따라 위로 시선을 옮겼다. 치마 주인의 허리, 가슴, 목을 지나 여인의 얼굴에 시선이 멎었다. 은우는 그 자리에 주저앉았다.

은우는 단희의 부축을 받아 검시실에서 나왔다. 은우도, 단희도 눈물이 멈추지 않았다. 세풍이 동헌으로 들어오고 있었다. 세풍은 은우를 보고 걸음을 멈추었다.

"혹시나 해서 왔는데 그 병자군요."

"의원님……."

세풍을 보니 은우는 더 북받쳤다. 세풍이 은우의 어깨를 살짝 두드렸다.

"일단은 방에 가서 좀 쉬세요. 검시가 끝나고 제가 모시러 가겠습니다."

은우는 단희와 함께 제 방으로 돌아왔다. 세풍이 올 때까지 내내 울었다. 병자의 씩씩한 목소리, 웃는 얼굴 그리고 슬픈 눈빛이

잊히지 않았다. 지금이라도 의원에 가면 나 왔어, 하고 방으로 들어올 것만 같았다.

세풍이 검시를 보고 돌아왔다. 병자가 죽은 지는 이틀이 된 듯하다고 했다. 사인은 교살. 등 뒤에서 병자의 목에 밧줄을 감고 당겼다고 했다.

"숲에 묻은 시체를 개들이 발견했다고 합니다."

"아……."

은우는 두 손으로 입을 막고 신음했다. 다시 울음을 터뜨렸다. 눈물이 끊임없이 쏟아졌다.

"제 잘못이에요. 병자가 불안하다고 했어요. 제게 죽을까 봐 불안하다고 했어요. 누군가 자기 목숨을 노린다는 걸 알고 불안해 했는데…… 제가 알아채지 못해서 병자를 죽게 내버려 뒀어요. 의원님이라면 알아내셨을 텐데, 제가 부족해서 병자를 죽게 내버려 뒀어요."

은우는 몸을 떨며 울었다.

"저 때문이에요. 제가 병자를 죽게 했어요."

은우가 주먹으로 제 가슴을 쳤다.

"그러지 마십시오. 은우님 탓이 아니에요."

세풍이 은우의 손을 잡고 말렸다. 은우는 어깨를 들먹이며 울었다. 세풍은 은우의 머리를 제 가슴에 묻고 등을 토닥였다. 은우가 세풍의 품에서 엉엉 울었다.

"자책하지 마십시오. 병자가 원한 의원은 내가 아니라 은우님이었어요. 은우님에게 마음을 보여주기 시작했어요. 은우님이 병자에게 믿음을 주었습니다. 시간이 더 있었다면 병자는 은우님에게 다 털어놓았을 겁니다."

"아니에요. 제가 잘못했어요. 제가 조금만 더 애를 썼다면 일이 생기기 전에 제게 말했을 테죠. 그랬다면 병자는 죽지 않았겠죠."

세풍은 은우의 울음이 잦아들기를 기다렸다.

"은우님, 오늘은 쉬시는 게 어떻겠습니까?"

은우는 고개를 저으며 일어났다.

"아니에요. 병자를 봐야죠."

은우는 오랜 벗을 잃은 양 괴로웠다. 며칠이 지나도 괴로움이 가시지 않았다. 병자를 제대로 돌보지 못했다는 죄책감에서 벗어날 수 없었다. 가만히 있으면 병자 생각이 났고, 병자 생각이 나면 눈물이 났다. 병자의 웃는 얼굴, 목소리, 걸음걸이가 떠올랐다.

단희가 의원으로 들어오면서 살인 사건의 범인이 잡혔다고 했다. 은우는 벌떡 일어나 쓰개치마도 쓰지 않고 의원을 나갔다. 단희 대신, 세풍이 쫓아오는 걸 알았지만 그냥 두었다. 남들 이목 따위, 풍문 따위에 연연할 겨를이 없었다.

은우는 동헌으로 들어오자마자 아버지를 찾았다. 범인은 새말 박 생원 댁 노비라고 했다. 박 생원은 병자의 숙부였다.

"그자가 아니에요, 아버지."

"그게 무슨 말이냐? 노비가 자복을 했다. 겁탈하려다가 그랬다고."

"거짓이에요. 범인은 숙부예요."

세풍은 은우를 바라보았다. 은우가 현령과 시선을 맞추었다.

"아니에요. 아버지, 다시 한번 조사해 주세요. 그 숙부가 교사한 거예요."

은우는 병자가 들려주었던 이야기를 전했다. 현령은 미간에 주름을 잡은 채 잠자코 들었다.

"나으리, 그자에게는 살해 동기가 있습니다. 그자를 신문해 주십시오."

세풍이 말했다.

"숙부라는 자에게 물어볼 수는 있네. 하나 노비의 자복이 있었고 숙부가 교사했다는 증좌는 없으니 그에게 죄를 물을 수는 없네."

은우가 일어나 밖으로 나갔다. 세풍이 은우를 따라 나가려는데 현령이 세풍을 잡았다. 잠시 단둘이 할 이야기가 있다고 했다. 세풍은 현령의 의도를 짐작했다. 무거운 마음으로 현령과 마주 앉았다.

"소락은 향반들의 유세가 하늘을 찌르고 그들은 법도를 하늘처럼 떠받드네. 임순만이 향청 좌수가 된 이후부터는 계수 의원을 주시하고 있네. 은우의 뜻이 워낙 완강하여 계수 의원에 보내지 않을 수는 없네. 하니 자네가 은우랑 거리를 두시게."

"은우님을 은애합니다."

현령은 길게 숨을 내쉬고 세풍을 바라보았다.

"아니 될 말이네. 우리 은우는 여인의 몸으로 세간의 시선에 맞서 의원이 되는 일만으로도 힘겹고 벅차네. 자네가 은우와 연을 이으려고 한다면 은우가 힘들어질 게야. 은우를 위해서 그 마음을 접으시게. 그 편이 자네에게도 좋아."

"전 괜찮습니다."

"자네만 괜찮으면 되나? 자네 아버님은? 자네 집안은? 부모도, 집안도 등지고 평생 숨은 듯이 처박혀 시골 의원으로 살겠나?"

"길을 찾을 겁니다."

"그 길을 가기 위해서 자네도, 우리 은우도 감수해야 할 것들이 너무 많아. 인연이 좀 더 빨리 닿았으면 좋았을 것을. 어쩌겠나? 하늘의 뜻이 여기까지인걸."

현령은 세풍의 어깨를 두드리고서 방을 나갔다.

세풍은 무거운 걸음으로 집무실을 나왔다. 은우는 보이지 않았다. 세풍은 나졸에게 은우의 행방을 물어 관아 밖으로 나왔다. 멀리 은우의 모습이 보였다. 세풍은 거리를 두고 은우를 쫓았다. 은우는 새말로 향했다. 박 생원의 집으로 가려는 모양이었다. 은우는 박 생원의 집을 찾아, 대문 앞에서 잠시 머뭇거리다가 문을 두드렸다. 노비가 나왔다.

"나으리 계시죠?"

노비는 은우를 보고 뚱한 표정을 지었다. 세풍이 다가갔다. 웬 여인이 나으리를 찾는 게 이상하다 싶으리라.

"계수마을 유 의원이오. 나으리를 만나러 왔소."

세풍과 은우는 노비의 안내를 받아 집 안으로 들어갔다. 노비가 개말 유 의원이 왔다고 아뢰었다. 숙부가 나왔다.

"유 의원."

세풍이 답할 새도 없이 은우가 소리쳤다.

"집안에서 강요하는 혼인을 거절하고 다른 사내를 좋아하는 일이 죽을죄인가요?"

박 생원은 마루에 서서 은우를 보며 눈매를 찡그렸다.

"이 댁 노비에게 살해된 질녀가 있으시지요?"

세풍이 물었다. 박 생원은 알겠다는 듯이 의미심장한 미소를 지었다.

"당신이 시켰죠? 당신이 범인이죠?"

은우가 목청을 높이며 물었다.

"그년은 우리 문중의 망신이야. 강간당한 년이 집 안에 틀어박혀 쥐 죽은 듯이 살아도 모자랄 판에 외간 사내와 사통해서 자녀안에 이름을 올렸어. 비구니로 십 년을 처박혀 있었으면 이제 좀 음전해져야 하는데 문중의 명을 거역하고 외간 사내와 또 사통을 했어."

"강간을 당한 게 그이의 잘못이 아니잖아요."

"왜 잘못이 아니야? 몸 간수를 잘했어야지."

"그럼 마른하늘에서 떨어지는 날벼락을 맞으면 당신 잘못인가요? 산속에서 범에게 팔 하나를 잃어도 당신 잘못인가요? 한밤중

조선 정신과 의사 유세풍

에 강도를 당해도 당신 잘못인가요? 미친놈이 곳간에 불을 질러
도 당신 잘못인가요?"

"내가 그런 일을 왜 당해? 매사에 조심하며 살거늘."

"하여 당신이 죽였나요?"

"우리 집 노비가 자복했을 텐데. 나는 모르는 일이야."

박 생원은 방을 향해 돌아섰다.

"나으리."

세풍이 박 생원을 불렀다.

"나으리는 모르는 일이지만 하늘이 알고 땅이 아는 일이지요.
앞으로 더 조심하십시오. 늘 노심초사하며 불안에 떨며 사십시
오. 인간의 벌을 피한 자에게는 하늘이 벌을 주는 법이니까요."

박 생원은 세풍과 은우를 노려보고서는 방 안으로 들어갔다.

며칠 후 병자의 어미가 노복 하나를 데리고 동헌으로 와서 시
신을 인계해 갔다.

병자의 장례 아닌 장례가 치러졌다. 빈소도 차려지지 않았다.
선산에는 당연히 묻힐 수 없었다. 병자는 소락산 허리 한 귀퉁이
에 묻혔다. 은우와 세풍은 먼발치서 지켜보았다.

병자의 어미와 노복이 물러가고 난 뒤에 세풍은 은우에게 곁눈
을 주었다. 한 사내가 숲속에서 봉분을 바라보고 있었다.

"병자는 좋아하는 사람이 있다고 했어요."

은우가 나직이 말했다. 두 사람은 병자와 그의 정인을 남겨 놓

고 산을 내려왔다.

6

세풍은 바깥 소리에 귀를 기울였다. 은우가 부용의 집에 왕진을 갔다가 돌아온 모양이었다. 세풍은 큰방으로 건너갔다. 은우는 수심 가득한 얼굴로 계 의원과 이야기를 나누고 있었다. 은우의 얼굴만 봐도 병자의 상태를 짐작할 수 있었다. 남편의 구타는 그치지 않은 듯하였다.

"은우님, 우리는 의원이에요. 병자의 병증을 고치고 마음의 병을 돌보지. 하지만 거기까지야. 병자의 선택까지는 어찌할 수 없어요."

"병자의 선택 때문에 그 생명이 위태롭다면요? 우리는 의원으로서 병자의 생명을 지킬 의무가 있잖아요?"

"그 경우 병자를 설득할 수는 있겠지. 하나 결국 병자의 선택을 존중해야 돼."

은우는 실망한 얼굴로 고개를 떨궜다. 계 의원은 의안을 펼치면서 무심한 듯 덧붙였다.

"하나 의원도 사람이지. 사람이 사람을 살리고 싶다는데 누가 말리겠어."

은우가 다시 고개를 들었다.

"네, 의원이기 전에 한 사람으로서 다른 사람의 생명을 지켜 낼 거예요."

세풍은 계 의원과 은우의 대화를 잠자코 들었다.

"이대로 두면 부인은 맞아서 죽고 말 거예요. 갈 때마다 새로운 상처가 나 있고 새로운 멍이 생겨나요."

"이런 지……."

세풍이 멈칫했다. 계 의원은 의안에서 시선을 떼고 세풍을 쳐다보았다.

"너는 왜 지랄을 지랄이라 말하지 못하고, 똥을 똥이라고 말하지 못하냐? 그게 네 병이로다."

세풍은 주먹을 꼭 쥐었다.

"이런 지랄이 똥 싸다가 똥벼락 맞고 똥지옥에 자빠질 놈!"

"그래, 이거지. 나쁜 인간은 욕을 아끼면 안 돼."

계 의원이 맞장구를 쳐 주었다. 상소리를 하니 과연 후련한 데가 있었다.

"부인이 남편을 발고할 순 없지만, 남편의 구타로 부인이 죽을 지경에 처했을 경우 친정아버지가 이이를 청구할 수 있다고 해요."

은우가 말했다.

"병자의 상태는 우리 의원에서 증명하면 되고……."

"한데 부인이 친정에서 절연을 당했다고 해요."

"친정이 어딘데요?"

"음죽현이에요."

은우와 계 의원이 동시에 세풍을 바라보았다.

세풍은 배를 타고 강을 따라 내려와 음죽현에 도착했다. 아침 일찍 나섰으나 이미 한낮이었다.

세풍이 병자의 친정에 도착했다. 사랑채와 안채, 별채를 따로 갖추고 있는 번듯한 기와집이었다.

세풍은 노비의 안내를 받아 사랑으로 갔다. 사실이냐? 하는 소리가 들리더니 병자의 부친이 방을 나왔다. 날카로운 수염이 고집스러워 보였다.

"유 어의 대감의 아들이라고 하는데…… 참말이오?"

"예."

"들어오시오."

부친은 세풍을 방 안으로 들이고 낮것상을 봐오게 했다.

잠시 한담을 나눈 후, 세풍은 부친을 찾은 이유를 말했다. 병자를 위해 이이 청구 상소만 써주면 나머지는 소락 현령께서 알아서 해준다고 했다.

"잘못 찾아오시었소. 그 아이는 이제 우리 집 여식이 아니오."

"왜 이제부터입니까?"

세풍은 따지듯이 물었다.

"처음부터 이 댁 여식이 아니었다면 좋았을 뻔했습니다. 남편과 헤어지고 돌아왔을 때 따뜻하게 맞아주고, 착한 낭군을 만났을 때 축복해 주고, 고초를 겪고 있을 때 손을 내밀어주는 댁의 여식이었다면 부인의 삶이 달라졌을 것을. 그랬다면 부인이 행복하게 살았을 것을요."

병자의 부친이 손을 들고 세풍의 말을 가로막았다.

"내 집에 오신 손님이시니 음식은 마저 들고 돌아가시오."

부친은 일어서서 방을 나갔다. 세풍은 수저를 놓고 그를 따라 일어섰다. 세풍이 대청으로 나왔을 때 부친은 돌처럼 굳은 채 서 있었다.

"아버지, 살려 주세요. 한 번만 살려 주세요. 저 살고 싶어요. 죽기 싫어요. 아버지."

병자와 부용이 마당에 엎드려 울고 있었다. 병자는 앙상하게 마른 손을 모으고 부친에게 사정했다. 만복이 병자를 부축했다. 병자의 부친이 못마땅한 얼굴로 헛기침을 했다.

다음 날, 세풍은 은우와 함께 병자의 부친이 써준 이이 청구서를 현령에게 제출했다. 현령이 청구서를 들여다보고 은우를 보았다. 얼굴에 은우에 대한 애정과 걱정이 동시에 묻어 있었다.

"이 일은 내가 잘 처리하마."

"고마워요. 아버지."

"다만, 아버지는 내 딸이 걱정스럽구나. 괜한 일에 끼어들지 말고 의원에서 의술만 배우고, 아픈 부인들에게 침만 놓아 주면 안 되겠느냐?"

"아버지, 병을 고치려면 병자의 마음을 다스려야 해요. 병자가 갖고 있는 마음속의 의심이나 걱정, 생각, 불평을 없애 주어야 해요. 그러려면 병자의 마음을 괴롭히는 어지러운 상황도 돌봐야 하고요. 의원의 일이에요. 이게 제가 계수 의원에서 배운, 가장 중요한 의술이에요."

세풍이 은우의 말을 들으며 미소를 지었다. 은우는 현령이 생각하는 것보다 훨씬 다부지고 용감한 여인이었다. 세풍이 은우에게서 시선을 뗐을 때 현령과 눈이 마주쳤다. 현령이 자기를 물끄러미 바라보고 있었다. 현령이 먼저 세풍의 시선을 피하고 말했다.

"그럼, 나는 수령의 일을 해야겠구나."

며칠 후 병자의 남편은 하옥되었다. 술을 먹고 기물을 파손하고 사람들에게 행패를 부린 죄목이었다. 남편은 태형을 받았고, 병자의 이이 청구도 받아들여졌다. 병자는 친정으로는 돌아가지 않았다. 현령은 병자가 동헌에서 일을 하면서 부용을 키우게 해주었다. 때때로 남편이 술을 먹고 동헌에 와서 병자를 찾았지만 나졸들에게 쫓겨났다. 현령은 남편에게 다시는 병자의 곁에 오지 말라는 엄명을 내렸다.

며칠 뒤, 세풍과 은우는 소락산에 올랐다. 숲길을 걸어 떼도 입히지 않은 작은 봉분을 찾았다. 봉분 앞에는 갓 꺾은 들꽃과 한 사내의 그리움이 놓여 있었다. 두 사람은 비구니 병자에게 술을 올리고 절을 했다. 은우는 병자를 어루만지듯이 봉분을 쓰다듬었다.

"미안해요. 제가 부족하여 당신을 지키지도, 살리지도 못했어요."

세풍이 은우의 손을 잡았다.

"은우님이 부족해서가 아니라 시간이 부족했어요."

"의원님이었다면 분명 그 자리에서 병자가 무엇 때문에 불안해하는지 알아내셨겠죠."

세풍은 고개를 저었다.

"아니요, 전 시작도 못했습니다. 병자가 택한 의원은 은우님이었어요. 은우님은 훌륭한 의원이자 용기 있는 의원입니다. 은우님이 부용 어미를 구했습니다. 숙부의 집으로 가서 병자의 목소리를 대신 냈습니다. 은우님은 앞으로 더 많은 병자를 구하고, 살리시겠죠."

세풍은 봉분을 쳐다보며 말을 이었다.

"병자의 생각도 마찬가지일 겁니다."

은우는 봉분을 가만가만 두드리다가 말했다.

"다음 생은 좋은 세상에 태어나 꼭 원하는 삶을 살아요."

은우가 일어나 세풍에게 손을 내밀었다.

"이제 병자를 보러 가요."

세풍이 은우의 손을 잡고 일어났다.

여의와 광의

1

새말 부잣집에서 노마님이 편찮으시다며 세풍에게 택진을 청했다.

은우와 함께 방문한 곳이었다. 일흔이 넘는 노부인이 기침과 가래 증상이 있어 육군자탕을 처방한 기억이 났다. 그 증상은 완치되었는데 또 어디가 불편한 모양이었다.

계 의원이 대청에서 세풍을 재촉했다. 돈 많이 벌어오라고 했다. 세풍은 왕진을 채비하고 방에서 나왔다.

"은우님도 어서 준비해요."

계 의원이 큰방에 있는 은우에게 말했다. 은우가 머뭇거렸다.

어제 은우는 밤늦게 의원을 나섰다. 먼발치에서 세풍이 따르고 있는 것을 알았다.

은우는 동문 앞에서 걸음을 멈추고 뒤돌아보았다.

세풍도 걸음을 멈추었다.

조선 정신과 의사 유세풍

은우가 세풍에게 다가갔다.

"의원님……."

은우가 나직이 세풍을 불렀다.

"저도 술에서 별의 맛이 났지요."

세풍이 기대를 품은 듯 눈망울이 커졌다. 하지만 은우는 세풍에게 찬물을 들이부을 수밖에 없었다.

"하나 전 남은 생을 의원으로 살기로 결심했어요. 훌륭한 의원이 되고 싶어요. 계수 의원에서 오래오래 일하고 싶어요. 많은 병자를 돌보고 싶고, 훗날에는 의원이 되려는 여인들을 가르치고도 싶어요. 하여 의원님에 대한 마음은 접을 거예요. 의원님도 그렇게 해주세요."

세풍의 표정이 복잡해졌다.

"여기서부터는 저희끼리 가겠어요."

은우가 세풍의 대답도 듣지 않고 돌아섰다.

은우는 잘했다고 저를 토닥였다. 세풍에게 한 말은 진실이었으나 진심을 다 털어놓지는 못했다. 조선에서 여인이 의원이 되는 일도 어렵지만 과부가 남편 아닌 다른 사람을 사랑하는 일은 더 어려웠다. 아니, 안 되는 일이었다. 은우는 어려움을 이겨내고 의원이 되고 싶었다. 의원이 되기 위해서 최선을 다하리라고 결심했다. 그러나 세풍의 짝은 될 수 없었다. 저 혼자만의 문제가 아니었다. 양가와 세풍이 감내해야 할 것들이 너무 많았다.

"둘 다 뭐해? 돈 안 벌어 올 거야?"

계 의원이 목청을 높였다.

"가시죠."

세풍이 은우에게 말했다.

길가에는 가을꽃이 한창이었다. 분홍 물이 번진 하얀 구절초, 노란 감국, 연자주 쑥부쟁이…… 은우는 쓰개치마를 살짝 열어 꽃을 구경했다.

"나를 아니 부끄러워하신다면 꽃을 꺾어 바치오리다."

뒤따라오겠거니 한 세풍이 제 앞으로 불쑥 나타나 꽃을 건넸다. 은우가 손을 내밀다가 멈칫하였다. 세풍이 건네는 것은 꽃이 아니라 마음이었다. 은우는 더 이상 세풍의 마음을 받아서는 아니 되었다.

"받아 주십시오. 이 꽃도, 이 마음도."

은우가 손을 내밀어 꽃을 받았다.

"구절초는 월경 불순, 자궁 냉증, 불임증 등 부인병에 쓰는 약재이고 감국은 열 감기, 폐렴, 기관지염, 두통, 위염, 장염, 종기 등에 쓰는 약재입니다. 쑥부쟁이는……."

"밀어내려고 애쓰지 마십시오. 그러다가 제가 정말 멀리 가면 어쩌시겠습니까?"

"곧 내의원으로 돌아가시겠지요? 경하드립니다."

은우가 걸음을 뗐다. 하얀 꽃이 되어 세풍에게서 달아났다.

조선 정신과 의사 유세풍

노마님은 택진을 청할 만큼 중병은 아니었다. 무릎이 아파서 보행이 힘들다고 했다. 세풍은 보약재를 처방하고 방을 나갔다. 은우가 시침을 준비했다.

은우가 노마님을 시침하는 동안, 세풍은 집주인의 초대를 받아 사랑채로 건너갔다. 댓돌 위에는 여러 켤레의 갖신이 나란히 놓여 있었다. 누마루 위에는 갓 쓴 양반들이 너댓 명 둘러앉아 있었다.

세풍은 짐작 가는 바가 있었다. 아버지 후명이 숭록대부의 품계를 받은 후, 소락현 일대 향반들은 세풍을 초대하는 일이 잦았다. 하나 세풍은 한 번도 응하지 않았다. 하여 오늘 노마님의 병을 핑계로 자기를 불렀으리라.

자기를 안내한 노복이 집주인에게 의원님을 모시고 왔다고 고했다. 집주인이 대청으로 나왔다. 세풍은 노마님의 병세만 여쭙고 물러가겠다고 했다. 집주인은 마침 유 의원을 보고 싶어 하는 손님들이 있으니 동석하기를 청했다.

청유와 거절이 몇 차례 오가고, 세풍은 마지못해 누마루로 올라갔다. 예상대로 소락 향반들이 술잔을 주고받고 있었다. 임순만도 있었다. 임순만이 술에 취해 벌건 얼굴로 세풍에게 잔을 건넸다. 세풍은 잔만 받고 내려놓았다.

노비가 와서 은우의 시침이 끝났다는 소식을 전했다. 세풍은 그만 가보겠다고 했다. 집주인은 노복에게 여의를 모시고 오라고 했다.

"아닙니다. 의원에 병자가 많아서 서둘러 가봐야 합니다."

"어머님의 병환을 돌봐 주시는 고마운 분이니 치하하고 싶네."

"그럼, 다음에 하시지요."

세풍이 술자리를 둘러보고 일어섰다.

"왜? 혼자만 보려고?"

한 양반이 말했다. 소락현 유명 인사인데 우리도 얼굴 구경 좀 하자, 봐 달라고 시뻘건 대낮에 돌아다니지 않느냐, 인물이 반반해서 사내깨나 홀리겠더라……. 은우에 대한 흉한 말들이 쏟아져 나왔다. 세풍이 붉은 얼굴로 벌떡 일어섰다.

"드디어 약방 기생이 오셨구먼. 이리 와서 한 잔 따르거라."

임순만이 은우를 향해 소리쳤다. 다른 사내들도 술잔을 들고 은우를 불렀다.

"참으로 상종 못할 인사들이구먼."

세풍이 자리를 박차고 일어나 마당으로 내려왔다. 은우에게 어서 돌아가자고 했다. 은우가 누마루 쪽으로 고개를 돌렸다.

"저는 약방 기생이 아니라 계수 의원에서 수련 중인 의생입니다. 앞으로 의원이 될 거고요. 하여 술을 따르는 일은 하지 않습니다. 집안에 편찮으신 부인이나 여식이 있으시면 불러 주십시오."

은우가 차분히 말하고서는 대문을 향해 걸음을 옮겼다. 세풍이 누마루에 선 양반들에게 한 번 시선을 던지고, 걸음을 뗐다.

"그래도 현령 딸이오. 어쩌려고 그러셨소?"

집주인이 원망하듯 임순만을 나무라는 어조로 말했다.

"현령 딸이면 더더욱 몸을 사려야지, 과부가 저렇게 돌아다니면서 의녀질을 하면 안 되지."

임순만은 세풍과 은우가 들으라는 듯, 목청을 높였다.

세풍은 묵묵히 은우를 뒤쫓았다. 은우가 걸음을 빠르게 놀렸다. 그 덕택에 두 사람은 여느 때보다 빨리 마을을 벗어났다. 당산나무를 지나고, 장승을 지나고, 개울 앞에 이르렀을 때 은우가 걸음을 멈추었다. 세풍이 은우에게 다가갔다. 은우가 온몸을 떨고 있었다. 얼굴이 붉었다.

"괜찮으십니까?"

"괜찮지 않습니다."

은우는 터져 나오려는 눈물을 꾹 참고, 주먹을 쥐었다. 세풍이 은우에게 좀 더 가까이 가려다가 멈추었다. 작은 새처럼 흔들리는 몸을 감싸주고 싶었지만 그럴 수 없었다.

"송구합니다."

"이래도 절 사랑하세요?"

은우가 고개를 들고 물었다.

"이래서 사랑합니다. 당신은 병자를 긍휼히 여기고, 병자에게 진심을 다하고, 병자를 위해 밤낮으로 애쓰는 훌륭한 의원입니다. 숱한 풍문에도 병자를 위해 의원에 나오고, 사내들 앞에서도 당당히 제 할 말을 하는, 용기 있는 여인입니다. 하여 당신을 사랑합니다."

"저는 과부예요. 미망인이라고들 하죠."

"저도 한 번 갔다 온 홀아비입니다. 공평하지 않습니까?"

"의원님만 공평하다고 생각하면 되나요? 세상이 불공평하다고 생각하는데요."

"세상이 잘못되었습니다. 세상과 사람들의 편견 때문에 제가 사랑하는 이를 잃고 싶지 않습니다."

은우가 고개를 저었다.

"그래도 안 돼요. 저는 이대로가 좋아요. 남은 생은 한 사내의 여인이 아니라 여러 병자의 의원으로 살아야 해요. 해서 안 돼요."

은우가 잠시 있다가 다시 입을 열었다.

"의원님, 말씀드렸다시피 저를 계수 의원 의생으로만 대해 주세요. 저도 의원님을 스승이자 선진으로만 대하겠습니다."

은우가 입술을 늘여 미소를 만들고서는 돌다리를 향해 걸음을 뗐다.

"제 여인으로도 살고, 의원으로도 살면 아니 되겠습니까?"

세풍이 소리쳤다. 은우는 말없이 다리를 건너갔다.

2

며칠 후 은우는 새말 개울 앞에서 주춤했다. 임순만이 다리를 건너오고 있었다. 계 의원이 멈추어 섰다. 계 의원은 세풍을 대신하여 은우와 함께 새말에 택진을 다녀오는 길이었다. 새말 부인네들 택진은 계 의원과 은우가 다녀오기로 했다.

조선 정신과 의사 유세풍

임순만은 다리를 건너와 은우와 계 의원을 보고 미소를 지었다.

"계지한이, 약방 기생을 끼고 다니고 형편이 좋은가 봐."

"허구한 날 기생들을 끼고 술만 처드시더니, 좌수 나으리의 눈에 여인들은 다 기생으로 보이나 봐."

"약방에서 일하니 약방 기생이지. 그 소리 들으려고 과부가 의원에 나오는 거 아니야?"

"은우님은 우리 계수 의원 의원이고, 병자들 돌보려고 의원에 나오는 거야. 하긴 평생 기생 끼고 술만 처먹다가 과거는 보는 족족 떨어지고 처가 덕에 나이 오십 줄에 서서 겨우 향청 좌수 자리 꿰찬 인사가 뭘들 제대로 알겠나. 그만 가시지요. 은우님."

계 의원이 다리를 가리켰다. 은우가 다리에 올라 건넜다. 계 의원이 곧 따라왔다.

"죄송해요. 저 때문에."

"은우님은 우리 의원에 꼭 필요한 의원이에요. 은우님을 지키는 게 계수 의원 두목이 할 일이고."

"약이 바짝 오른 것 같은데 괜찮을까요?"

다음 날, 은우는 등원하면서 길 여기저기에 모여 있는 사람들을 보았다. 단희에게 무슨 일인지 알아보라고 했다. 잠시 후 단희가 종이를 한 장 내밀었다. 이 종이가 벽 여기저기에 붙어 있고, 사람들이 이 벽서 때문에 술렁이고 있다고 하였다. 미친 의원이 어쩌고 한다는 내용이었다. 은우가 얼른 벽서를 살폈다. 벽서의 주인공은 계 의원이었다.

은우는 계수 의원에 오자마자 세풍을 찾았다. 세풍에게 조용히 벽서를 건넸다.

"샛말과 가온말 여기저기에 붙어 있었어요."

벽서를 읽은 세풍의 표정이 어두워졌다. 계수 의원 광의 계지한은 멀쩡한 사람 수십 명을 도륙하고 버젓이 의원 노릇을 한다는 내용이었다. 누가 그랬는지 알 만했다. 세풍은 큰방으로 건너갔다.

은우는 방에 들어가지는 못하고 대청에 선 채 두 사람을 지켜보았다.

"왜 사실을 밝히지 않으십니까?"

계 의원이 무슨 말이냐는 듯, 세풍을 보았다. 세풍이 벽서를 내밀었다. 계 의원이 벽서를 보고 세풍을 보았다.

"사실이야."

"그럼, 사실 뒤에 가려진 진실을 말씀해 주십시오. 의원님은 함부로 사람을 도륙할 분이 아니십니다."

"다들 제가 보고 싶은 것만 볼 텐데 힘없는 진실 따위가 뭐가 중요해? 진실을 알면 내가 광의가 아닌 게 되나?"

"제겐 중요합니다."

"왜? 내가 광의라면 계수 의원을 떠나려고? 네 맘대로 해. 내가 광의라는 사실은 변함없으니."

조선 정신과 의사 유세풍

계 의원이 일어나 밖으로 나왔다.

"은우님, 택진 준비해요. 오늘도 갈 데가 많아."

"네."

은우는 대답을 하면서도 불안했다. 계 의원이 택진을 가도 괜찮을까 싶었다.

은우의 예감은 적중했다. 새말 어느 집에서도 대문을 열어 주지 않았다. 병세가 회복되었으니 더 이상 의원은 필요 없다고 하였다.

"앞으로 돈줄이 막히겠구먼, 허허."

계 의원은 도인처럼 웃을 뿐 더 이상 아무 말도 하지 않았다.

종일 의원은 한산했다. 골말과 달말에 사는 병자 몇이 와서 침을 맞고 약을 받아 갔다. 의원 식구들은 원인을 짐작하고 있었지만 아무도 입 밖에 내지 않았다. 오늘따라 세풍과 만복도 보이지 않았다. 왕진을 간 모양이었다.

"없어!"

계 의원의 고함에 은우가 밖을 내다보았다. 계 의원이 뒤뜰에서 오고 있었다.

"내 부용화가 한 송이도 없어."

남해댁이 앞치마에 손을 닦으며 부엌에서 나왔다.

"할망이 꺾었겠지요."

남해댁이 할망을 찾았다. 할망이 방 안에서 얼굴을 쪽 내밀었다.

"할망, 게 의원님 부용화 어쨌어?"

"부용화 나는 몰라."

"이미 사라진 것을. 지금 할망한테 묻는다고 나오겠소? 그냥 두오."

계 의원이 시무룩한 얼굴로 방으로 들어가 버렸다.

"계 의원님이 두고 보시는 건데 그걸 꺾으면 어째?"

"니 왜 생사람 잡네? 나 화냥년이지 도둑년은 아니라고 말했지. 우리 풍이 어디 갔어? 풍아, 풍아."

할망이 세풍을 찾아 의원을 뒤졌다. 풍이라는 말에 은우는 떠오르는 일이 있었다. 일전에 세풍이 부용에게 만들어 준 꽃다발이 생각났다. 은우가 남해댁에게 가까이 갔다. 계 의원에게 들리지 않게 하려고 목소리를 낮추었다.

"그 부용화, 유 의원님이 부용이에게 꺾어 주셨어요."

"아, 그래요?"

남해댁도 목소리를 낮추며 고개를 끄덕였다. 남해댁이 할망을 불렀다. 할망은 입을 쑥 내밀면서 남해댁을 흘겨봤다.

"할망, 내가 잘못했어. 할망 도둑년 아니야. 내가 오해했어. 미안해."

남해댁이 할망을 달래며 부엌으로 데려갔다. 잠시 후 할망이 손에 누룽지를 들고 밖으로 나왔다. 할망이 들마루에 앉아 누룽지를 먹었다.

그러고 보니 세풍과 만복은 아직도 돌아오지 않았다. 오전에는 택진을 갔다고 생각했다. 오후에는 소락을 떠나 다른 지역으로 왕진을 갔다고 생각했다. 날이 저물어가는데도 세풍은 돌아오지 않았다. 은우는 남해댁에게 세풍의 행방을 물었다.

"은우님, 모르셨어요? 집안에 볼일이 있어서 며칠 의원을 비운다고 하셨어요. 아침에 두 분이 나가시고, 곧 떠나셨어요."

"그럼 한양에 가셨겠네요."

"그렇겠지요. 원래 한양이 유 의원님 댁이니까. 아버님도 높은 자리에 가셨다더니 유 의원님도 이제 돌아가려고 하시나?"

남해댁이 울상을 지었다.

"우리 유 의원님 보내고 어찌 살꼬?"

남해댁은 중얼대며 부엌으로 사라졌다. 은우는 한숨을 토하며 어깨를 늘어뜨렸다.

3

며칠 계수 의원은 고적했다. 왕진 요청은 없었다. 구급 병자만 계수 의원을 찾았다. 세풍은 돌아오지 않았다. 할망이 이따금씩 풍아, 하며 세풍을 찾았다.

"오랜만에 단출하니 좋구나."

계 의원이 혼자 밥상을 받으며 말했다. 밥을 먹고는 큰방에 틀어박혀 나오지 않았다. 묵언 수행이라도 하는 양, 입을 꾹 닫았다.

은우는 낮에는 의서를 봤다. 이따금씩 대문간에 나가 보았다.

긴 한숨만 쉬고 방으로 돌아왔다. 저녁에는 대청에서 장군을 도와 약재를 정리했다. 자주 한숨을 흘렸다.

다음 날도 세풍은 돌아오지 않았다.

"든 자리는 몰라도 난 자리는 안다고, 유 의원님 없으니까 의원이 텅 빈 것 같네."

남해댁이 말했다.

은우는 들마루에 앉아 세풍이 머물던 빈방을 멍하니 바라보았다. 입분이 다가왔다.

"유 의원님 생각하죠?"

"아니."

"은우님도 거짓말을 다 하시네요. 저도 다 알아요. 아니, 우리 의원 식구들 다 알걸요? 은우님이 유 의원님 좋아하는 거. 물론 유 의원님이 은우님을 더 많이 좋아하지만."

은우가 얼굴을 붉혔다.

"은우님이 의원인 거 되게 멋있어요."

입분이 엄지를 치켜들었다.

"사람들이 뭐라 해도 꿋꿋이 의원에 나와서 병자들 돌보는 것도 진짜 멋있어요. 그래서 세상에서 제일 멋진 여인 은우님이 세상에서 제일 멋진 사내 유 의원님 곁에 계셨으면 좋겠어요."

은우가 물끄러미 입분을 바라보았다. 철없는 어린아이라고 생각했는데 입분은 몰라보게 자라 있었다.

"아, 나도 좀 멋지죠?"

"응. 멋지고 예뻐."

입분이 헤헤 하고 웃었다.

계 의원이 창 너머 소락산을 바라보다가 대청으로 고개를 돌렸다.

"은우님, 병자도 없는데 그만 들어가 쉬어요."

"조금만 더 기다려 볼게요."

"오늘은 안 올 거야."

"이 약재들만 정리해 놓고 갈게요."

계 의원은 고개를 끄덕이고, 창 너머로 다시 시선을 옮겼다.

은우는 약재를 정리하고, 의안을 정리하고, 의서까지 정리하고 의원을 나섰다. 다른 때보다 귀가가 더 늦었다.

"한 일도 없는데 피곤하네요. 아씨는 괜찮으세요?"

단희가 하품을 했다.

"그래도 병자들 볼 때보다는 덜 고단하시지요?"

"응……."

마음이 고단하구나, 은우가 고개를 떨구었다.

"아씨, 저기 유 의원님 아니에요?"

단희의 목소리에 은우는 고개를 들었다. 어둠 사이로 세풍과 만복이 언덕을 올라오고 있었다. 은우는 그 자리에 멈추어 섰다. 저도 모르게 가슴이 뜨거워졌다.

세풍이 은우를 발견하고 미소를 지으며 다가왔다.

"귀가가 늦으셨습니다. 의원에 일이 많았습니까?"

은우는 답이 없었다. 두 사람은 잠시 말없이 서 있었다.

"단희를 동문까지 바래다줘야겠네요."

만복은, 저는 우리 아씨랑 같이 갈 건데요, 하는 단희를 끌고 사라졌다. 세풍이 입을 열었다.

"은우님께서 계 의원님과 새말에 왕진을 가셨을 때 급히 가느라 미처 인사를 드리지 못하고 떠났습니다. 별고 없으셨는지요?"

은우의 눈에서 눈물이 한 줄 흘렀다.

"은우님, 왜 그러십니까?"

은우도 당황하여 맨손으로 얼른 눈물을 훔쳤다.

"무슨 일 있으십니까?"

"아니요."

은우의 눈에서 다시 눈물이 흘러내렸다. 은우가 하늘을 보면서 눈물을 담았다.

"은우님, 무슨 일입니까? 의원에 무슨 일이 있습니까?"

"아니요."

은우는 고개를 저으면서도 다시 눈물을 흘렸다.

"은우님……."

"의원님께서…… 계수 의원을 버리신 줄 알았어요."

은우가 미소를 지으며 눈물을 흘렸다. 나, 왜 이러지, 하면서 눈물을 닦았다. 세풍이 없는 며칠 은우의 마음을 무겁게 했던 걱정과 두려움, 서운함이 안도와 반가움을 타고 한꺼번에 쏟아져 나왔다.

"버리다니요? 잠시 일이 있어 한양 집에 다녀왔습니다."

은우는 고개를 숙이고 코를 훌쩍였다.

"제가 은우님을 두고 어딜 가겠습니까."

은우가 고개를 들고 세풍을 가만히 바라보았다. 세풍의 검은 눈동자에 제 모습이 담겨 있었다.

"저는 은우님 말씀을 잘 들으려고, 다음부터 잘하려고 잠시 다녀왔습니다."

은우가 코를 훌쩍이며 세풍을 바라보았다.

"하니 울지 마십시오."

은우는 갑자기 부끄러워졌다. 두 손으로 쓰개치마를 단단히 여미고 세풍의 시선을 피했다.

"이만 가볼게요."

은우가 고개를 숙이고 인사를 했다. 얼굴이 화끈거렸다. 붉어진 제 얼굴을 세풍이 보았으리라 짐작했다. 은우는 서둘러 걸음을 뗐다.

세풍은 웃으며 은우를 쫓았다. 가벼운 걸음으로 다가가 은우의 어깨를 잡았다. 은우가 멈추어 섰다.

"기억나십니까? 저한테 다음부터 잘하면 된다고 하지 않으셨습니까?"

은우는 기억이 났다. 세풍이 고인이 된 아내의 이야기를 털어놓았을 때이다. 그때 은우는 부인께 사과하고, 다음부터 잘하시면 된다고 하였다. 그때 세풍은 제게 다음이 있는지 물었다.

"은우님이나 절 버리지 마십시오. 제가 어떤 사람이더라도. 제가 은우님의 기대에 미치는 사람이 아니더라도. 제가 혹 좋은 사람이 아니더라도요."

"의원님은 좋은 분이니 제가 의원님을 버릴 일은 절대 없을 거예요."

"그럼, 제 아내가 되어 주십시오. 남은 생을 은우님의 반려가 되어 살고 싶습니다."

은우의 눈물이 멈추었다. 고개를 가만히 들어 세풍을 바라보았다. 세풍의 검은 눈에 제가 있었다.

은우는 당황하여 말이 나오지 않았다. 세풍에게서 사랑한다는 말을 듣고, 세풍과의 혼인을 생각해 보지 않은 건 아니었다. 하지만 답이 없었다. 개가라도 사대부가 과부를 부인으로 맞는 일은 없었다. 반가의 여인이 개가를 하는 일은 없었다. 세풍과의 혼인은 결코 있을 수 없는 일이었다. 하여 저를 사랑한다는, 세풍의 마음까지 거절하였다.

"가보겠습니다."

은우가 몸을 숙여 인사를 했다. 세풍이 여유롭게 미소를 지었다. 은우는 쓰개치마를 단단히 여미고 세풍의 시선을 피했다. 얼굴이 화끈거렸다. 아마 붉어졌을 것이다. 은우는 서둘러 걸음을 뗐다.

세풍이 쫓아오고 있었다. 얼굴에 미소를 가득 품고서. 보지 않아도 알 수 있었다. 세풍의 발걸음이 가까워지더니 은우의 어깨를 잡고 은우를 다시 멈추어 세웠다. 은우는 여전히 두 손으로 쓰개치마를 꼭 잡고 있었다. 세풍은 은우의 손을 아래로 내렸다. 제 손으로 은우의 쓰개치마도 어깨 위로 내렸다. 은우가 괜히 치맛자락을 잡았다.

"은우님의 마음을 압니다. 단단히 걸어 잠그지 않으셔도 됩니다."

은우는 치맛자락을 만지작거렸다.

"달빛이 곱습니다. 달빛에 젖은 은우님 얼굴은 더 곱습니다."

은우는 저도 모르게 피식, 웃음이 나왔다.

"제 앞에선 그 얼굴도, 마음도 다 보여 주십시오."

은우가 잠시 세풍을 바라보다가 말했다.

"어디를 가면 간다, 오면 온다 말씀을 하고 다니십시오."

"네. 앞으로 꼭 말하고 다니겠습니다. 아니, 다음부터는 함께 다니겠습니다."

은우가 습관적으로 쓰개치마를 올려 머리에 썼다.

"또!"

세풍이 은우의 쓰개치마를 벗긴 다음에 제가 들었다.

"이 몹쓸 물건은 압수입니다. 그리고 이것도……"

세풍은 은우의 손을 잡았다. 은우는 손을 뺐다.

"한데 어딜 다녀오셨습니까?"

"고향 선산에 다녀왔습니다. 은우님 말씀을 잘 듣고, 다음부터 잘하려고요."

은우가 고개를 돌려 세풍을 보았다. 전 부인께 사과를 하러 다녀왔단 뜻이었다.

"오래전 일이라⋯⋯ 은우님은 기억 안 나시겠지요?"

"아니요. 기억나요."

은우가 고개를 끄덕였다.

"그럼 그때 드렸던 질문, 지금 대답해 주십시오. 제게 다음이 있을까요?"

"네⋯⋯."

은우가 고개를 끄덕였다.

"하지만 저는⋯⋯."

세풍이 고개를 저었다.

"그다음 대답은 이미 알고 있습니다."

세풍이 웃었다.

"저도 유 의원님을 사랑해요. 우리 아들 딸 많이 낳고 천년만년 오순도순 살아요. 아닙니까?"

세풍이 쓰개치마를 쓰고, 은우의 흉내를 냈다.

"예?"

은우가 세풍을 흘기다가 웃었다. 세풍이 은우에게 손을 내밀었다. 은우가 잠시 머뭇거리다가 세풍의 손을 잡았다.

달빛이 좋았다. 가을바람도 좋았다. 무엇보다 은우는 세풍이 좋았다. 두 사람은 나란히 언덕을 내려왔다.

　　　　　　　　　　　　조선 정신과 의사 유세풍

4

은우는 대청에 앉아서 장군과 약재 공부를 하고 있었다. 장군이 약재를 들어 보이면 은우가 이름과 효능을 말했다. 엄마야, 하는 남해댁의 소리에 은우가 마당으로 고개를 돌렸다. 남해댁의 시선 끝에 계 의원 또래의 남자가 서 있었다. 비단 도포와 흑립 아래로 금옥 입영을 길게 늘어뜨리고 의원으로 들어왔다.

"늙은 유 의원!"

남자는 세풍과 닮은 데가 있었다.

"맞소. 늙은 유 의원이오."

남해댁의 말에 늙은 유 의원이 웃었다.

"늙은 유 의원이 늙은 계 의원을 만나러 왔다 전하시오."

남해댁이 멍하니 늙은 유 의원을 바라보았다.

은우는 큰방에 있는 계 의원에게 가서 유 의원이라는 분이 오셨다고 전했다. 계 의원은 고개를 갸웃거리며 보던 책을 덮고 일어났다. 대청으로 나온 계 의원은 입을 벌린 채 다물지 못했다.

"자네가 여길 어떻게……."

"광의 계지한을 보러 왔지."

유 의원이 계 의원을 따뜻하게 바라보며 소리 없이 웃었다.

"한데 의원에 병자가 이리 없어서야……."

계 의원의 눈이 샐쭉해졌다.

"자네가?"

계 의원이 의심스러운 듯 눈초리를 가늘게 떴다.

"세월만 한 숫돌이 없어. 다 물러지고 무뎌졌어."

계 의원과 유 의원, 후명은 큰방에 들었다. 대낮부터 술상을 마주하고 앉았다. 두 사람의 대화는 대청에서 약재를 정리하는 은우에게도 들려왔다.

"어찌 왔는가?"

"세엽이가 다녀갔다네."

은우는 '세엽'이라는 말에 가슴이 두근거렸다. 저도 모르게 두 의원의 말에 귀를 기울였다.

"지금 객사에 묵고 있나?"

"소락 현령이 살뜰히 챙겨 주더군. 현령의 주선으로 내일 소락 향반들을 만나기로 했네. 내 자네를 괴롭히는 낭설을 바로잡겠네."

'소락 현령'이라는 말에 은우는 귀를 기울였다. 아침에 동헌을 나오면서 관아 객사에 귀한 손님이 든다고 수군대던 관노들의 말이 떠올랐다. 그 귀한 손님이 세풍의 부친이리라고는 꿈에도 생각 못 했다.

유 의원은 세풍과 나눈 대화를 전했다.

계지한은 유후명을 만나기 전에 전유형이라는 스승 아래에서 의술을 배웠다. 전유형은 임진왜란 때 길에 널린 시체를 해부해서 인체를 공부했다. 전유형의 가르침은 계지한의 뇌리에 깊은 각인을 새겼다.

　전유형이 죽고 계지한은 새 스승을 만나 유의, 후명과 동문수학하게 되었다. 그러던 중 병자호란이 일어나자 계지한은 시체를 찾아다녔다. 스승보다 한술 더 떠서 남녀, 연령대별로 시체를 해부하고 인체를 탐구했다. 사대부 출신인 후명에게 시체를 훼손하는 일은 용납할 수 없었다. 후명은 계지한에게 절연을 선언했다.

　이듬해 그들은 의과 취재장에서 다시 맞닥뜨렸다. 시험관이던 후명은 계지한이 한 일을 발고했고, 계지한은 시험을 보지도 못한 채 쫓겨나야만 했다. 그 후, 계지한에게는 광의라는 꼬리표가 붙어 다녔다.

　"미안했네. 그때 나는 의원이기 전에 유자儒者였네. 의원이 되고 나서도 한참 후에 알았네. 자네가 얼마나 중요한 일을 했는지. 그때 자네가 그린 신형장부도가 의원들과 의생들 사이에서는 귀중한 자료로 쓰이고 있네. 나로부터 비롯된 일이니 내 결자해지하겠네."

　"잘못은 내가 했지. 자네는 원칙을 따랐을 뿐이고."

　계 의원이 술병을 들어 유 의원의 잔에 따라주었다.

　"난 자네를 그리 보낸 걸 내내 후회했다네."

　"난 후회하지 않아. 자네 덕분에 입분이 어미도 만나고, 입분이도 얻고, 계수 의원에서 새 삶을 찾았네. 그리고……."

　계 의원이 뜸을 들였다.

　"자네 아들도 새 인생을 만났을지도 모르겠네."

"그 아이는 내의원으로 돌아와야지."

계 의원이 헛기침을 했다.

은우는 얕은 숨을 토했다. 세풍이 돌아갈 때가 정말 다가오는 구나 싶었다.

"그나저나 세엽이는 안 보이는구면."

"왕진 갔네. 한데 유 의원이 다른 얘기는 하지 않던가?"

"글쎄. 없었네만."

계 의원은 은우님, 하고 불렀다. 은우는 마음을 가다듬고 계 의원을 보았다.

"유 의원 부친이에요. 인사드리세요."

은우가 일어나서 방 안에 있는 유 의원을 향해 인사를 했다. 후명은 고개를 설핏 끄덕이고 무심히 시선을 뗐다.

"의녀인가?"

"의녀가 아니라 의생일세. 곧 정식 의원이 된다네."

"여인이 어찌 의원이 되는가?"

"우리와 똑같은 일을 하는데 여인이라고 어찌 의원이 되지 못하 겠는가?"

유 의원은 입을 다물고 술잔을 들었다.

"소락 현령의 따님이라네."

유 의원이 술잔을 놓고 은우를 보았다. 유 의원은 밖에 있는 은 우를 의식했는지 목소리를 낮추고 뭔가를 물었다. 이따금씩 현령 딸, 미망인 같은 소리가 들렸다. 그러나 세풍의 이름은 나오지 않았다.

남해댁은 쉬지 않고 안주를 대령했다. 유 의원은 한양 웬만한 기루보다 음식이 훌륭하다고 칭찬했다. 유 의원은 목소리가 낮고 무게가 있었다. 술을 많이 마시지는 않았다. 계 의원은 기분이 아주 좋아 보였다. 연신 술을 마시며 농을 해댔다. 목소리도 높아졌다. 남해댁도 한자리를 차지했다. 이상남을 만나서인지 얼굴도 목소리도 상기되어 있었다. 세 사람의 입에서 세풍이 나왔다. 세 살 때 세풍이 죽을 고비를 넘긴 이야기를 하고 있었다.

"자네의 진단이 정확했네. 다들 죽을 거라고 했던 세엽이를 자네만 산다고 했었지. 자네는 끝가지 포기하지 말라고 했네. 하여내 이번에도 세엽이를 자네 곁으로 보낸 걸세. 자네라면 세엽이를 믿고 맡길 수 있네."

"그거 땡중이 살린 거 아닌가?"

"아니요. 전생의 부인인 만복이가 살렸죠."

계 의원과 남해댁의 말에 유 의원이 웃었다.

"유능한 계 의원이 살렸지. 자네는 예나 지금이나 유능한 의원이고, 훌륭한 의원이고, 좋은 의원이야. 자네를 내쫓지 않았으면 자네가 이 자리에 있는 건데……"

"내가 내의원에 있었다면 개말 개지랄 의원은 없었겠지."

"그럼 안 되지요."

남해댁이 맞장구쳤다. 술자리는 날이 저물고서도 파하지 않았다.

"유 의원님, 아버님께서 찾아오셨어요."

"네."

세풍은 대청으로 시선을 옮겨 은우를 바라보았다. 은우는 세풍을 보며 그림처럼 미소를 지었다. 만복이 아이고, 대감마님, 하며 큰방으로 쫓아갔다.

만복이 품등品燈을 밝히고 길을 비추었다.

"물렀거라. 어의 대감……."

세풍이 인상을 썼다. 나가신다……. 만복이 소리를 내지 않고 중얼거렸다. 만복과 아비가 앞서고 세풍은 몇 걸음 떨어져 뒤따랐다. 아비가 술기운에 비틀거렸다. 세풍은 걸음을 성큼 내디뎌 아비의 팔을 붙잡았다.

"괜찮다."

아비가 세풍의 손등을 살포시 두드렸다. 세풍은 말없이 손을 뗐다. 세풍이 보속을 늦추고 아비와 멀어지려는데 아비가 물었다.

"언제쯤 내의원에 복귀할 셈이냐?"

"……잘 모르겠습니다."

"모르겠다니? 내의원 어의가 되려고 대과까지 포기한 놈이."

아비는 아직도 그 일을 생각하면 속이 쓰리다는 투였다. 자신도 부친의 뜻을 거역하고 의관이 되었으면서 아들은 의관이 아니라 문관이 되기를 바랐다.

"돌아가야겠지요."

세풍이 숨을 한번 가다듬고 말을 뱉었다.

"그전에 혼인부터 하겠습니다."

"좋지. 좋아. 내 오늘 소락에 오길 잘했구나. 잘했어."

아비가 환하게 웃었다. 몇 년 만에 보는 웃음이었다.

"네 숙모에게 일러 적당한 혼처를 찾아보라 하마."

"마음에 정해 둔 사람이 있습니다."

"뭐라? 네가 연정을 나누었단 말이냐?"

아비가 소리 내어 웃었다.

"어느 집안 규수냐?"

"소락 현령의 여식입니다."

"현령이 여식들을 참하게 키운 모양이구나. 나이가 몇이냐?"

"스물여섯이옵니다."

"스물여섯? 열여섯이 아니고?"

"네."

아비가 걸음을 멈추었다. 만복도 걸음을 멈추고 얼굴을 찡그렸다.

"그 나이까지 혼인을 하지 않았단 말이냐?"

"사별했습니다."

"잠깐……."

아비의 얼굴에서 웃음기가 가셨다.

"네. 의원에서 보신 그 여인입니다."

"안 된다."

"저와 처지가 같습니다."

"무엇이 같아? 너는 사내야."

아비가 목소리를 높였다.

"사내도, 여인도 똑같이 감정이 있는 사람입니다."

"과부는 감정이 없어야 한다. 국법이 정한 것이다."

"개가를 말라고는 하지 않았습니다."

"그 자손은 관리로 등용하지 말라 하였지. 그것이 개가를 하지 말라는 뜻이다. 장차 태어날 자식들 생각은 하지 않느냐?"

"관리가 되지 않고도 행복하게 살 수 있습니다."

"그 아이들이 관리가 되기를 원하면? 하지 않는 것과 못 하는 것은 다르다. 너는 네 스스로 문관이 되기를 포기하였지. 하여 미련이 없는 것이다. 하나 문관이 되고 싶어도 되지 못하는 자들을 보아라. 그들이 얼마나 제 신분과 처지에 한스러워 하는지."

"원하는 바를 다 얻으며 살 수는 없습니다."

"잘 알고 있구나. 너 또한 원하는 바를 다 얻을 수는 없어. 이 이야기는 못 들은 걸로 하겠다."

아비가 소매에서 손수건을 꺼내 귀를 닦았다.

"그럼 아버지의 허락 없이 혼인하겠습니다."

"상것들도 부모의 허락을 받아 대사를 치르거늘, 반가의 자식이 뭘 해? 네놈이 계집 하나 때문에 미쳤구나."

아비의 목에 핏대가 섰다.

"미치지 않았습니다. 아버지 때문에 미칠 뻔하였으나 미치지

조선 정신과 의사 유세풍

않았습니다."

아비가 눈썹을 꿈틀거렸다.

"그건 또 무슨 소리야?"

세풍은 입술을 깨문 채 아무 말도 하지 않았다. 세풍이 만복을
불렀다. 네, 네, 만복이 먼 산을 보는 척하다가 얼른 대답했다.

"객사까지 대감마님 잘 모셔다 드리거라."

세풍은 머리를 숙여 아비에게 절을 하고 돌아섰다. 가슴이 답
답해져 왔다.

5

계수 의원은 다시 문전성시를 이루었다. 계 의원은 묵언 수행을
끝내고 하루 종일 손과 발과 입을 놀렸다. 새말 왕진도 부지런히
다녔다.

"의원님, 사헌부 소유(구실아치)라는 사람이 유씨 부인을 찾는
데요?"

입분이 툇마루에 무릎을 걸치고 얼굴을 내밀었다. 사헌부? 세
풍이 미간에 주름을 지었다.

"진정 사헌부 소유가 왔단 말이냐?"

"네."

입분이 고개를 끄덕였다.

"한데 내가 아니라 유씨 부인을 찾았다고?"

"네."

입분이 자초지종을 설명했다. 좀 전에 나장 복장을 한 사내가 나졸을 이끌고 계수 의원 대문을 넘었다고 했다. 입분이 툇마루에서 천자문을 보다가 일어섰다. 사내에게 다가가 어찌 오셨는지 물었다. 사내는 사헌부 소유라고 하였다.

"그게 뭔데요?"

입분의 말에 소유가 호통을 쳤다.

"당장 유씨 부인을 데려오너라."

"유씨 부인이요?"

입분이 겁을 먹은 채 반문했다.

"우리 의원엔 유씨 부인이 없는데……."

하다가 은우에게 생각이 미쳤다. 입분이 은우를 찾아 큰방으로 가려다가 세풍의 방으로 향했다는 것이다.

"잘했다."

세풍이 마당으로 내려갔다. 남해댁이 소유를 흘금거리고 있었다. 세풍이 소유에게 사정을 물었다. 소유가 아뢰기를, 사헌부에 유씨 부인의 방자한 행실에 대한 정소呈訴가 들어왔다고 하였다.

"착오가 있었던 게 아닌가? 은우님은 평범한……."

물론 평범하지는 않았다.

"여인일세. 누가 은우님을 정소하였단 말인가?"

소유가 세풍에게 첩帖을 보여주었다. 유씨를 광주부 관아에서 조사하게 하라는 내용과 대사헌의 수결과 도장이 있었다.

"수절해야 할 미망인이 집 밖 출입이 잦고 사내와 어울리며 음행을 일삼았다고 전해 들었습니다."

"정소한 자가 소락 향청 좌수 임순만인가?"

세풍이 물었다.

"거기까지는 알지 못합니다."

"일단 소락 현령에게 보고부터 드리겠네."

"현령의 따님이라 광주 부윤께서 조사하라는 명이 있었습니다."

세풍이 한숨을 토했다.

"접니다. 제가 유씨입니다."

은우가 계 의원과 함께 마당으로 내려섰다. 마당에서 사태를 구경하고 있던 부인 병자들이 은우의 곁으로 와 뒤에 섰다. 사내 병자들도 그 뒤에 섰다.

"제가 가겠습니다."

"은우님, 안 됩니다."

세풍이 은우의 앞을 막았다.

"잘못이 있다면 벌을 받고, 잘못이 없으면 방면되겠지요."

은우가 세풍을 안심시키려는 듯 미소를 지었다.

"그래도 안 돼요."

남해댁도 은우를 말렸다. 계 의원도 갈 때 가더라도 우선 진상을 알아보자고 했다. 병자들까지 은우를 말렸다.

"즉금 무스거 말하암등? 우리 은우님은 음행한 여인이 아니오.

차라리 나를 잡아가기오. 나를."

남해댁이 다가와 옷고름을 풀고 가슴을 들이밀었다.

"아, 미쳤어?"

입분이 남해댁을 말리고 소유에게 따지고 들었다.

"우리 은우님은 잘못이 없어요. 의원에 나와서 병자들 돌보는 게 죄예요?"

병자들까지 웅성대자 소유가 몸을 움츠렸다.

"나도 명을 받고 움직이는 몸이오. 그저 윗분들이 시키는 대로 하는 거란 말이오."

"가겠네. 가세."

은우가 소유의 앞으로 나왔다. 걱정들 마세요. 은우가 세풍과 의원 식구들, 병자들을 향해 웃음을 보이고서는 소유를 따라 나섰다. 아씨. 단희가 울먹이며 은우를 쫓아갔다.

세풍은 방 안으로 들어가 옷을 갈아입고 나왔다. 은우를 따라 나서려는데 계 의원이 세풍을 잡았다.

"너는 아니야. 남해댁이 만복이하고 같이 가보소."

남해댁이 장옷을 챙겨 입고, 만복이와 의원을 나갔다. 이게 무슨 난리야. 우리 은우님이 왜……. 병자들도 은우를 걱정했다.

사내와 어울리며 음행을 일삼았다. 그 사내가 자기일 터였다. 세풍이 툇마루에 걸터앉아 두 손으로 얼굴을 감쌌다. 울고 싶었다. 은우는 자기와 음행을 일삼지 않았다. 다만 자기를 사랑했을 뿐이다. 자신이 은우를 사랑한 것처럼. 한데 왜 은우에게만 사랑이 죄가 되는지, 은우에게만 비난이 쏟아지는지, 은우에게만 책임을 묻는지 견디기 힘들었다.

"동헌에 가봐."

계 의원이 세풍의 어깨를 두드렸다.

"뭐든지 해봐. 네가 할 수 있는 걸 해봐."

현령은 어두운 얼굴로 세풍을 맞았다. 부인은 소식을 듣고, 광주 관아로 떠났다고 하였다.

"송구합니다."

세풍이 사과를 했다. 현령은 잠시 말이 없다가 한숨을 쉬고 입을 열었다.

"내 잘못도 있네. 내가 향청 좌수를 잘못 건드렸어."

현령은 일전에 향반들이 모인 자리에서 은우가 모욕을 당한 소식을 듣고, 임순만을 만나서 주의를 주었다.

"정중히 부탁을 했어야 하는데 역정을 냈어. 자존심이 상했을 게야."

"아버지로서 당연히 해야 할 일을 하셨을 뿐입니다."

"사헌부로 바로 고발장이 들어갔으니 어찌 해볼 도리가 없네. 광주 부윤의 현명한 판단을 기다려 볼밖에."

"부윤을 만나 보시는 게 어떠하겠습니까?"

현령이 망설였다. 그는 공평하고 강직한 사람이었다. 직접 나서는 게 불편할 수도 있었다.

"소락 현령이 아니라 아버지로서요. 청탁이 아니라 딸의 안부를 물어볼 수도 있지 않겠습니까?"

현령이 고개를 끄덕였다.

세풍은 현령과 함께 광주 관아로 왔다. 아문 앞에서 현령 부인, 단희, 남해댁, 만복이 발만 동동 구르고 있었다.

"서방님."

만복이 맨 먼저 세풍을 알아보고 다가왔다. 은우는 관아 안으로 들어간 후 소식이 없고, 면회도 안 된다고 하였다. 그렇다고 은우를 저 안에 두고 관아를 떠날 수도 없다고 하였다.

현령이 관아로 들어가서 부윤을 만나고 나왔다. 현령 부인이 눈물 그렁한 눈으로 은우의 안부를 물었다.

"잘 있소."

현령이 부인을 부축하며 고개를 끄덕였다.

"참말 잘 있소. 우리 은우가 누굴 닮았는지 참……."

현령이 헛웃음을 지었다. 광주 부윤은 현령과 개인적인 친분은 없었지만 현령 딸이 제 관아에 들어온 것이 무척 난감했다고 한다. 죄인은 아니기에 하옥하지 않고 조사실에 가두었다. 부윤이 직접 은우를 신문하였다.

"미망인은 삼가 근신하고 경계하여 수절하는 것을 그 미덕으로 삼거늘 어찌하여 집 밖 출입을 하였는가?"

"여의가 필요한 부인 병자들을 돌보기 위해서였습니다."

"외간 사내와 음행을 일삼은 것은?"

"그저 병자를 돌볼 때 의원님과 동석하거나 동행한 일이 있었을 뿐, 부끄러운 일은 결코 하지 않았습니다."

은우는 어엿하게 신문에 임했다고 한다. 부윤도 미망인이 의원에 드나들며 병자들을 돌보는 것이 무슨 죄인지 판단이 서지는 않으나, 사헌부와 관련이 되어 있고 반가의 일이기 때문에 조정에 보고를 하고 처분을 기다려야 된다고 하였다.

"아이고, 그럼 우리 은우는 어떻게 되는 거예요?"

"조정의 처분을 기다릴 수밖에. 나는 가봐야 하오. 집안일로 동헌을 너무 오래 비웠소. 부인도 함께 가시오."

"혼자 가세요. 저는 우리 은우 옥바라지를 해야죠."

현령 부인은 남겠다고 고집을 피웠다. 세풍은 만복에게 현령 부인을 잘 모시라고 당부하였다. 현령 부인, 단희, 만복이 남고, 현령, 남해댁, 세풍이 소락으로 돌아왔다.

세풍은 도성을 향해 말을 달리고 있었다. 전속력으로 달리면 흥인문이 닫히기 전에 도성에 도착할 수 있을 것이다. 세풍은 현령의 말을 떠올렸다. 광주 관아를 떠나 돌아오는 길이었다. 배에 올랐을 때, 현령이 소락호에 시선을 두고 말했다.

"자네와 우리 은우의 마음을 알고 있네. 자네와 우리 은우의 결합을 바라는 부인의 마음도 알고 있고. 나도 자네가 싫지 않네. 하나 나라의 녹을 먹는 자로서 우리 은우를 개가시킬 수는 없네. 이 일이 해결되면 우리 은우를 떠나주시게."

조선은 여인에게 삼종지도를 강조하면서 재가를 금지했다. 보수 유자들은 여인이 재가를 하는 것은 짐승과 다름없다고까지 비난하였다. 재가한 여인은 녹안錄案하였고, 재가한 사족 부녀의 자손은 관리로 등용하지 않았다.

"은우님이 제게 떠나라, 하면 떠나겠습니다. 그 전에는 은우님의 곁에 있겠습니다."

현령은 애매한 표정을 지으며 세풍을 바라보았다.

은우와 아버지, 아버지와 은우 생각을 하면서 세풍은 집 앞에 도착했다. 하늘을 한 번 올려다보았다. 별은 무구하게 빛나고 있었다. 세풍은 깊은 숨을 길게 내쉬고 집 안으로 들어섰다. 늙은 노복이 세풍을 반기며 호들갑을 떨었다.

"대감마님!"

노복이 사랑으로 뛰어갔다. 세풍이 노복을 말리려는 찰나, 세풍이 왔다며 사랑에 고했다. 잠시 후, 아버지가 나와서 대청에 섰다. 아버지도, 세풍도 말없이 서로를 응시하였다.

"끼니는?"

아버지가 먼저 입을 열었다.

"아직……."

"상부터 봐 오게."

아버지가 노복에게 육선과 생선 찬 위주로 준비하라고 이르고서는 방 안으로 들어갔다. 세풍이 아버지를 따라 방 안으로 들어갔다. 절을 올리고 앉았다.

"이 밤에 무슨 일인 게야?"

"은우님을 도와주십시오."

세풍은 자초지종을 설명했다. 아버지라면 광주 부윤쯤은 움직일 수 있을 듯했다.

"그 아이와 더는 엮이지 않았으면 좋겠구나."

"저 때문입니다. 소자 때문에 은우님이 몹쓸 풍문에 시달린 겁니다."

노복이 석반 상을 놓고 갔다.

"밥부터 먹거라."

세풍은 잠자코 있었다.

"네 이미 장성한 사내이니 밥을 아니 먹겠다, 아버지의 뜻을 움직일 생각은 말거라."

세풍은 그럴 생각이 없었지만 그럴 수 있다면 얼마나 좋을까, 잠시 생각했다. 세풍이 수저를 들었다. 조반을 들고 아무것도 먹지 못했다. 시장하였다. 아버지가 세풍이 밥 먹는 모습을 물끄러미 바라보았다.

"사헌부 대사헌 댁의 노모를 치료한 적이 있다. 문안을 드릴 때가 되었구나."

세풍이 아버지를 보았다.

"고맙습니다, 아버지."

"이번 일을 도와준다고 해서 네 혼인을 허락하는 건 아니야. 그 아이가 아니라 내 아들을 위해서야. 내 아들이 자책하는 게 싫으니까."

'아버지. 아버지께서 그 아들을 위해 하신 일 때문에 소자 매일 매일 자책하고 있습니다.'

세풍이 사발을 들고 물을 삼켰다. 가슴이 답답하고 목이 막혔다.

"천천히 들어. 계수 의원 음식 맛은 좋던데 육찬이 부족하더구나. 다 들고 가거라. 갈 때도 챙겨 가고."

세풍은 복잡한 심경을 누르며 꾸역꾸역 밥을 삼켰다.

6

세풍은 소락으로 돌아가지 않고 광주부로 향했다. 만복을 찾아 은우의 안부를 물어볼 참이었다. 세풍은 만복이 어디에 묵고 있는지를 확인하지 못했다. 관아 주변을 어슬렁거리다 보면 현령 부인이나 단희나 만복을 만나겠지 싶었다.

오늘따라 관아 앞이 너무 복잡했다. 사람들이 많았다. 무슨 일이 있나. 세풍이 아문을 향해 좀 더 가까이 갔다. 낯이 익은 얼굴들이 보였다. 남해댁, 할망, 입분. 세풍의 입이 벌어졌다. 소락의 여인네들이 다 있었다. 소락 근방의 고을 여인들까지 몰려와 있었다. 개중에는 아래위로 하얀 소복을 입은 여인들도 있었다. 모두 은우의 병자들이었다. 여인들은 은우를 석방하라고 소리쳤다. 은우는 죄가 없다고 소리쳤다.

"이거 안 되겠다. 높으신 양반들이 음행이 뭔지도 모르고 엄한 사람만 잡아갔잖아."

남해댁이 장옷과 저고리를 벗어 던지며 아문을 지키는 나졸들에게 소리쳤다.

"내를 잡아가. 내가 더 음행해."

"화냥년은 나야. 나를 잡아가."

할망까지 저고리를 벗었다.

"나는 춘화집 좀 봤어. 이것도 음행인가?"

입분이 혀를 쏙 내밀었다.

"나를 잡아가요. 나는 사내한테 서신을 보낸 적이 있어요."

머리를 땋은 여인도 저고리를 벗었다.

"나도 보냈는데⋯⋯. 한 열 번?"

"나는 옆집 총각 가슴팍을 훔쳐봤어요."

"나는 벌건 대낮에 장옷도 안 입고 돌아다녔어요."

"나는 사내랑 만나요. 밤중에."

소복을 입은 여인이 말했다.

"나도 만나. 손도 잡아."

여인들이 한마디씩 하며 쓰개치마와 장옷, 저고리를 벗어 던졌다. 지나가던 사내들이 멈추어 서서 이 광경을 구경했다. 눈살을 찌푸리고 욕을 하는 사내들도 있었고, 혀를 차는 사내들도 있었다.

나졸 하나가 안으로 들어갔다. 잠시 후 부윤이 나왔다. 부윤이 눈을 감았다가 다시 떴다.

"뭣들 하는 짓인가?"

"이런 게 음행이에요. 우리 은우님은 풀어 주고, 우리를 잡아가세요."

"전 과부예요. 저도 집 밖 출입을 자주 해요."

"우리가 훨씬 더 음행해요. 의원님은 풀어 주세요."

지금 당장 돌아가지 않으면 모두 다 하옥시키겠다고 부윤이 엄포를 놓았다. 여인들은 은우님을 풀어 주기 전에는 돌아가지 않겠다고 소리쳤다.

"다 잡아들여!"

부윤이 나졸들에게 고함을 쳤다.

"저를 잡아가십시오."

세풍이 나섰다. 부윤이 세풍을 쳐다보았다.

"저는 계수 의원, 의원입니다. 은우님이랑 같이 택진도 다니고, 이야기도 많이 나누었습니다. 저도 내외법과 강상의 도를 무시하였습니다. 저를 잡아가십시오."

"여인네들만 하옥해."

부윤이 세풍을 한번 보고서는 관아 안으로 사라졌다. 나졸들이 쓰개치마며, 장옷이며, 저고리를 주워서 여인들에게 건넸다. 여인들이 신경질적으로 옷을 받은 다음, 탈탈 털었다.

"유 의원님, 걱정 마세요. 은우님을 벌하려면 우리부터 벌해야 할 거예요."

남해댁이 세풍에게 인사를 하고 관아 안으로 들어갔다. 여인들도 세풍에게 목인사를 하고 관아로 걸음을 옮겼다. 모두들 세풍보다 더 의연하고 씩씩해 보였다.

며칠 후, 은우가 광주부 관아 아문으로 걸어 나왔다. 현령 부인과 단희가 쫓아왔다. 어머니도, 단희도 눈물을 흘리고 있었다. 은우도 눈물이 났다. 갇혀 있을 때에는 나지 않던 눈물이 이제야 나왔다. 은우는 어머니를 꼭 껴안았다.

"은우님 고생 많으셨어요."

남해댁과 소락 여인 대여섯 명도 은우를 기다리고 있었다.

"저 때문에 고초를 겪으셨다고 들었어요."

"이참에 옥사 구경도 하는 거죠."

남해댁이 웃었다. 소락 여인들이 하옥되자 그들의 가족들이 관아로 몰려들었다. 아버지와 남편, 아이들이었다. 그들은 관아 앞에서 무릎을 꿇고 잘못을 빌었다. 아이들은 어머니를 살려 달라고 엉엉 울었다. 부윤은 여인들을 석방했으나 여인들은 돌아가지 않겠다고 했다. 부윤은 제 명예를 걸고, 공명정대하게 일을 처리하겠다고 약조하고, 그들을 돌려보냈다.

부윤은 있는 그대로 보고문을 작성하여 올렸다. 소락의 여인들이 몰려와 은우의 행실에 대해 증언했던 일도 함께 썼다. 사헌부에서는 은우를 방면하라고 했다. 부윤은 은우에게 집안에 조정 고위 관리가 있느냐고 물었다. 일이 너무 쉽게 처리가 되었다고 했다. 은우는 고개를 갸웃거렸다. 딱히 떠오르는 사람이 없었다.

은우는 허리를 굽혀 저를 기다리고 있던 사람들에게 절을 했다.

"여러분들 덕분에 무사히 나오게 되었어요. 고맙습니다."

어서 가자며 사람들이 걸음을 뗐다. 은우가 고개를 돌렸다. 대로 건너편 떡갈나무 아래에서 세풍이 웃고 있었다.

은우는 바로 다음 날 등원을 했다. 의원 식구들은 걱정했다. 부인 병자들을 돌보는 것은 괜찮다는, 사헌부의 허가가 있었다고 했다.

"사헌부, 그게 향청 좌수보다 높은 거지?"

입분이가 물었다.

"몰라. 얼마 전에 한양에 갔다 온 유 의원한테 물어봐라."

계 의원이 웃었다. 은우는 계 의원의 뜻을 알아차렸다.

은우는 세풍에게 다가갔다. 의원 식구들이 순식간에 사라졌다. 은우는 세풍과 마주 섰다. 세풍은 아무 말도 하지 않았다. 아니, 아무 말도 하지 못하는 것처럼 보였다. 은우는 세풍의 마음을 헤아렸다.

"의원에서 절 다시 보게 되어 기쁘시지요?"

"예."

"의원님 때문에 제가 고초를 겪은 것 같아 미안하시지요?"

"예."

"제가 마음이 상해 또 병이 들까 걱정되시고요?"

"예."

세풍이 고개를 끄덕였다.

조선 정신과 의사 유세풍

"전 괜찮아요. 다 괜찮아요."

은우가 웃었다.

"그럼, 저도 괜찮습니다."

은우는 저 때문에 세풍까지 곤란해질까 걱정하였다.

"제 걱정은……."

"제 걱정은……."

서로 동시에 같은 말을 하려다가 웃었다. 세풍도 은우의 마음을 알고 있었다.

"사헌부, 의원님이 정확히는 의원님의 아버님께서 움직이신 거지요?"

"죄인을 방면할 수야 있나요? 은우님이 무고하여 방면된 것입니다."

세풍이 대문간으로 시선을 옮겼다. 은우도 세풍을 따라 대문간을 향해 돌아보았다. 비단옷을 입은 중년 부인이 의원을 기웃거리고 있었다.

"어서 오세요."

은우가 미소를 지으며 병자를 맞았다.

"저 심의와 여의를 찾는데……."

"잘 오셨어요. 여의도, 심의도 다 있답니다."

은우가 고개를 끄덕였다.

기묘한 부정父情

1

의원 식구들이 모두 일어나 중년 부인을 맞았다. 세풍은 병자를 방으로 안내하고 은우는 끝방에서 시침을 준비했다.

"제게 진단과 처방을 받으시고, 침은 여의에게 맞으시면 됩니다."

중년 부인은 한숨을 쉬었다.

"불편한 점은 무엇이든지 말씀해 보십시오."

"제가 아니라 우리 딸이……."

중년 부인은 한숨을 지으며 말문을 뗐다. 어린 딸이 며칠째 음식을 보면 헛구역질을 한다고 했다. 부인의 이야기를 듣고, 세풍은 사잇문으로 얼굴을 들이밀었다.

"은우님, 왕진을 가야겠습니다. 괜찮으시겠습니까?"

"그럼요."

은우가 웃었다.

세풍은 은우와 부인의 집을 방문했다. 새말에서 가장 으리으리

한 기와집이었다. 두 사람은 부인의 안내를 받아 사랑채와 안채를 지나 별채로 갔다. 열다섯 먹은 딸이 혼자서 별채를 통째로 쓰고 있었다. 세풍과 은우가 방으로 들어서자 병자는 눈빛을 떨며 낯선 손님을 경계했다. 부인은 딸에게 두 사람을 소개했다. 세풍이 맥진을 하겠다고 했다.

"싫어요."

병자가 몸을 곱송그렸다.

"내가 불편하면 여기 계신 은우님이 하실 거야."

"싫어요."

"겁낼 필요 없어. 아픈 게 아니란다. 손목에 손가락을 살짝 올려놓을 거야."

세풍은 제 손목에 맥을 짚으며 설명했다.

"싫어요. 남자든 여자든 다른 사람 손은 다 더러워요."

병자가 신경질적으로 소리쳤다. 세풍은 당황스러웠다. 내외 때문이 아니라 더럽다는 이유로 맥진을 거부하는 경우는 처음이었다.

"좋아. 그럼 네 손목 위에 무명천을 올리고 맥진을 하마."

세풍은 무명천을 꺼내 보였다. 병자는 마지못해 손목을 내밀었다. 세풍은 병자의 손목에 무명천을 올리고 그 위에 손가락을 올렸다. 병자는 세풍의 손가락이 벌레라도 된 양, 꺼림칙한 표정을 지으며 몸을 움찔했다.

세풍은 맥진을 끝내고, 은우를 밖으로 불러내어 결과를 알려 주었다.

"새 침을 쓰십시오."

세풍은 두루주머니에서 십장생 침통을 꺼냈다. 오래전 은우가 선물한 침통이었다. 은우는 침통을 받고 방으로 들어왔다.

"혹 달거리를 했니?"

"이번 달은 아직…… 지난달은 건넜어요."

병자의 어머니가 두 손을 맞잡고 안절부절못했다.

"걱정하시는 건 아니에요."

부인이 안도하며 어깨를 늘어뜨렸으나 여전히 불안해 보였다.

"포의 맥이 막혀 피가 잘 돌지 못해서 그래요. 위장이 약하고 기혈도 쇠하고요. 또 근심과 생각이 지나치게 많아요. 한기가 몸에 정체되어 있으니 몸을 따뜻하게 해주세요."

부인은 이마에 주름을 드리우고 고개를 끄덕였다.

"시침을 해서 막힌 부분을 소통시킬게요."

은우가 침통을 꺼내자 병자가 인상을 썼다.

"더럽지 않아. 한 번도 쓰지 않은 새 침이란다."

"새것도 더러워. 내 몸에 닿는 건 다 더러워요."

은우와 부인의 설득에도 병자는 싫다고 했다. 은우는 물을 가져오게 해서 화로 위에서 끓였다. 끓는 물에 새 침을 넣고 다시 끓였다.

"자, 이제 이 침은 이 방에서 가장 깨끗해."

은우도 뜨거운 물에 손을 씻었다.

"나도 됐지?"

병자는 새초롬한 얼굴로 시침을 허락했다. 배꼽 아래 기해혈에 침이 들어갈 때 병자는 눈을 꼭 감고 몸을 움찔댔다.

"아프니?"

"더러워서요."

병자는 침을 뽑자마자 입던 속곳을 벗고 새 속곳으로 갈아입었다. 몸을 씻으러 가겠다고 했다.

"침을 맞고 바로 몸을 씻어서는 안 돼."

"더럽단 말이에요."

"더럽지 않아. 침도, 나도."

"제가 더럽다고요. 더러워졌어요. 더러워서 참을 수가 없어요."

병자는 입 안 가득 오물을 머금고 있는 듯 인상을 썼다.

"도대체 뭐가 더럽다는 거니? 너도, 이 옷도, 이 방도 깨끗한데?"

"다요! 다 더러워요!"

병자가 발작하듯 소리치며 방을 뛰쳐나갔다. 은우는 병자를 쫓아 나갔다. 밖에서 기다리던 세풍도 병자를 쫓아갔다.

병자는 안채 뜰에 있는 우물로 가서 물을 퍼 올렸다. 은우와 부인이 말렸지만 손이라도 씻겠다고 했다. 세풍은 병자를 그냥 두라고 했다. 세풍과 은우, 부인이 대청으로 올라가 병자를 지켜봤다. 병자는 손을 여러 번 씻더니 소매를 걷어 올리고 팔을 씻었다. 목덜미, 얼굴까지 씻었다.

"따님에게 이상한 점들이 있었을 텐데요."

세풍이 작은 목소리로 물었다. 부인은 한숨을 쉬었다.

병자는 매일 몇 번씩 몸을 씻었다. 손은 하루에 쉰 번을 더 씻고, 옷은 한 번 입고는 더럽다고 입지 않았다. 청소와 문단속을 여러 번 점검했다. 노비들을 들볶다가 걸레를 빼앗아서 직접 방을 닦았다. 종일 씻고 쓸고 닦느라 몸은 고단해 죽겠다면서도 잠은 잘 자지 못했다. 잠들면 악몽을 꾸고 깨어나는 일이 잦았다.

밖에서 인기척이 들렸다.

"나으리."

부인이 남편을 맞았다. 세풍과 은우는 인사를 하려다 말고 멈추었다.

"유 의원!"

임순만이었다. 세풍과 은우의 얼굴이 불편해졌다.

"내일부터 은우님은 못 오겠습니다. 나으리께서 여의가 대문 밖으로 나서는 것을 못마땅해하셔서요."

"그럼 시침은 어떻게……."

부인은 세풍과 임순만의 눈치를 보며 말끝을 흐렸다.

"좌수 나으리가 싫어하셔도 와야죠. 의원이 병자를 포기할 수야 있나요?"

은우가 말했다. 임순만은 얼굴이 벌겋게 달아오르고 있었다.

"그러다가 은우님께서 또 욕을 보시면 어쩌시려고요?"

세풍이 임순만을 보았다. 임순만이 겸연쩍은 표정을 지었다.

"우리 아이를 잘 부탁하네. 지난번에는 내 좀 결례했네."

"개울에서 은우님을 모욕한 결례입니까? 계수 의원에서 은우님을 욕보인 결례입니까? 아니면 동헌에서……. 이것 참, 하도 많아서 무얼 말씀하시는지 잘 모르겠습니다."

"하하, 이래서 자식 가진 사람들은 훗날을 대비해야 하거늘."

임순만은 수염을 매만지며 선웃음을 치다가 은우를 보았다. 은우는 무표정하게 그 시선을 받았다.

"내 다 결례했소. 늙은이가 고지식하여 여의에 대해 잘 알지 못했소. 아무쪼록 지난 일은 잊고, 우리 아이를 잘 돌봐 주시오."

임순만이 정중하게 말했다. 은우는 보일 듯 말 듯 고개만 끄덕였다.

임순만은 안방으로 들자고 했다. 세풍은 방으로 들면서 마당을 내려다보았으나 병자는 없었다. 임순만은 노비를 시켜 병자를 찾았다.

잠시 후 병자가 안방으로 들어왔다. 옅은 살굿빛 저고리에 쪽빛 치마로 갈아입었다.

"어서 오너라."

임순만은 병자의 손을 잡으며 제 옆에 앉혔다. 병자는 여전히 불편해 보였다. 아버지 앞이라 표현할 수는 없지만 더럽다고 생각하는 듯하였다.

"다 출가시키고 하나 남은 아이요. 부디 잘 부탁드리오."

임순만은 고개까지 숙였다. 그도 자식 앞에서는 연약한 아버지라고 생각하니 세풍은 마음이 조금 누그러졌다. 부인이 임순만에게 감사하다고 했다.

"감사는 무슨. 아버지가 딸을 아끼는 건 당연한 일이지."

임순만이 병자의 어깨를 토닥였다. 세풍은 병자가 눈빛을 떠는 모습을 놓치지 않았다.

예상치 못한 임순만의 사과와 환대를 받고, 세풍과 은우는 대문을 나섰다. 몇 발짝 걸음을 떼다가 세풍이 뒤돌아보았다.

"왜 그러세요?"

세풍이 돌아서며 말했다.

"저 아이, 서녀庶女 같습니다."

"어째서요?"

"임 좌수는 혼인을 한 번만 했다고 들었는데 저 부인은 꽤 젊습니다. 임 좌수가 혼인 후 한양에서 살았다고 했으니 본부인은 한양에 있을 겁니다."

"임 좌수가 마냥 악하지는 않나 봐요. 서녀를 저리 아끼는 걸 보면요."

세풍은 고개를 끄덕이면서도 사위스러운 느낌을 지울 수 없었다.

2

다음 날, 은우는 병자에게 가기 위해 마당으로 나왔다. 세풍도 가겠다고 했다.

"혼자 갈 수 있어요."

"임 좌수가 좀 걱정이 됩니다."

"딸에 대한 마음이 극진하잖아요. 제 딸을 치료해 주는 의원한테 어떻게 할까요? 그러면 침을 꾹 눌러 버릴 텐데요?"

세풍이 웃으며 만복을 데려가라고 했다.

은우는 시침을 끝내고 병자가 벗어 던진 옷을 보았다.

"고운데? 이 옷 안 입을 거면 나 주렴. 우리 의원에 너보다 몇 살 위 동무가 있는데 가져다주게."

"안 돼요."

"왜? 어차피 버릴 옷이잖아."

"더러워져요."

"다시 안 입을 옷 아니야?"

"그 아이요. 그 아이가 더러워진다고요."

"지금도 더럽진 않지만 빨면 깨끗해지겠는걸?"

병자는 더 이상 입을 열지 않았다.

"그럼 네가 직접 주고 확인해 볼래? 더러워지는지 아닌지? 같이 가보자, 응?"

"바깥도 더러워요."

병자는 얼굴을 찡그렸다.

"좀 더러우면 어때? 고운 단풍과 예쁜 들꽃을 볼 수 있는데."

병자는 대답이 없었다.

"빨리 나아서 집 밖에도 나가고, 우리 의원에도 가보면 좋겠구나. 그래야 부모님께서도 걱정을 더실 텐데……"

"별로 걱정 안 하실걸요."

"왜?"

은우는 부러 무심히 물었다. 병자는 다시 대답이 없었다.

"어제 보니 아버지도, 어머니도 널 극진히 아끼시던데."

병자는 말없이 손톱만 긁었다. 은우는 짐을 챙겼다.

"가시게요?"

"응."

"벌써요?"

"내일 또 올게."

은우가 병자의 머리를 쓰다듬으려 했다. 병자는 주춤거리며 뒤로 물러났다. 은우는 미소를 지으며 인사를 했다.

은우가 밖으로 나와 만복을 찾았다. 만복은 그새 이 집 노비들과 어울리고 있었다. 만복이 대청을 가리켰다. 병자가 대청에 나와 있었다.

세풍은 방으로 들어가려다가 대문간으로 고개를 돌렸다. 입분이 손에 꾸러미를 잔뜩 쥐고 의원으로 들어왔다. 방물장수에게 간다더니 댕기와 분과 거울 같은 걸 사들고 온 모양이었다.

"어이구 이년아, 이게 다 얼마야? 너 허구한 날 돈질하는 것도 병이야. 병."

계 의원이 목청을 높였다.

"어이구 아버지, 잔소리하는 것도 병이네. 병."

"애비 등골 그만 빼먹고 얼른 시집이나 가."

"언제는 가지 말라며? 딸내미 그만 볶아치고 아버지 장가나 가셔. 난 시집 안 가고 계수 의원 물려받을 테니까."

"내가 지랄병 들어 발광 나서 용트림을 해도 너한테는 의원 안 물려줘."

"지랄병은 이미 걸린 것 같은데? 곧 발광 나려나?"

세풍은 부녀의 모습에 고개를 저었다.

은우가 의원으로 들어섰다. 병자도 함께였다. 병자는 계 의원과 입분의 실랑이를 보고 겁먹은 표정을 지었다.

"괜찮아. 싸우는 거 아니야."

은우가 병자를 다독거렸다. 병자는 눈을 동그랗게 뜨고 입분과 계 의원을 지켜보았다. 은우가 계 의원을 불렀다. 임 좌수의 딸이라고 병자를 소개했다.

"아버지 안 닮아서 예쁘구나."

계 의원이 한마디 던지고 방으로 들어갔다. 입분은 병자를 데리고 제 방으로 갔다.

병자가 돌아간 뒤, 날이 저물고 세 의원이 큰방에 모였다. 세풍이 병자의 상태를 설명했다.

"청결 강박이 있습니다. 본인도 남들도 다 더럽다고 생각합니다."

"남부럽지 않게 부잣집 막내딸로 귀하게 자랐는데 뭐가 문제일까?"

계 의원이 팔짱을 꼈다.

"학대를 당하지도 않아요. 오히려 부모님의 사랑을 듬뿍 받고 있는걸요. 악몽을 꾼다는데 혹 죄책감 같은 것이 있을까요?"

은우가 물었다.

"글쎄……"

"한데 좀 이상한 점이 있습니다. 아버지도 어머니도 아이에게 애정이 넘치고 화목하지만, 뭔가 좀 걸립니다."

세풍은 그 집을 처음 방문했을 때부터 마음 한 귀퉁이가 찜찜했다.

"걔 친아버지 아니래."

입분이 대청에서 장군과 약재를 정리하다 말고 문 사이로 얼굴을 들이밀었다.

"나처럼."

세풍이 놀라 눈을 크게 떴다. 병자가 친딸이 아니라는 사실보다 입분이 친딸이 아니라는 사실에 더 놀랐다. 한번도 계 의원과 입분의 사이를 의심해 본 적이 없었다.

아까 낮에, 입분은 병자를 제 방으로 데려갔다. 새 방물을 보여 주며 물었다.

"너희 아버지는 소락에서 제일 부자니까 갖고 싶은 거 다 사주지?"

"응."

"좋겠다."

"난 언니가 더 부러운데?"

"뭐가 부러워? 우리 아버지는 이런 거 사면 돈지랄한다고 만날 뭐라고 하는데⋯⋯. 물론 나도 가만있지는 않지만."

"해서 부러워. 서로를 편하게 생각하는 거잖아."

"넌 아버지가 불편해?"

"응, 친아버지가 아니거든."

"나도 친아버지 아니야."

병자가 뭐? 하고 입을 벌린 채 잠시 머뭇거리다가 물었다.

"한데 왜 계입분이야?"

"우리 아버지가 계지한이니까."

"난 친아버지 성씨 따서 김서란인데?"

"친아버지 성씨 그딴 게 뭐가 중요해? 나를 키운 우리 아버지가 계지랄, 아니 계지한이면 나도 계입분이지."

입분은 댕기를 골라 병자에게 건넸다.

"이거 한번 해봐."

"아니야. 난 됐어."

병자는 눈매를 찡그리며 손을 내저었다.

"한데 걔 아버지는 사고 싶은 것도 다 사주고, 잔소리도 안 한 대."

"어이구 이 웬수야. 그 애는 너처럼 돈지랄을 안 하겠지."

계 의원과 입분이 또 설전을 벌였다. 세풍은 두 사람을 보며 고개를 저었다. 아무리 보아도 친부녀 사이였다.

3

다음 날 은우가 병자를 보는 동안 세풍은 병자의 어미와 이야기를 나누었다.

"원인을 알면 따님의 강박 증상을 고치는 데 도움이 됩니다. 혹 따님이 묻어 두고 혼자 앓는 일이 없을까요?"

"글쎄요…… 부족함 없이 사는 아이라서……."

"심적으로도 만족하며 지내고 있습니까?"

부인은 입술을 살짝 뗐다가 다물었다.

"좌수 나으리의 친딸이 아니라고 들었습니다. 혹 마음속에 응어리진 게 없을까요? 아무에게도 말할 수 없는 불만 같은 것들이요."

"없어요."

부인이 고개를 저었다.

"서란이 친아버지가 죽고 나으리를 만났어요. 서란이 아버지가 갑자기 돌아가시는 바람에 유산을 하나도 못 받았어요. 전 그때도 소실이었거든요. 살길이 막막하던 차에 나으리께서 향첩을 구한다는 소식을 듣고 소개를 받았어요. 나으리께서는 저와 서란이만 있으면 된다고 하셨어요. 우리 서란이를 친자식처럼 아껴 주셨고요. 그런 일은 없을 거예요."

"혹 한양 마님이나 형제자매들에게 꼽박을 받은 적도 없습니까?"

"마님은 딱 한 번 뵈었는데 워낙 점잖으신 양반이시라 그런 일은 없었어요. 본댁 도련님들과 아씨들도 한양에 사시니 부딪칠 일이 없고요. 부딪치더라도 도련님들과는 나이 차이가 많이 나서 서란이를 괴롭히지는 않을 거예요."

부인은 병자가 친아버지와 함께 살 때보다 훨씬 더 편하고 귀하게 산다고 했다.

세풍과 은우는 병자를 데리고 의원으로 돌아왔다. 이번에는 병자가 먼저 가도 되느냐고 물었다.

입분은 그간 사 모았던 방물들을 다 꺼내 와서 대청에 펼쳐 놓았다. 세풍은 건넌방에 앉아 책을 읽는 척하면서 병자를 지켜보았다. 입분이 노리개를 병자에게 건넸다. 병자는 손을 가져가다가 멈칫거렸다.

"사 놓고 한 번도 안 썼어. 더러운 거 아니야. 더러우면 만지고 손 씻으면 되지."

병자는 손가락 끝으로 노리개를 집어 들었다. 장군이 약장 앞에 있다가 방물에 눈길을 주며 다가왔다. 병자가 장군과 눈이 마주쳤다.

"아!"

병자가 비명을 질렀다.

"괜찮아. 우리 오라비야."

병자는 허공에 발길질을 했다.

"가! 저리 가! 싫어! 싫어! 싫어!"

병자는 악을 쓰다가 혼절했다. 세풍이 대청으로 나와 병자를 안고 큰방에 눕혔다. 계 의원이 맥을 짚고 시침을 준비했다. 세풍은 은우를 건넌방으로 불렀다.

"저 아이의 몸 전체를 꼼꼼히 살펴봐 주십시오. 한 군데도 빠짐없이요."

"설마……."

세풍은 고개를 끄덕였다.

"낯선 사내를 지나치게 경계합니다. 뭐든지 몸에 닿는 걸 싫어하고 자신이 더럽다고 생각합니다. 청결 강박이 심하고요. 또 서란 어머니가 임신이 아닐까 걱정하기도 했지요."

"무슨 말씀인지 알겠어요."

계 의원이 나오고 은우는 방 안으로 들어가 문을 닫았다. 병자는 잠들어 있었다. 은우는 병자의 몸을 살폈다. 무릎과 허벅지 안쪽에 멍이 들어 있었다. 아물어 희미해지는 것들부터 최근에 생긴 것까지. 지속적이었다. 지금도 일어나고 있었다. 은우는 솟구치

조선 정신과 의사 유세풍

는 분노를 참으며 힘겹게 숨을 뱉었다. 병자가 가여워 가슴이 떨렸다.

잠시 후 병자가 깨어나 집에 가겠다고 했다.

"잠깐만."

은우가 병자의 치맛자락을 잡았다. 병자는 찡그리며 은우의 손을 내려다보았다.

"미안."

은우가 손을 뗐다.

"잠깐만 있다 가. 집까지 데려다줄게. 응?"

병자가 고개를 끄덕였다.

"서란아……."

병자, 서란이 은우와 눈을 맞추었다. 은우를 가만 보다가 미소를 지었다. 그 미소에 은우의 가슴이 잔 조각으로 부서졌다. 은우는 마음을 가다듬고 입을 열었다.

"많이 아팠지?"

서란은 눈을 멀뚱거렸다.

"많이 힘들었지?"

은우는 고개를 끄덕였다.

"네가 겪은 일을 알아."

서란은 눈빛을 떨었다.

"괜찮아. 네 몸과 마음을 돌보는 의원이잖아."

은우는 제 치맛자락을 쥐었다. 서란의 손을 잡아 주고 싶었지만 그럴 수 없었다.

"여전히 같은 일이 일어나고 있어. 그렇지?"

서란은 말없이 눈물을 흘렸다.

"누군지 알려 줄래? 멈추게 해야 돼."

서란은 소리 내어 울기 시작했다.

"네 잘못이 아니야. 그놈이 잘못한 거야. 잘못한 놈은 벌을 받아야 해. 너만 아프고, 힘들어하는 건 부당해. 그놈은 죗값을 치르고 너는 고통에서 벗어나야 해."

"죽이고 싶어요."

서란이 주먹을 쥐었다.

"그러니 누군지 알려 줘. 너희 집에 있는 사람이니?"

서란이 아랫입술을 깨물었다.

"그래, 힘들면 말하지 않아도 돼. 이제 괜찮아. 다 괜찮아질 거야. 반드시 그놈을 찾아내서 벌 받게 할게."

은우는 손을 뻗어 서란의 어깨를 토닥이려다가 주먹을 쥐었다. 서란은 몸을 떨며 통곡했다.

서란의 울음소리가 들리자 세풍은 자리에서 일어났다. 큰방에 시선을 두며 방 앞을 서성거렸다. 잠시 후 은우와 서란이 방을 나왔다. 은우는 서란에게 손을 씻어도 된다고 말하고 입분을 불렀다. 입분이 서란을 우물가로 데려갔다. 은우는 세풍에게 시선을 옮기고 고개를 끄덕였다. 은우의 눈에 눈물이 그렁그렁했다.

"애쓰셨습니다. 은우님."

세풍이 주먹을 쥐면서 나직이 말했다.

"처죽일 놈. 그런 놈은 거세를 시켜야 마땅합니다."

세풍은 은우와 서란과 임순만의 집으로 갔다. 은우와 서란을 별채로 보내고, 임순만을 찾아 사랑에 들었다. 임순만은 세풍을 반기며 다과를 내오게 했다. 서란 어미가 다과상을 내왔다.

"아니, 술을 하겠나? 내 꼭 자네에게 술을 한잔 대접하고 싶었다네."

임순만이 술상을 내오라고 하자 서란 어미가 일어섰다.

"아니요, 술은 됐습니다. 부인께서도 자리하시지요. 두 분께 드릴 말씀이 있습니다."

서란 어미가 임순만을 한번 보고는 자리에 앉았다.

"내 사실 유 의원을 사위로 맞으려고 했다네. 하하하."

"어머 그러셨어요? 아쉽네요."

서란 어미가 맞장구를 쳤다.

"나으리."

세풍의 음성과 표정이 차분했다.

"아, 그래. 유 의원. 우리 딸 서란이는 어떤가? 하하. 자네와 끊어진 연을 다시 이어 보고 싶네만. 한잔하면서 생각해 보세."

"싫습니다."

임순만은 무안한 듯 입맛을 다셨다.

"왜, 우리 아이가 어디가 어때서? 서녀라서?"

임순만은 따지듯이 물었다.

"서녀가 아니라 소녀라서요. 서란이가 어때서가 아니라 제가 나이가 너무 많아서요."

"그래, 평양 감사도 저 싫으면 그만이지, 하하."

"나으리, 드릴 말씀이 있습니다."

"뭔가?"

"따님이 강간을 당했습니다. 그 충격 때문에 마음의 고통이 크고 자신이 더럽다고 탓하면서 강박이 생겼습니다."

임순만이 실없는 웃음을 멈추었다. 서란 어미가 고개를 저었다.

"그럴 리 없어요."

"참말인가?"

임순만이 부들부들 떨었다.

"예."

"감히 누가 우리 딸을, 누가 우리 딸을, 내 딸을 누가 건드린단 말인가? 그 육시할 놈이 누군가?"

"이 댁에 있는 자들 중 하나인 것 같습니다."

임순만은 일어나 미친 짐승처럼 포효했다. 가만두지 않겠다고, 제 손으로 쳐 죽이고 살가죽을 벗기고 뼈를 발라내어 갈아 버리겠다고 소리를 질렀다. 당장 노복들을 다 불러들이라고 고함쳤다.

노복들이 사랑채 마당에 집결했다. 수노가 채찍을 흔들며 노복들을 족치기 시작했다. 임순만은 죄를 자복하지 않거나 범인을 발고하지 않으면 싹 다 혓바닥을 뽑아 버리겠다고 소리쳤다. 노복들

조선 정신과 의사 유세풍

은 온몸을 벌벌 떨며 시선을 한 사람에게 모았다. 젊은 사내였다.

"전 아니에요. 전 아니에요. 나으리, 전 아니에요."

젊은 노복이 무릎을 꿇었다. 임순만은 수노에게 채찍을 빼앗아 들고 휘둘렀다. 젊은 노복의 옷이 찢기고 살갗이 터졌다. 노복은 머리를 땅에 박고 잘못했다며 살려달라고 빌었다. 임순만의 채찍질은 더 빠르고 세졌다. 노복의 입에서 고통스러운 비명과 힘겨운 신음이 터져 나왔다. 세풍이 다가가 임순만의 팔을 붙들었다.

"노비라도 사사로이 죽이는 건 국법에서 금하고 있습니다."

"죽이지는 않을 게야. 하나 아버지로서 우리 딸 한은 풀어 줘야지."

임순만은 채찍을 더 높이 치켜들었다. 보드라운 흙바닥 위로 탁한 핏물이 튀었다.

세풍은 별채로 왔다. 은우가 연못가에서 서란을 위로하고 있었다.

"죄지은 놈이 더러운 거지 네가 더러운 게 아니야. 몸도 마음도. 그러니까 나쁜 일은 다 잊자."

서란이 울음을 터뜨렸다. 서란 어미도 먼발치에서 울었다. 세풍은 서란과 서란 어미를 번갈아 보았다.

세풍은 무거운 발걸음을 옮겨 그 집을 나왔다. 여전히 개운치 않았다. 서란도, 그 어미도, 임순만도, 범인도. 다들 어딘가 모르게 부자연스러워 보였다. 세풍은 걸음을 멈추었다. 은우가 뒤돌아보았다.

"어찌 그러세요?"

"서란이가 달라졌던가요? 여전히 불안해하지 않던가요?"

"그런 일을 겪었으니 쉬이 좋아지지는 않겠죠."

"그렇겠죠?"

은우는 고개를 끄덕였다.

가을바람이 소리 없이 우는 한밤이었다. 임순만은 서란 어미가 머무는 안방에서 잠을 청했다. 이불을 목까지 끌어 올려 덮었다. 옷을 입기가 귀찮았다. 임순만이 말했다.

"회임이 아니면 된 거 아닌가? 더는 집안을 시끄럽게 만들지 말게. 의원한테 보이지도 말고."

임순만은 서란 어미에게 등을 보이고 옆으로 몸을 돌렸다. 서란이 누워 있었다. 임순만이 서란을 끌어당겨 품에 안았다. 서란이 이를 앙다물고 눈을 감았다.

4

다음 날 세풍은 임순만의 집을 방문했다. 노복은 사랑으로 세풍을 안내했다. 임순만이 대청으로 나왔다.

"고맙네. 자네 덕분에 우리 딸이 다 나았네. 더 이상 치료받을 일이 없어."

"하여 오늘은 약값을 받으러 왔습니다. 우선 차부터 주시지요."

세풍이 웃으며 사랑으로 들었다.

"우리 의원에 치르는 약값은 보시입니다. 그 이상의 복으로 되돌아올 겁니다."

세풍의 말을 듣고 임순만은 비단 다섯 필과 면포 열 필을 내놓았다. 지금까지 가장 비싸게 받은 약값이었다.

세풍은 사랑에서 나와 만복을 찾았다. 만복이 행랑에서 느릿느릿 기어 나왔다.

"얌전히 기다리지 않고 뭘 노닥거리다 오는 게야?"

세풍이 인상을 썼다.

"죄송해요. 자주 오다 보니 이 댁 노복들과 친해졌지 뭐예요."

"또 한 번 게으름을 피웠단 봐라."

세풍은 만복을 노려보고서는 앞장섰다. 만복이 잘못했다며 뒤를 따랐다.

한밤중, 임순만의 집 안방에 은우와 다모가 들이닥쳤다. 임순만과 부인이 벌떡 일어나 옷을 챙겨 입었다. 은우가 서란을 이불로 감쌌다. 서란은 이불 속에서 몸을 떨었다. 은우가 서란을 안았다. 서란은 은우의 품에서 울음을 놓았다.

"괜찮아. 이제 정말 다 끝났어."

세풍이 현령과 나졸과 함께 방 안으로 들어왔다. 나졸은 임순만을 추포해 마당으로 끌고 나갔다. 임순만은 온몸을 흔들며 거부했다. 다들 가만두지 않겠다고 소리치며 발악했다. 세풍은 임순만에게 가까이 갔다.

"품위를 지키시지요. 꼭 짐승 같으십니다. 미친 짐승. 아니지요, 짐승만도 못한 놈이시지요."

오늘 낮 세풍이 임순만과 차를 마시는 동안, 만복은 노복들을 조사했다. 노복들은 젊은 노복이 범인이 아니라고들 했다.

"그럼, 왜 그자를 범인으로 지목했대?"

"지목한 거 아닌데. 그냥 쳐다만 본 건데?"

"왜?"

"그놈이 평소 아기씨 걱정을 많이 했어. 아무래도 범인을 알고 있는 것 같았다니까."

"이 사람들아, 그럼 아니라고 말을 했어야지."

"네가 몰라서 그래. 아니라고 했다가는 우리 다 경을 치를 판이었어."

만복은 세풍에게 사실을 고하고, 세풍은 현령에게 보고했다.

"제가 죄인입니다."

서란 어미가 가슴을 치면서 통곡했다.

"무서워서 그랬습니다. 비밀을 발설하면 나으리가 죽인다고 했어요. 저도, 친정 식구까지 모두요."

"죽더라도 자식을 지켰어야죠. 낳기만 하면 어머니인가요? 좋은 집에 살게 하고, 좋은 음식, 좋은 옷만 입혀 주면 어머니인가요?"

　은우가 서란 어미를 나무랐다. 서란 어미가 바닥에 주저앉아 통곡했다.

　은우는 서란을 별채로 데리고 왔다. 서란의 눈물은 잦아들지 않았다. 은우는 서란의 등으로 손을 뻗다가 말았다. 서란이 은우의 어깨에 몸을 기댔다. 은우가 서란의 등을 토닥여 주었다.

　"네 잘못이 아니야. 진짜 잘못을 한 놈은 벌을 받을 거고, 우리 서란이는 이제 병도 낫고 좋아질 거야. 의원님들이 널 위해서 최선을 다할게."

　은우는 떨고 있는 서란을 보듬어 주었다.

　저녁을 먹고 세풍은 툇마루에 앉았다. 계 의원이 마당을 서성거리다가 들마루, 입분의 곁에 앉았다. 입분은 무명 수건을 개고 있었다.

　"너는 이쁘니까 자나 깨나 사내 조심해야 돼."

　"왜 이래? 아버지답지 않게?"

　"이년아, 꼭 욕을 들어 처먹어야 정신을 차리지. 아버지 말 명심해. 나쁜 일 생기면 제일 먼저 아버지한테 얘기해야 돼."

　"개지랄 딸을 누가 건드리겠어? 아버지가 똥구녕 따서 똥간에 처박아 버릴 텐데. 걱정 마시고 아버지나 조심하셔."

　"내가 조심할 게 뭐 있어?"

　"괜히 아버지 돈 많은 줄 알고 과수댁들이 덤빌까 그러지."

"이년아, 아버지 돈이 어딨냐? 벌어 놓으면 니년이 다 쓰는데."

계 의원이 제 가슴을 쳤다.

"많이 벌어다 주고나 말을 해."

계 의원은 한숨을 쉬었다.

"시집 가. 시집 가서 네 서방한테 벌어 달라고 해."

"아버지나 가셔. 나는 계수 의원 물려받을 거니까."

"꿈 깨. 차라리 시집을 가는 게 빠르지."

"어째 오늘은 진짜 아버지 같다 했다."

입분이 무명 수건을 내팽개치고 말했다.

"그럼, 내가 진짜 아버지지 가짜 아버지냐?"

"가짜잖아."

"그럼 네년도 가짜 딸이야."

"나는 진짜인데? 성격이고 인물이고 아버지랑 꼭 닮았다는데?"

"내가 너보다는 훨씬 낫지."

"설마, 나는 개지랄 소리는 안 듣거든."

입분은 계 의원을 약 올리듯 고개를 흔들면서 내뺐다.

"어이구, 한마디도 안 지지."

세풍이 계 의원의 얼굴을 보았다. 겉으로는 타박을 하면서도 속에는 애정이 넘쳤다. 세풍은 툇마루를 내려가 계 의원의 곁에 앉았다. 저도 모르게 계 의원을 아련하게 바라보았다.

"왜 그러냐?"

"아닙니다."

세풍은 계 의원에게서 시선을 뗐다가 다시 보았다.

"입분이 말대로 재혼은 생각이 없으십니까?"

"재혼은 무슨, 한 번도 안 갔다 왔는데."

"예?"

세풍은 놀라 입을 벌린 채 계 의원을 쳐다보았다.

"나 총각이야."

"저는 입분 어머니랑 혼인하신 줄 알았습니다. 서란이처럼 입분 어머니가 혼인하면서 입분이를 데려왔겠거니 했죠."

계 의원이 웃었다.

"입분 엄마가 데려온 건 맞아."

"그럼 입분 어머니는 왜, 아니 어떻게⋯⋯."

세풍은 입분 어미와 계 의원의 사연이 궁금했다.

"입분 엄마가 금수만도 못한 그놈을 싫어하진 않았어. 그때 그놈 낯짝이 봐줄 만했거든. 풍채는 지금도 나쁘지 않잖아. 그놈도 입분 엄마를 좋아했어."

세풍은 잠자코 들었다.

"그놈이 집안 반대에도 입분 엄마랑 혼인하려고 했지. 야반도주까지 생각했댔거든."

계 의원은 그 소식까지 듣고 의술을 공부하기 위해 한양으로 떠났다. 그의 나이 열일곱이었다. 계 의원은 십수 년이 지나고 내의원 취재에서 쫓겨난 뒤에야 고향으로 돌아왔다.

"입분 엄마가 임순만이랑 혼인하고 잘 사는 줄 알았어. 한데 알고 보니 그놈은 입분 엄마를 버리고 지금 부인과 혼인하여 한양으로 떠났던 게지."

"잠깐만요."

세풍은 손을 들고 놀란 토끼 벼랑바위 쳐다보듯 계 의원을 쳐다보았다. 숨을 가다듬고 계 의원의 귀에 입을 바짝 댔다.

"그럼 '그놈'이 임 좌수? 입분이가 사실 임입분이란 말입니까?"

계 의원이 실소를 터뜨렸다.

"지 아버지가 멀쩡히 살아 있는데 임입분이면 왜 여기 살겠어?"

"그럼……."

"안입분이라고 했잖아. 내가 매일 하는 소리 못 들었냐?"

"거야 놀리려고 그러시는 줄 알았죠."

"입분 어미가 안가 사내한테 시집을 가서 소락을 떠났고, 먼 데서 입분이를 낳았지."

계 의원은 소락에 내려온 후 술로 허송세월했다. 세풍은 당시 꿈에서 내쫓기고 좌절한 계 의원의 심정을 이해할 수 있었다.

"한데 내가 마흔쯤 되었나. 날 찾아왔더라고. 병든 몸으로, 입분이를 업고."

입분 아버지는 입분이 태어나기 전에 죽었다고 했다. 계 의원은 병든 입분 어미를 위해 근 십 년 만에 침을 다시 잡았다. 하지만 입분 어미를 살리지 못했다.

"입분 어미가 내가 살리지 못한 첫 번째 병자였지. 의원이 침을 잡고 사람을 죽였는데 살아서 뭐 해?"

세풍은 마른침을 삼켰다. 계 의원의 말이 제 가슴을 찔렀다.

"나도 콱 뒈지려고 했는데 입분이가 나를 살렸어."

계 의원은 술에 취한 채, 남은 술에 비상을 탔다. 병째 들고 들이켜려는데 아랫목에서 입분이가 기어 왔다.

"어린것이 내 손가락을 빨면서 엄마, 엄마 하는데 정신이 번쩍 들었어. 그러곤 여기다 계수 의원을 열고 저걸 키웠지. 사실은 지가 다 컸지만."

"하면 임 좌수는 왜 그렇게 의원님을 괴롭혔습니까?"

"임순만이, 그 짐승만도 못한 놈이 고약한 놈이라서 그렇지."

세풍은 눈을 가늘게 뜨고 계 의원을 보았다.

"그래, 심의 유세풍이 앞에서 뭘 숨기겠냐? 내가 입분 엄마를 사랑했다. 입분 엄마도 나를 사랑했고."

열일곱 계지한에게는 사랑보다 더 중요한 포부가 있었다. 의술을 공부하여 의원이 되고, 내의원 취재에 입격하여 의관이 되고, 실력을 인정받아 어의도 되고 양반도 되어야 했다. 입분 어미에게도 가난한 의원보다는 부잣집 양반 아들 임순만이 낫겠다고 스스로를 변명했다.

"이제 와 널 보니 참으로 구차한 변명이었다 싶다. 함께할 길을 찾아야 했는데……. 임순만이는 내가 입분 엄마를 죽였다고 생각해. 자기가 입분 엄마를 보내 주면 나랑 행복하게 살줄 알았대나. 그래서 끝까지 입분 엄마를 책임지지 못했다는 죄책감을 나한테 쏟아부은 거야, 그 나쁜 놈이. 그건 맞아. 내가 잘못했지."

세풍은 계 의원을 바라보다가 가만히 끌어안았다.

"……."

"의원님은 멋진 분이세요."

계 의원이 먼 산을 보다가 세풍의 등을 두드렸다.

"너도…… 못난 놈은 아니야."

"둘이 뭐 해요?"

남해댁이 부엌에서 나왔다. 세풍과 계 의원이 얼른 떨어졌다. 두 사람은 정색하고 각자의 방으로 흩어졌다.

"둘이 닮았어. 생긴 거 빼고는 닮았어."

방문 너머로 남해댁의 목소리가 들렸다.

5

한동안 세풍과 은우는 매일 서란을 보러 가서 이야기를 나누었다. 오늘은 서란이 어미와 함께 의원에 왔다. 이제 외갓집으로 간다고 했다. 입분이 들마루에 앉아 서란에게 색동 댕기를 건넸다.

"언니가 매줘."

입분은 서란의 머리에 묶인 댕기를 풀었다. 세풍이 다가와 색동 댕기를 집었다.

"비단이네. 고와 보이는구나."

"서란이 줄 거예요."

입분이 말했다. 세풍은 서란을 보며 고개를 숙였다.

"미안. 내 손은 깨끗한데…… 그래도 버려야겠지?"

"아니에요."

"정말?"

"네, 여전히 곱고 귀한 댕기잖아요. 저한테 잘 어울릴 거예요."

"너도 그래. 서란이도 곱고 귀한 사람이야. 기억하렴. 혹 길을 가다가 네 뜻과 상관없이 흙비를 맞아도, 잿물을 뒤집어써도, 똥물에 빠져도, 개똥을 밟아도, 이 사실은 변치 않는단다."

"의원님, 우리 아버지 닮지 말라니까 자꾸 똥똥거리시네."

세풍이 웃으며 서란에게 댕기를 내밀었다. 서란은 댕기를 받아서 입분에게 건넸다. 입분은 서란의 머리에 댕기를 드리고는 머리꼬리를 서란의 앞으로 넘겨주었다. 서란은 댕기를 만지작거리며 웃었다.

은우는 마당에서 서란 어미와 이야기를 나누었다. 은우가 고개를 숙였다.

"지난번에는 제가 말이 심했어요. 죄송해요."

"아니에요. 은우님 말씀을 듣고 정신을 번쩍 차렸어요. 아이에게 좋은 음식, 좋은 옷, 좋은 집보다 더 중요한 게 있다는 걸 그제야 깨달았어요."

"깨달으셨다니 이제 부인께서는 좋은 어머니가 되실 거예요."

서란과 어미가 손을 잡고 의원을 떠났다. 세풍과 은우는 골목까지 나와서 두 사람을 배웅했다. 서란 어미가 모퉁이를 돌다가 걸음을 멈추고 뒤돌아보았다.

"은우님도 좋은 어머니가 되실 거예요."

은우는 담담히 미소를 지었다.

두 사람이 계수 의원 골목에서 사라지자 은우는 의원으로 발걸음을 돌렸다. 세풍이 은우를 잡았다.

"은우님도 좋은 어머니가 되실 겁니다."

세풍의 눈빛과 음성이 다정했다.

"전 좋은 아버지가 될 거고요."

"의원님은 좋은 아버지가 되시겠죠. 하지만 전 자격이 없어요."

"은우님은 어질고 현명하고 용기 있는 분입니다. 우리 아이의 어머니가 될 자격이 충분합니다."

은우는 눈빛을 흔들며 고개를 떨궜다.

세풍이 은우에게 자줏빛 댕기를 내밀었다. 은우가 고개를 돌려 세풍을 바라보았다.

"이제 검은 댕기는 버리고 이 댕기를 하십시오. 아버지께 허락을 구했습니다. 은우님 대답만 들으면 됩니다."

"아버님께서 정말 저를 허락하셨다고요?"

은우가 미심쩍은 표정으로 물었다.

"예, 좋아하셨습니다."

세풍이 고개를 끄덕였다.

"참말이에요?"

"예."

은우가 잠시 있다가 입을 열었다.

"……전 과부예요."

"저도 광부입니다."

세풍이 웃었다. 은우는 고개를 들었다.

"쉽지 않을 거예요."

"쉬운 길이 아니니 은우님이 함께 가주십시오. 제 아내가 되어 주십시오. 제 반려가 돼 주십시오."

"의원님이 사람들의 입에 오르내릴 거예요. 비난도 받을 거고요."

"은우님과 함께하는 값치고는 가벼운데요."

세풍이 웃었다.

"저 때문에 자식들은 문과 시험에는 응거할 수도 없어요."

은우의 얼굴이 점점 흐려졌다.

"은우님, 제가 지금 불행해 보이나요?"

은우가 세풍을 가만히 보았다. 세풍의 얼굴이 빛처럼 환했다. 은우의 눈이 붉게 젖어들었다. 세풍이 은우의 두 손을 잡았다.

"전 행복합니다. 내의원 의관이 아닌데도 행복합니다. 관직에 못 나가면 어떻고, 출세 좀 못하면 어떻습니까? 입신양명만이 행복의 길이 아닙니다. 좋아하는 사람들과 같이 있고, 서로 일상을 나누고, 함께 밥을 먹는 일이 행복합니다. 아침을 맞으며 당신을 기다리고, 지는 해를 보며 당신을 생각하는 일이 행복합니다. 우리 아이들도 저만의 길을 찾을 테고, 그 속에서 행복을 누릴 겁니다. 하여 전 은우님과 부부가 되고 싶습니다. 제 행복의 길은 은우님에게 있으니까요."

은우의 눈에서 눈물 한 방울이 떨어졌다. 세풍이 은우의 눈물을 닦았다.

"그럼, 저도 의원님과 함께 그 길을 가보겠어요."

"고맙습니다. 은우님."

세풍이 은우를 꼭 안았다.

소락산에서 건들바람이 불어와 두 사람을 포근히 안아주었다. 두 사람의 얼굴에 낯꽃이 피었다.

살인죄인

1

만복이 세숫물을 떠 왔다. 남해댁이 만복을 불렀다. 솥에서 끓는 물을 한 바가지 퍼서 세숫물에 넣었다. 김이 모락모락 솟았다.

"날이 선선해졌어. 이제 찬물 세안은 못 해."

모락모락 솟아오르는 하얀 김을 보니 만복은 마음이 훗훗해졌다.

만복은 대야를 건넌방 툇마루에 놓고 세풍을 불렀다. 방 안에서는 답이 없었다. 만복은 좀 더 큰 소리로 세풍을 불렀다. 대답이 없었다.

"서방님, 저 문 열어요."

만복이 방문을 열었다.

"어라, 식전부터 어디 가신 거야?"

세풍은 소락성 동문 밖에 서 있었다. 하늘은 높고 푸르고, 날은 맑고 밝았다. 은우를 닮은 날이었다. 세풍은 소락산으로 시선을 옮겼다. 산색이 울긋불긋, 다채로웠다. 요즘 제 마음을 닮았다. 세풍은 소락성 동문을 보며 손을 앞으로 모았다가 뒷짐을 졌다가 팔짱을 꼈다 하며 부산스럽게 움직였다. 발은 동서남북, 사방으로 오고 갔다.

"의원님!"

세풍의 얼굴에 붉은 꽃이 폈다가 노란 물이 들었다. 돌아보니 단희가 저를 부르며 인사를 했다. 은우는 단희 뒤에 서서 쓰개치마를 내리고 웃었다. 새하얀 이가 아침 햇살에 반짝거렸다. 세풍의 입꼬리도 올라갔다.

"의원님, 웬일이시래요?"

단희가 물었다.

"응, 산보 나왔다."

"조반은 드셨어요?"

"그럼."

세풍은 고개를 끄덕였다. 성루에서 진시를 알리는 북이 울렸다.

"그럼, 산보 마저 하세요. 저는 아씨 모시고 등원할게요."

"아, 그래……."

세풍이 어색하게 미소를 지었다.

"의원님도 산보 그만하시고 돌아가셔야지. 병자들이 오기 시작할 텐데."

은우가 단희에게 말했다.

"그럼 같이 가셔야겠네요."

"그래, 그래야겠지?"

세풍은 단희를 보며 고개를 끄덕였다.

은우가 단희를 앞세우고 세풍의 곁으로 왔다. 세풍은 입을 슬쩍 벌리고 웃었다. 은우가 쓰개치마를 벗었다. 세풍과 은우가 마주 보며 웃었다. 두 사람의 발걸음이 나란했다.

"서방님, 조반도 안 드시고 어딜 다녀오세요?"

만복이 계수 의원 문 앞에 서 있다가 달려왔다. 조반을 걸렀다는 소리에 걱정하는 눈치였다.

"만복아, 이미 조반을 들지 않았느냐?"

세풍이 만복을 향해 눈을 찡긋했다.

"아, 맞다. 아까 드셨지요."

만복이 고갯방아를 찧었다. 은우와 단희가 의원으로 들어가자마자 만복은 세풍을 잡아 세웠다.

"설마 두 분이서 언약 같은 거 하시지는 않았지요?"

"우리 만복이는 눈치가 빨라서 좋구나."

세풍은 만복의 어깨를 두드렸다.

"안 돼요. 중요한 약조는 부모님들끼리 하는 거예요. 아시지요?"

"너는 중요한 약조할 때 어멈이랑 아범 허락받고 했냐?"

"네."

"왜 그랬을까, 우리 만복이가. 만복아, 너도 이제 장성한 어른이다. 네 문제는 스스로 결정하고 돌보거라."

세풍은 만복의 등을 세게 두드리고 의원으로 들어갔다.

"누룽지 박박 긁어서 우리 아버지 주고, 찬밥덩이 말아서 우리 오라비 주고, 뜨신 밥 고깃국에 말아서 우리 님 주리."

입분이 들마루에 앉아 병자들이 쓰는 무명천을 개면서 노랫가락을 흥얼댔다. 장군이 가락에 맞추어 목을 까딱거리며 입분을 도왔다. 계 의원은 대청에 쪼그리고 앉아서 세풍에게 말했다.

"세풍아, 저거 봐라. 저게 어떻게 계입분이냐? 저건 계입분 아니야. 안입분이지."

"아버지 바보야?"

입분이 장군을 쳐다보았다.

"오라비, 내 이름 뭐야?"

"계입분."

"오라비 이름은?"

"계장군."

"한데 계입분은 괜찮은데 계장군은 좀 이상한데?"

입분이 키득댔다.

"안 이상하다. 계 좋다."

장군이 말했다.

할망이 누룽지를 들고 부엌에서 나왔다. 얼굴에 물기가 그대로 있었다. 할망, 얼굴 마저 닦고 가야지. 남해댁이 수건을 들고 할망을 쫓았다. 할망은 남해댁을 피해 이리저리 달음질쳤다. 남해댁의 명령에 만복이 할망을 잡으려고 애썼다. 병자들이 들어오면서 인사를 했다. 건넌방에서 은우가 나오면서 병자들과 인사를 나누었다.

세풍은 계수 의원을 둘러보았다. 이 사람들이 진짜 식구처럼 좋았다. 계수 의원이 이제 집처럼 편했다. 행복했다.

세풍은 손을 씻고 제 방으로 들어왔다. 서안 위에 못 보던 함지가 하나 있었다. 제 방에서 나오던 은우를 생각하며 덮개를 걷었다. 인절미가 소복이 담겨 있었다. 인절미에서 대추 냄새가 났다. 세풍이 미소를 지었다. 동헌에서 은우의 병을 돌보던 당시, 은우와 친해지기 위해서 마구 던진 말이 대추인절미를 좋아한다는 것이었다. 은우가 기억하고 있었다. 그럼 은우님도 그때 나한테 반했나? 세풍이 어깨를 으쓱하며 하하, 소리 내어 웃었다.

갑자기 밖이 소란스러웠다. 중한 병자가 들어온 듯하였다. 세풍이 마당 쪽으로 난 문을 열려다가 멈추었다. 병자의 목소리가 아니었다. 입분, 남해댁, 만복, 할망의 목소리였다. 네 사람의 목소리가 커졌다. 다투는 소리였다.

세풍은 얼른 문을 열고 툇마루로 나갔다. 마당에서 의원 식구들이 나졸들과 입씨름을 하고 있었다.

"그럴 리가 없다. 말도 안 된다."

남해댁이 나졸들에게 소리쳤다. 아니에요. 잘못 안 거예요. 입분도 거들었다. 할망은 살려달라고 소리쳤다. 만복이 얼이 빠진 표정으로 서 있었다.

"의원님⋯⋯."

입분이 세풍을 발견했다. 마당에 선 사람들의 시선이 세풍에게 향했다. 나졸들 틈에서 한 사내가 세풍에게 다가왔다. 저자는⋯⋯. 낯이 익었다. 세풍이 눈을 가늘게 뜨고 누구인지 기억해내려 애썼다. 세풍의 눈이 커졌다.

"기억이 난 모양이오."

한양, 우포청 종사관, 우신우였다. 드디어 왔구나. 세풍이 고개를 끄덕였다. 표정이 담담했다.

의원 식구들이 소란을 떨었다. 계 의원과 은우가 대청으로 나왔다. 계 의원이 무슨 일이냐고 소리쳤다. 은우가 놀란 눈으로 나졸들을 보았다.

"살인죄인 유세엽을 추포하러 왔소."

세풍은 차분히 만복을 불렀다.

"네, 서방님."

만복이 정신을 차리고 세풍에게 달려왔다.

"먼 길을 가야 하니 튼튼한 신을 가져오너라."

세풍이 옷을 챙겨 입고 나와 갖신을 신었다. 만복이 서방님, 하며 울먹였다.

"갑시다."

세풍이 손을 내밀었다. 나졸이 세풍의 손목에 붉은 오라를 지우고 오랏줄을 잡아당겼다. 할망이 세풍을 붙잡고 울며불며 매달렸다. 남해댁과 입분이 할망을 붙잡았다.

"할망, 금방 갔다 올 거야."

"하룻밤만 자고 올 거야?"

"응, 곧 올 거야."

은우는 석상처럼 대청에 서 있었다. 세풍이 은우에게 미소를 지으며 염려 말라는 뜻으로 고개를 끄덕였다. 은우는 두 손을 맞잡고 세풍에게 고개를 끄덕여 보였다.

세풍이 나가자 은우는 맥이 끊어지는 것 같았다.

"뭔가 착오가 있었을 게야."

계 의원이 방 안으로 들어갔다. 아무렇지도 않은 듯, 은우를 위로했지만 계 의원의 뒷모습에 기운이 하나도 없었다.

은우는 멍하니 서 있다가 세풍의 방으로 들어갔다. 함지에 떡이 그대로 있었다. 아침도 거르셨는데 의원님 배고프시겠네, 은우가 함지 옆에 놓인 세풍의 의안을 쓰다듬으며 중얼거렸다.

의원 식구들이 돌아왔다. 은우가 기척을 듣고 밖으로 나왔다. 계 의원도 대청에 모습을 드러냈다. 정신이 나간 만복이를 보면서 왜 안 나갔느냐고 물었다.

"유 의원님이 기어이 들어가라고, 만복이 애한테까지 막 그러잖아요."

남해댁이 정신없는 만복이 대신 대답했다.

"종사관인지 뭔지는 말 타고, 유 의원님은 걸어갔어."

입분이 울먹였다. 만복은 들마루에 주저앉았다.

"말이 돼? 유 의원님이 살인죄인이라니, 뭔가 착오가 있었을 거야. 우리가 이러고 있을 때가 아니야."

남해댁이 만복더러 한양으로 안내하라고 다그쳤다. 다 같이 올라가서 유 의원님을 구명해 오자고 했다. 병자들까지 거들면서 말들이 오고 갔다.

"시끄러. 이건 살인죄야. 임순만이 장난친 거랑은 질이 달라."

계 의원이 사람들의 입을 막았다.

"제가 갈게요."

은우가 말했다.

"지가 모시겠어유."

만복이 정신을 차리고 일어났다.

2

은우는 다음 날 새벽, 한양으로 떠날 채비를 했다. 어머니는 걱정을 하면서도 음식들을 챙겨 주었다. 아버지가 은우를 불렀다.

"네가 나설 일이 아니니라."

"아버지, 의원님과 저는 평생의 반려가 되겠다고 약조했어요."

"알지 않느냐? 너는……."

아버지가 마른침을 삼켰다. 아버지의 말을 짐작할 수 있었다. 열의 아홉은 하는 말이었다.

"그리 쉬운 일이 아니야."

　　　　　　　　　　　조선 정신과 의사 유세풍

"이번에도 최선을 다해 보겠어요. 그래도 아니 되면, 그때 가서 놓을게요."

아버지가 한숨을 쉬었다. 은우를 말리는 대신 말을 두 마리 내주었다. 네 얼굴을 보니 말려서 될 일이 아닌 것 같다고 했다.

은우는 어머니와 단희의 배웅을 받아 소락성을 떠났다.

은우와 만복은 해가 중천을 넘어갈 때쯤 도성에 도착했다. 만복은 은우를 세풍의 집으로 안내했다. 유후명은 칭병하고 집에 있었다. 은우는 큰절부터 올리려고 했다.

"아닙니다. 앉으세요."

은우는 허리를 굽혀 인사를 하고 앉았다.

"지난번엔 경황이 없어 제대로 인사도 나누지 못했군요. 우리 아이가 현령께 은혜를 많이 입었다고 들었어요. 따님까지 오실 줄은 몰랐습니다."

후명은 은우에게 정중히 거리를 두고 있었다. 은우를 아들의 짝이 아니라 소락 현령의 여식으로만 대하고 있었다. 은우는 세풍과 제 혼사를 반대하는 후명의 뜻을 읽었다.

"우선 여장을 푸시고 식사라도 하시지요."

후명은 노비에게 상을 차리라고 일렀다.

"머무르게 해주셔서 감사합니다. 우선 의원님부터 만나겠습니다."

은우가 고개를 숙여 감사의 뜻을 전하고 일어섰다.

만복이 우포청으로 들어갔다. 은우는 쓰개치마를 푹 뒤집어쓰고 만복을 기다렸다. 행인들이 시끄럽고 빠르게 오고 갔다. 저를 힐끔거리는 것 같아 쓰개치마를 꼭 여몄다. 잠시 후 포청 안에서 만복이 나왔다. 은우는 나졸과 만복을 따라 옥사로 갔다. 옥사 앞에서 만복이 은우에게 음식 보따리를 건넸다.

은우는 보따리를 안고 옥사 안으로 발을 들여놓았다. 기분이 으스스했다. 몸에 소름이 돋는 듯도 하였다. 악취에 숨이 막혔다. 동헌 감옥과 달리 각 방마다 죄수들이 꽉 차 있었다. 죄수들은 은우를 보며 야유했다. 은우는 손에 힘을 주고 쓰개치마를 더 단단히 여몄다. 옥졸이 소리를 지르며 죄수들을 야단치는 가운데 은우는 맨 끝방에 도착했다. 안에는 세 사람밖에 없었다. 세풍은 눈을 감은 채 벽에 기대어 있었다. 세풍을 보자마자 눈물이 왈칵 쏟아졌다. 은우는 눈물을 훔치고 세풍을 불렀다.

"의원님!"

세풍이 눈을 떴다. 은우를 보자마자 눈을 휘둥그레 떴다. 은우에게 가까이 왔다. 나무로 된 옥 문살을 붙든 채, 입을 열지 못했다. 은우가 오리라고는 예상치 못한 얼굴이었다.

"시장하시지요? 어머니께서 싸 주셨어요."

은우는 앉아서 보따리를 풀었다. 세풍은 옥 문살 사이로 손을 내밀어 은우의 팔을 잡았다. 은우가 세풍의 손을 잡았다.

"어찌 오셨습니까?"

"의원 식구들이 다 오겠다 하여 제가 대표로 왔어요."

은우가 눈물 그렁한 눈으로 미소를 지었다.

"은우님이 오실 데가 아닙니다."

"잊으셨어요? 저 동헌에 살아요. 감옥을 제집 드나들듯이 하는걸요."

은우가 보따리를 풀었다. 대나무로 만든 찬합과 납작한 수통이 있었다. 우선 문살 사이로 수통을 넣었다. 찬합은 커서 문살 안으로 넣을 수 없었다. 찬합을 여니 대추 고명을 얹고 작게 뭉친 밥과 자잘하게 썬 무김치, 명태를 잘게 부친 전이 들어 있었다. 은우가 안도했다. 찬합째 넣을 필요가 없었다.

"밤길은 위험합니다. 저희 집에서 하룻밤 묵고 떠나시지요."

세풍의 말에 은우는 잠시 말이 없었다.

"……이미 다녀오셨군요."

"네. 말도 두고, 짐도 풀어야 해서요."

"아버지를 뵈셨습니까?"

은우가 주먹밥을 세풍에게 건넸다.

"좋은 분이세요. 제게 무척 잘 대해 주셨어요."

세풍의 얼굴에 그늘이 졌다.

"아셨군요. 미리 말씀드리지 못해 송구합니다."

"제 마음 편하라고 배려해 주신 거잖아요. 아버님 마음도 헤아릴 수 있어요. 기다릴 수 있어요. 저도 나중에 우리 아들이 과부한테 장가든다고 하면 속상할지도 몰라요."

"전 아닙니다. 우리 아들이 좋아하는 여인이라면 곰보, 째보라도 좋습니다."

"안 돼요, 그건."

은우가 이마를 찡그렸다. 세풍이 은우의 얼굴을 보며 웃었다.

"우리 아들은 낳으면 안 되겠습니다. 며느리 될 아이가 힘들겠습니다."

"시어머니 용심은 하늘이 내는 거라잖아요. 저도 어쩔 수 없어요."

은우가 웃었다. 세풍은 은우와 농을 주고받으며 식사를 끝냈다.

"은우님, 이제는 오지 마십시오."

찬합을 싸던 은우가 손길을 멈추고 세풍을 보았다.

"이런 곳에 은우님이 발걸음 하는 건 싫습니다. 저 때문이라면 더더욱 싫고요."

"……그럴게요."

은우가 고개를 끄덕였다. 세풍의 마음을 헤아릴 수 있었다.

감옥에 어둠이 내렸다. 세풍은 은우가 가져다준 홑이불을 깔았다. 짚 바닥은 축축하고 더러울 테니 필요할 것이라고 했다. 홑이불 위에 누우니 어제보다는 편했다. 그래도 잠은 오지 않았다. 눈을 뜨고 창을 올려다보았다. 세 개의 창살 너머로 세 개의 밤이 보였다. 저 밤 어딘가에 자기로 인해 잠 못 이루고 있을 은우를 생각하니 세풍도 눈을 감을 수 없었다.

세풍은 선대왕의 내관 양승복을 살해했다는 혐의를 받았다.

물론 세풍은 양 내관을 죽이지 않았다. 세풍은 혐의를 부인했다.

"목격자가 있소. 양 내관이 죽던 날 밤, 당신이 그의 집에서 나오는 것을 보았다고 했소."

우 종사관이 말했다. 세풍은 양 내관의 청으로 가서 시침을 했다고 털어놓았다.

"양 내관의 집을 방문했던 건 사실이군."

"네. 의원으로서 병자를 살피고 시침했습니다."

종사관이 입꼬리를 살짝 올리고 웃었다.

"또 다른 일도 했을 텐데?"

"병자를 돌보는 일밖에 하지 않았습니다."

"증인이 있소?"

"의원이 병자를 돌보는 데 증인이 있어야 합니까?"

세풍은 종사관과 시선을 맞추고 나직이 물었다.

"당신이 다녀가고 몇 시진 후, 양 내관은 검붉은 피를 토하고 죽었소. 그날 새벽 그 집 외거노비가 발견하고 신고를 했소."

검붉은 피라면 독살이라고 세풍은 확신했다.

"그럼 제가 양 내관을 죽인 걸 목격한 증인은 있습니까?"

"있소."

있을 리 없었다. 자신이 양 내관의 집에서 나오는 걸 보았다는 목격자도 거짓일 터였다.

"지금 거짓 증인으로 유도신문을 하십니까?"

"거짓이라니?"

"양 내관을 죽인 일이 없는데 증인이 있을 리가 없지요."

"당신. 당신이 증인이오."

세풍은 말없이 종사관을 응시했다.

"당신이 양 내관을 죽이지 않았다면 왜 거짓을 말하였소?"

"거짓을 말하였다니요?"

"양 내관이 죽던 날 밤, 당신은 순라군들에게 잡혔을 때 순화방에 구급한 병자가 있어 보고 왔다고 진술하였소."

세풍은 기억이 났다. 그 진술은 사실이었다.

"한데 내게는 부친을 대궐까지 배웅해 드렸다고 하였소."

저도 모르게 나온 거짓말이었다. 아버지를 보호하기 위해서였다.

"거짓이지. 당신이 범인이 아니라면 내게 거짓을 말할 이유가 없지. 양승복의 집에 갔다는 사실을 숨기기 위해 거짓을 말한 게지. 하여 거짓을 말한 당신이 증인이고, 거짓을 말할 수밖에 없었던 당신이 범인이야."

세풍이 숨을 토했다.

"그땐 사건에 연루되어 귀찮은 일이 생길까 봐 거짓을 말했습니다. 그 일은 제가 잘못했습니다. 인정합니다. 하나 양 내관을 죽이지는 않았습니다. 전 양 내관이 아프다 하여 시침만 하고 나왔습니다."

"그럼 침으로 죽였나 보오."

세풍의 목 안에서 쓴 기운이 울컥하고 치밀어 올라왔다. 세풍의 가슴에 날카로운 침 수십 개가 날아와 꽂혔다.

"의원들은 침 몇 방으로 사람을 살리기도 죽이기도 한다면서?"

종사관의 농 같지 않은 농에 세풍은 아무 반박도 하지 못했다.

"침묵은 인정이오?"

"모르겠습니다. 저도 잘 모르겠습니다."

세풍이 고개를 숙였다.

신문이 끝나고, 아버지가 면회를 왔다.

"나 때문에 네가 고초를 겪고 있구나."

세풍은 눈을 감았다. '나 때문에'라는 말이 세풍의 뇌리에 박혔다. 아버지가 범행을 인정하는 것인가.

"넌 범인이 아니야. 왜 혐의를 끝까지 부인하지 않느냐?"

세풍은 쓴침을 삼키고 눈을 떴다.

"제가 양 내관을 시침했으니까요. 제 시침에 자신이 없습니다. 제가 그날 밤처럼 또 시침을 잘못해서 양 내관이 죽었을 수도 있으니까요."

"그날 밤도 넌 잘못한 게 없어."

아버지가 주위를 살피며 음성을 낮추었다.

"잘못은 신가귀가 하였다. 너도, 나도 의원으로서 떳떳해."

그럼 아버지께서 양 내관을 죽이지 않으셨고, 제가 양 내관을 죽인 거군요. 제가 시침을 잘못 해서 양 내관이 죽은 거군요. 그리고 선대왕의 혈락도 제가 먼저 범한 거고요. 이래도 저래도, 세풍은 의원으로서 떳떳하지 않았다.

아버지가 돌아간 뒤 세풍은 머릿속이 더 복잡하고 가슴이 더 갑갑했다.

아버지가 범인이 아니라면, 내가 범인이다. 내가 시침을 잘못하여 양 내관이 죽었으리라. 내가 시침을 잘못했다면 그날 밤 선대왕의 시침도 잘못했을 가능성이 있다. 역시 선대왕의 훙서에 책임이 있다. 하나 그렇다면, 아버지는 왜 양 내관이 죽기 전, 그를 방문하였단 말인가? 역시 아버지가 범인인가? 아닌가? 범인이 아니라면 양 내관을 방문할 까닭이 없는데?

세풍은 부서져 산산이 조각날 듯한 머리를 감싸 쥐며 눈을 감았다.

한밤중 옥졸이 와서 세풍을 불렀다.

"따라오시오."

세풍은 옥졸을 따라 옥사 밖으로 나갔다. 옥졸은 막다른 길 담벼락 앞에서 걸음을 멈추더니 어디론가 사라졌다. 사위는 빛 한 줌 없이 어두웠다. 세풍이 두리번거리고 있는데 웬 사내가 다가왔다. 순식간에 세풍의 눈과 입을 막았다. 세풍은 사내에게 끌려갔다.

2

세풍은 방 안으로 들어온 듯하였다. 사내는 계속 걸으라고 했다. 방은 꽤 길었다. 방이 아닌가, 세풍은 고개를 갸울였다. 곧 멈추라는 사내의 목소리를 듣고 세풍은 걸음을 멈추었다.

"좌로 돌아 무릎을 꿇으시오."

사내가 목소리를 낮추고 말했다. 세풍은 무릎을 꿇으면서 바닥을 손으로 짚었다. 차가운 마룻바닥이었다. 역시 실내였다. 사내가 안대를 벗겼다. 세풍의 옆에는 아버지 후명이 무릎을 꿇고 앉아 있었다.

"오랜만일세."

오른편에서 청년의 목소리가 날아들었다. 세풍은 누구의 목소리인지 단번에 알아차렸다.

"전하!"

세풍은 일어나 아무도 없는 정면을 향해 네 번 절했다. 제가 있는 곳은 대궐 편전이었다.

"자네가 소락현 일대에서 심의로 이름을 날렸다고 들었네. 하여 과인이 명한다. 유세엽은 유 어의와 함께 할마마마의 어환을 치료하라."

할마마마라면 인조의 계비인 대왕대비 조씨였다.

"전하, 아뢰옵기 황공하오나 소신 죄인의 몸이옵니다."

"자네의 죄를 증명할 증좌는 아무것도 없느니. 또한 과인은 자네가 범인이 아니라는 사실을 알고 있다. 하니 그대는 할마마마를 모시는 데에 심력을 다하라."

"성은이 망극하옵니다, 전하."

세풍 대신에 아버지가 대답하고 부복했다.

"어명을 받잡겠사옵니다. 전하."

세풍이 엎드렸다.

세풍은 아버지와 함께 집으로 향했다. 대왕대비를 돌보는 동안 집에 머물면서 입퇴궐하라는 어명이 있었다. 포청에는 유세엽이 범인이라는 명백한 증좌가 나올 때까지 하옥을 금하라는 어명이 갈 것이라고 하였다.

"어찌 된 일입니까?"

세풍이 아버지에게 물었다.

"널 나오게 할 명분이 필요했다. 네가 대왕대비마마의 어환을 꼭 낫게 해드릴 수 있다고 아뢰었다. 널 당장 부르라고 하시더구나. 네가 모함을 받고 하옥돼 있다고 고하였다. 이 기회를 놓쳐서는 안 돼. 하니 이제 반드시 대왕대비마마의 어환을 고쳐야 돼."

"아버지도 못 하신 일을 소자가 어찌 합니까?"

"대왕대비마마는 심병을 앓고 계신다. 침과 탕약을 써도 그 마음이 어지러우니 병세가 완전히 호전되지 않으시는구나."

"소자 능력 밖의 일이옵니다."

"해내야 한다. 그리해야 너도 나도 살 수 있다."

세풍은 어깨를 늘어뜨렸다. 이번 일은 자신이 없었다. 대왕대비는 민가의 여인과는 달랐다. 제게 속내를 보일 리가 없었다.

"서방님!"

세풍이 집 안으로 들어서자 만복이 달려와 안겼다. 보고 싶었노라, 염려하였노라, 애간장이 녹을 뻔하였노라, 우는소리를 했다.

"하나!"

만복이 뿌듯한 얼굴로 손가락을 들어올렸다.

"서방님께서 더 보고 싶어 하시는 은우님께 밥 심부름을 양보하였지요. 잘했지요?"

만복이 고개를 기울이고 눈을 깜빡거렸다.

"은우님은?"

"안채에 계십니다. 내일 떠나신다네요."

"이번 일에 필요하다면 며칠 더 머물게 하거라."

아버지가 사랑으로 들어가다 말고 말했다.

"제가 그동안 서방님하고 아씨께서 어찌 병자를 치료하셨는지 싹 다 말씀드렸어요. 잘했지요?"

"오냐. 잘했다."

세풍은 웃으며 만복의 큰 머리를 쓰다듬었다.

"내 시중은 필요 없으니 가서 자거라."

"네. 제가 또 눈치가 빠르잖아요. 안채 근처엔 얼씬도 안 하겠어요."

만복이 행랑으로 사라지고, 세풍은 안채로 갔다. 건넌방 문창지에 은우의 그림자가 어렸다. 세풍은 그림자를 가만 들여다보았다. 은우는 책을 보고 있었다. 이따금 한숨을 짓고 멍하니 있었다. 제 걱정을 하는 것이리라.

"은우님."

은우가 잠시 머뭇거렸다.

"접니다."

은우가 일어나 방을 나왔다.

"의원님!"

세풍을 보고 은우가 활짝 웃었다.

"돌아오셨군요."

두 사람은 대청마루에 걸터앉았다. 밤바람에 대추나무 잎이
살랑거리고 여문 대추가 톡 떨어졌다.

세풍은 대왕대비의 어환을 돌보기 위해 잠시 말미를 얻었다고
했다. 그리고 성상께서는 자기가 무죄라는 사실을 알고 계신다고
하였다. 은우는 세풍의 말에 안도했다.

"아직 마음을 놓기엔 이릅니다. 대왕대비마마의 어환을 낫게
해드리지 못하면 더 큰 벌을 받을지도 모릅니다. 이번엔 포청 감
옥이 아니라 먼 섬으로 유배를 가야 할지도 모릅니다."

"얼마나……."

"십 년, 이십 년, 삼십 년, 아니 평생. 저도, 은우님도 할아범, 할
멈이 돼서 다시 만나겠어요."

은우가 웃었다.

"그것도 괜찮아요. 하나 그럴 일은 없을 거예요. 의원님이 대왕
대비마마를 꼭 낫게 해드릴 거잖아요. 만약 실패하면 제가 따라가

지요. 섬에서도 한번 살아보지요."

세풍도 웃었다. 지금 제 곁에 은우가 있어서 참으로 다행이라는 생각이 들었다. 만복을 또 칭찬해 줘야겠다 싶었다. 안채 마당 너머, 아버지의 사랑에 불이 꺼졌다. 세풍은 은우에게 대왕대비에 대한 염려를 털어놓았다.

"왕가의 여인들은 속내를 드러내지 않습니다. 특히 치부는요."

"그럼 준비를 더 철저히 해야겠네요. 병자의 이력을 살피다 보면 병인을 짐작할 수가 있다고 하셨지요?"

은우는 대왕대비가 어떤 분인지 물었다.

"왕실의 제일 큰 어른이십니다."

"하나 의원님이 보셔야 하는 병자이지요. 심의로서 보시는 대왕대비마마에 대해 알려 주세요. 그분의 심적 고통이 어디에서 비롯되었는지요."

대왕대비는 열다섯에 사십대 중반이었던 인조의 계비로 입궁하였다. 하지만 지아버지의 사랑을 받지 못하고 후궁 조 귀인의 모함을 받아 경덕궁으로 쫓겨났다. 대군도 공주도 낳지 못하고, 소현세자와 강빈, 그 아들이 죽어 가는 것을 지켜만 봤다. 효종이 승하한 후에는 자신의 복상 때문에 조정에서 예송 논쟁이 일어나 친정인 남인이 실각했다.

"하니 마음에 병이 안 드시는 것도 이상합니다."

"보세요. 의원님은 훌륭한 심의네요. 이미 심병의 원인을 짐작하고 계세요."

"하나 심병은 병자의 목소리를 통해 마음속 번뇌와 괴로움을 털어놓아야 의미가 있어요. 은우님도 아시잖아요. 알고 있다 하여 병자의 병을 완치할 수는 없어요."

"심의는 병자 몸의 병증만 보면 아니 되고, 병자의 마음을 얻어야 된다고 하셨지요? 제가 의원님을 신뢰하고 제 마음을 터놓게 된 계기는 의원님이 마음을 보여 주셨기 때문이에요. 먼저 대왕대비마마의 벗이 되어 드리는 건 어떨까요?"

세풍이 고개를 끄덕였다.

어둠에 잠긴 아버지의 방이 보였다. 문득 아버지가 잠이 들었을까, 궁금해졌다. 왠지 아버지가 저와 은우의 이야기를 듣고 있을 것만 같았다.

3

세풍은 아버지와 함께 창경궁 대왕대비전에 들었다. 절을 올렸을 때 대왕대비는 미소로 화답하였다. 그러나 미소 다음에 보이는 얼굴엔 표정도, 감정도 없었다. 춘추 마흔이라 들었는데 그보다는 더 들어 보였다. 심신이 고단해 보였다. 아버지가 문후를 여쭙고, 세풍을 소개하고 방을 나갔다.

"심의라 하였느냐?"

"네. 대왕대비마마."

"내 마음에 병이 들었다 여기는가?"

"우선 맥진을 해보겠나이다. 대왕대비마마."

"내 주상의 효성에 감읍하여 자네에게 내 병을 보이겠다마는, 내 마음에는 병이 없다."

"황공하옵니다. 대왕대비마마."

대왕대비가 서안 위에 팔목을 올렸다. 의녀가 흰 명주 수건으로 손목을 덮었다. 세풍이 대왕대비의 맥을 짚었다. 한 호흡에 맥이 세 번 뛰었다. 맥이 더딘 지맥. 심과 신이 모두 허했다. 아버지에게 듣던 대로였다.

"그래, 내 마음이 어떠하냐?"

병명은 정충. 가슴이 몹시 두근거리는 병증이다. 심할 때는 배꼽 부위까지 두근거린다. 정충으로 진행되기 전에 심계나 경계를 앓았을 것이다. 지금은 정신 자극으로 유발되는 심계나 경계와 달리, 칠정의 자극이 없어도 증상이 발생하고 있었다. 심적 불안을 억제하기가 힘든 상태. 세풍은 손을 떼고 답했다.

"마음이 맑고 고우십니다."

대왕대비가 웃었다.

"다만, 좀 갑갑해하시는 듯하옵니다."

대왕대비가 고개를 끄덕였다.

"운신이 부족하시옵니다."

"운신을 하면 몸이 피로해질 텐데?"

"적당한 운신은 몸을 더 활기차게 하옵니다. 하루 한 번, 소신이 입시하여 문후를 여쭙겠사옵니다. 소신과 함께 후원을 산책하시면 더 좋아지실 것이옵니다."

"그뿐인가?"

"네. 탕약과 수침은 제 아비의 처방을 따르시고, 소신은 산책 시중을 들겠사옵니다."

세풍은 대왕대비와 함께 창덕궁 후원까지 걸어 나왔다. 세풍도 오랜만에 후원을 보았다. 온 대궐을 통틀어 가장 아름다운 곳이었다. 세풍이 몸을 낮추고 대왕대비의 곁으로 왔다.

"가을볕이 다사하옵니다. 일산을 걷고 잠시 볕을 쬐면 좋을 듯하옵니다."

"유 의원의 말대로 하라."

내관이 일산을 걷고 물러났다. 대왕대비가 온몸으로 햇빛을 받으며 천천히 걸었다. 세풍은 대왕대비에게 가까이 갔다.

"대왕대비마마, 말벗이 되어 드리겠사옵니다."

"아니야. 내 본디 고요를 즐기느니라."

세풍은 몇 걸음 뒤로 물러났다.

대왕대비는 며칠째 말없이 걸었다. 하지만 산책 시간은 늘어갔다. 오늘은 애련지까지 나왔다. 대왕대비는 연못에 잠긴 나무에 시선을 두고 세풍에게 물었다.

"자식은 몇이냐?"

"없사옵니다."

대왕대비가 세풍을 향해 고개를 돌렸다. 자식을 두고도 남을 나이라고 생각하는 듯하였다.

"올해 서른이옵니다. 열여덟 어린 나이에 혼례를 올렸으나……."

"열여덟이 무엇이 어리다고? 나는 열다섯에 입궁하였느니라."

"그리 이른 때에 말이옵니까? 힘들지 않으셨사옵니까?"

"괜찮았다."

대왕대비가 미소를 지으며 입을 다물었다.

"그러고는 아무 말씀이 없으셨어요."

세풍이 어깨를 늘어뜨렸다. 세풍은 은우와 함께 안채 툇마루에 앉아 있었다.

"마마께서 먼저 말을 붙이셨잖아요. 좋은 징조네요. 당신 이야기는 하지 않으셨지만 의원님에게는 관심을 보이셨잖아요."

은우가 세풍과 눈을 맞추며 용기를 북돋웠다.

다음 날 세풍은 산책을 나와서 대왕대비에게 말 붙일 기회를 엿보았다. 마침 나이 어린 소환들이 지나가고 있었다.

"아직은 아이 티를 벗지 않아 귀엽사옵니다."

대왕대비는 소환들에게 눈길을 한번 주고서는 정면으로 옮겼다.

"자네도 아이를 낳아야지. 처와 좀 더 시간을 보내게."

"소신은, 사별했사옵니다."

"저런…… 아이가 없는 것을 보니 사별한 지 오래되었구면."

"사 년이 되었사옵니다."

"그리 오래되지도 않았는데……"

대왕대비는 왜 아이가 없을까, 궁금해하는 듯하였으나 입 밖으로 내지는 않았다.

"부부로 오래 살았으나 화락하지 못했사옵니다."

"어째서?"

"처는 고향에, 소신은 한양에서 머물면서 떨어져 지냈사옵니다. 명절 때, 제사 때 보긴 하였으나 서먹한 채로 지냈지요."

"내 그 심정을 잘 알지."

대왕대비가 고개를 끄덕였다.

"소신이 내의가 되고 나서 처도 한양으로 올라왔으나 처는 병상에 있었고, 소신도 내의원에 적응하느라 처에게 신경 쓸 여력이 없었사옵니다."

"참으로 무정한 사내였구면."

대왕대비가 혀를 찼다.

"하여 아내가 병이 든 듯하옵니다."

"암, 병들지. 병이 들고말고."

대왕대비가 시선을 멀리 백악산으로 옮겼다. 세풍이 조용히 뒤로 물러났다.

다음 날도, 그다음 날도 대왕대비는 세풍의 이야기를 들었다. 세풍은 소락과 계수 의원, 제가 만난 병자들에 대해 이야기했다. 대왕대비는 질문도 하고, 소락에 가보고 싶다고도 했다. 계 의원도 만나고, 남해댁이 끓인 제호탕도 맛보고 싶다고 했다. 세풍이 '지랄이 똥 싸서 비루빡에 처바르는 소리'라며 계 의원의 욕을 흉내 내자 대왕대비는 소리 내어 웃었다. 그러나 여전히 대왕대비 자신의 이야기는 하지 않았다.

다음 날 세풍은 새무룩한 얼굴로 잠자코 있었다.

"오늘은 왜 말이 없는가?"

"예……."

"근심이 있구나."

"그저…… 아니옵니다. 괜히 마마의 심중을 어지럽혀 드리고 싶지 않사옵니다."

"괜찮다. 말해 보라."

"아뢰옵기 황공하오나, 소신 감히 말씀 올리겠나이다."

대왕대비가 고개를 끄덕였다.

"실은 소신에게 정인이 있사옵니다."

대왕대비가 걸음을 멈추었다. 대왕대비로서는 상상도 할 수 없는 일이리라.

"자네가 사사로이 연애를 했단 말이냐?"

"예, 송구하옵니다."

"아니야. 내 궐 밖에 사는 이들은 연애도 하고 정인도 둔다. 이야기 들었지. 소상히 말해 보라."

세풍은 은우와 저 사이에 있었던 일을 아뢰었다. 대왕대비는 그 어떤 이야기보다 흥미를 보였다. 은우가 과부이며 의원이 되기 위해 의술을 공부한다는 사실에 놀라워했다. 부모들끼리 혼담이 오가지 않고, 세풍이 청혼하고 은우가 청혼을 받아들이고 혼인을 약조한 사실에 가장 놀랐다.

"이야기책에 나오는 사람들 같구먼. 하여 혼인을 하겠다고?"

"예."

"자네도, 그 여인도 용기가 대단하구나. 아버지는 어찌할 셈이냐? 끝까지 허락하지 않으면?"

"우선 혼인을 하고 차차 허락을 구하겠사옵니다."

"아니 된다. 아버지를 설득하라. 아버지가 허락지 않으면 허락할 때까지 기다리라."

"네, 대왕대비마마. 명심하겠사옵니다."

며칠간 비가 와서 산책을 하지 못했다. 세풍은 대왕대비전에 들어 문후만 여쭙고 나왔다. 대왕대비는 날처럼 흐려 있었다. 세풍은 날이 어서 좋아지기를 바랐다.

축축한 날들이 가고 하늘은 여전히 흐렸지만 비는 그친 날이었다. 세풍은 대왕대비와 후원으로 나왔다. 비바람에 붉고 노란 잎들이 떨어져 바닥에 흩어져 있었다. 낙엽을 보는 대왕대비의 마음이 울적해 보였다.

"마마, 심기 미편하시옵니까?"

"아니다."

대왕대비는 말없이 걸어 관람지까지 왔다. 연못 위에도 발갛고

조선 정신과 의사 유세풍

노란 잎들이 떨어져 있었다. 대왕대비가 연못가에 멈추어 섰다.

"마마, 무슨 말씀이든지 하소서. 소신이 다 들어드리겠나이다."

"내 여염의 필부가 아닌 것을⋯⋯."

대왕대비가 눈매를 찡그리며 하늘을 올려다보았다. 빗방울이 듣기 시작했다. 궁인들이 달려와 대왕대비의 머리 위로 일산을 들어 올렸다. 대왕대비는 존덕정 지붕 아래에서 비를 피했다. 세풍은 존덕정 이층짜리 지붕을 올려다보았다.

"무엇을 보는가?"

"정자의 지붕이 마치 여인이 속치마를 겹쳐 입은 듯하옵니다."

"이 사람, 언제 여인의 속치마를 보았는가?"

"소신이 기녀를 치료한 적이 있었사옵니다."

대왕대비가 고개를 끄덕였다.

"그 병자의 치마는 보통 여인의 치마보다 풍성하였는데 아마 저런 속곳 치마를 입지 않았을까, 방금 추측하였사옵니다."

"그 이야기, 자네 여인에게는 하지 말라."

대왕대비가 웃었다. 그 웃음을 보니 다행이다 싶었다.

"이 정자는 인조 대왕 생전에 지어졌다."

"소신은 미처 알지 못했사옵니다. 주춧돌을 세울 때부터 지붕이 올라갈 때까지 다 보셨사옵니까?"

"아니, 당시 경덕궁에 있어 보지 못하였지. 훗날 창덕궁으로 돌아와서 완성된 것만 보았다."

당시 인조의 총애를 독차지하고 있던 후궁 조 귀인 때문에 경덕궁으로 쫓겨났을 때를 말하는 것이리라. 인조와 조 귀인의 이야기가 나온 김에 세풍은 오늘을 놓치지 말아야겠다고 생각했다.

빗방울이 굵어졌다. 대왕대비는 세풍에게 존덕정 아래로 몸을 옮기라고 했다. 세풍은 여느 때 같았으면 사양했겠지만 오늘은 대왕대비의 곁으로 가서 함께 비를 바라보았다. 빗방울이 줄기가 되어 땅을 적셨다. 세풍은 시선만 옮겨 대왕대비를 슬쩍 보았다. 때가 되었다. 세풍이 입을 열었다.

"마마, 열다섯에 입궐하였다 하셨지요. 오랜 세월 얼마나 고단하셨사옵니까?"

대왕대비의 눈에서 굵은 물방울이 뚝 떨어졌다. 대왕대비가 당황한 듯 어깨를 떨며 손으로 눈물을 훔쳤다. 세풍은 됐다 싶었다. 하지만 대왕대비는 갑자기 빗속으로 나가 창경궁을 향해 빠른 걸음을 놀렸다. 세풍이 대왕대비를 쫓았다.

"대왕대비마마!"

"물러가라."

"마마, 소신에게 말씀하소서."

"무엄하다! 당장 물러가라."

대왕대비가 역정을 내며 자리를 떴다. 궁인들이 일산을 받치고 대왕대비를 모셔 갔다. 세풍은 비를 맞으며 그대로 서 있었다.

그날 밤, 아버지 대신 세풍이 대왕대비전에 들었다. 대왕대비는 아무 말도 하지 않았다.

조선 정신과 의사 유세풍

"염려가 되어 들었사옵니다. 비를 맞으셨는데 괜찮으시옵니까?"

"괜찮다."

"소신이 입직하겠사옵니다. 미령하시면 부르소서."

세풍이 절을 하고 물러나는데 대왕대비가 유 의원, 하고 불렀다.

"하명하소서."

"그 여인과 꼭 행복했으면 좋겠구나."

세풍이 자리에 앉았다.

"괜찮겠사옵니까?"

"물론 세간의 눈길이 곱지 않겠지. 하나 모진 시절을 견디고 보니 그게 뭐 대순가 싶구나. 그저 어여쁜 배필을 만나 서로 아끼며 사는 것이 행복이지 않겠느냐? 내 그리 하지 못했으니…… 회한으로 남아 있구나."

대왕대비가 보일 수 있는 최대의 속내였다. 처음이자 마지막일 터였다.

"그 세월들은 다 지나갔사옵니다. 마마의 회한을 지난 시간 속에 묻어 버리시고 이제부터는 좋은 생각만 하시옵소서. 마마의 앞에 놓인 좋은 길만 보시옵소서."

대왕대비는 보일 듯 말 듯 고개를 끄덕였다.

"네 부디 따뜻한 낭군이 되어 주거라."

"명심하겠사옵니다, 대왕대비마마."

다음 날 세풍은 대왕대비를 모시고 산책을 나와서 종이로 만든 함 하나를 후원 깊숙한 곳에 묻었다. 흙을 덮고 발로 꾹꾹 눌러 밟았다.

"마마의 번뇌를 이 함에 넣고 묻었사옵니다. 이제 과거는 지나갔고, 마마에게는 지금만 있을 뿐이옵니다. 하늘은 푸르고, 볕은 다사롭고, 바람은 청량합니다. 기분 좋은 날이 아니옵니까? 지금 마마의 곁에서 마마를 행복하게 하는 것들만 담고 새기소서."

대왕대비가 눈길을 옮겨 하늘을 바라보았다.

"몰랐구나. 내 곁에도 좋은 것들이 있었구나. 하늘과 햇빛과 바람……. 꽃은 향기롭고, 가을 숲 색은 곱고, 물소리는 정다우이. 좋구나."

대왕대비가 손을 뻗었다. 그녀의 손바닥 위에 빛과 바람과 향기가 발자국을 찍었다.

나달이 갈수록 대왕대비의 병증이 좋아졌다. 대왕대비는 가슴이 두근거리던 증상이 덜하다고 했다. 세풍은 대왕대비를 시치한 공을 인정받고 어명으로 방면되었다.

세풍은 짐을 꾸리고 아버지의 방으로 건너갔다. 문 앞에서 아버지를 불렀으나 대답이 없었다. 방에는 불이 밝혀 있었다. 세풍은 문을 열고 들어갔다. 아버지가 서안 위에 턱을 괴고 멍하니 앉아 있었다. 세풍이 아버지를 부르자 아버지가 고개를 들었다.

"소자는 내일 소락으로 돌아가겠습니다."

아버지가 눈을 한 번 끔벅거렸다. 하고 싶은 말이 있는 듯하였다.

"내일 아침에 떠나려면 몸이 고단하겠구나. 가서 쉬어라."

아버지는 다른 말은 하지 않았다.

4

세풍은 일찍부터 떠날 채비를 했다. 늙은 노복이 만복에게 짐을 들려 주면서 서방님 좋아하시는 대추라고 했다.

"소락에도 있네."

"대감마님께서 서방님 가실 때 꼭 챙겨 보내라고 하셨습니다."

세풍은 노복의 어깨 너머, 아버지의 사랑을 올려다보았다. 아버지는 이른 아침에 등청하였다.

만복이 대추 꾸러미를 졌다. 세풍은 아무 말 하지 않고 집을 떠났다.

세풍과 은우, 만복은 집을 나서서 운종가에 들렀다. 은우는 이층짜리 기와집과 다양한 물건을 파는 시전들, 바삐 오고 가는 행인들을 보면서 눈을 동그랗게 떴다. 중국 비단과 명주, 면포, 종이, 신, 옷, 곡식, 생선, 그릇까지 온갖 물건들이 운종가에 다 있었다. 여리꾼들이 은우에게 다가와 호객을 했다. 만복이 인상을 쓰며 여리꾼들을 쫓아냈다. 세풍은 은우의 곁으로 바짝 붙어 섰다.

"은우님, 혹시 한양에서 사는 건 어떠십니까?"

"한양은 너무 복잡해서……. 전 소락이 좋아요."

은우가 제게 부딪치려는 사람들을 피하며 말했다.

"그렇지요? 그곳에 부모님들도 계시고요……."

은우는 대꾸하지 않았다. 주위가 시끄러워 세풍의 목소리가 묻혔다.

세풍 일행은 지전에 들러 종이를 샀다. 어물전에 들러 마른 생선도 사고, 연초전에 들러 담배도 샀다. 남해댁과 입분, 할망에게 줄 선물도 샀다.

세 사람이 시전을 나오는데 거친 말발굽 소리와 함께 행인들이 길 양옆으로 밀려났다. 부연 먼지가 일고, 말 한 마리가 세풍의 앞에 멈추어 섰다. 종사관 우신우였다. 우 종사관이 말에서 내렸다.

"우포청으로 가셔야겠소."

은우와 만복이 동시에 세풍을 쳐다보았다.

"전 괜찮습니다. 먼저 소락으로 돌아가십시오."

세풍이 은우를 보며 미소를 지었다. 은우가 눈빛을 떨며 고개를 끄덕였다.

세풍은 우포청이 아니라 의금부로 끌려왔다. 사안이 더 심각해진 모양이었다.

"새로운 사실이 밝혀졌소."

세풍의 눈동자가 한 바퀴 돌아 맞은편에 있는 우 종사관에게 머물렀다.

"당신에게 양 내관을 살해할 만한 동기가 충분하더군."

살해 동기라면 그날 밤의 시침 사실을 말하리라. 세풍의 눈동자가 맞은편에 있는 우 종사관에게 머물렀다.

"어의 신가귀가 선대왕의 혈락을 범하기 전에 선대왕의 혈락을 범한 자가 있더군."

세풍, 자신이었다.

"그 사실을 숨기기 위해 목격자였던 양 내관을 죽여야 했고."

세풍의 생각과 같았다. 단, 범인을 잘못 짚었을 뿐.

"선대왕께서 승하하시기 이틀 전 밤, 수의 대감은 선대왕의 부름을 받으셨소. 절차를 무시하고 어의가 시침하는 일은 가끔 있지. 하나 문제는 대감이 취중이었다는 점. 하여 시침을 하던 대감은 혈락을 범하는 실수를 하였고, 그 아들인 당신은 목격자 양 내관을 살해하였소."

잘못 짚은 것이 또 있었다. 시침은 아버지가 아니라 자기가 하였다.

종사관이 세풍을 다그쳤다. 당시 아버지와 술을 마셨던 자들도, 아버지가 대전에 든 걸 본 자들도 있으니 발뺌할 생각은 말라고 했다. 세풍은 주먹을 쥐었다 폈다. 손에 땀이 맺혔다.

"사실이 아닙니다."

"단번에 인정하면 재미없지."

종사관이 피식 웃었다.

"접니다."

종사관이 미간에 주름을 모았다.

"제가 선대왕을 시침하였습니다. 선대왕을 시침하다가 출혈이 있었고 피가 쉽게 멈추지 않았습니다."

종사관이 흥분한 얼굴로 세풍을 바라보았다. 세풍이 범인일 수밖에 없다고 확신하는 듯하였다.

"하나 양 내관을 죽이지는 않았습니다."

"살해 동기가 이리 명백한데 죽이지는 않았다?"

"양 내관은 평소 종기를 심하게 앓고 있었습니다. 한데 그날 저녁에 기름진 음식을 많이 먹었습니다. 복통과 설사, 구토 증상이 심하여 시침을 하고 약방문을 써 주고 돌아왔습니다. 그뿐입니다. 저는 양 내관을 죽이지 않았습니다."

종사관이 양손으로 서안을 내리쳤다.

"상주가 빈소를 비우고 한밤중에 피살자의 집에 방문했어! 몇 시진 후, 피살자가 죽었어. 한데 죽이지 않았다? 그럼 누가 죽였을까?"

"그런데도 범인이 저일 수밖에 없다면 제가 범인일 것입니다. 제가 침을 잘못 찔러 양 내관이 죽었을 수도 있으니까요."

세풍이 깊은 숨을 토하며 고개를 떨어뜨렸다.

임금이 관자놀이를 누르며 한숨을 쉬었다. 대신들이 유후명을 추궁하였다. 임금은 피곤한 얼굴로 그들을 지켜보았다. 후명은 그날 밤 일을 해명했다. 종기에 산침을 대면 당연히 피고름이 나오고, 간혹 피가 멎지 않을 수도 있지만 지혈에는 문제가 없었다고 했다. 어의들도 종기를 치료하다 보면 간혹 피가 멎지 않을 수도 있지만 유 어의의 수습에는 문제가 없다고 했다.

그러자 대신들은 어의가 대전에 들어 시침을 할 때에는 내의원 도제조, 제조, 부제조, 사관이 함께 입시해야 하거늘 후명이 아들만 데리고 입시한 일을 문제 삼았다. 후명은 선대왕의 어명이었고, 한밤에는 이런 어명을 받잡게 되는 경우가 이따금 있다고 했다. 후명 부자가 선대왕의 시침을 잘못했느냐, 왜 절차를 무시했느냐, 대신들과 후명 사이에 설전이 오고 갔다. 평소에는 적이 되어 서로 갈라져 싸우던 대신들이 이번에는 한마음이 되어 후명을 몰아붙였다.

"그만들 하시오!"

임금이 소리쳤다.

"선대왕께서 승하하신 건 유 어의의 잘못도 그 아들 세엽의 잘못도 아니오. 경들도 알지 않소?"

대신들이 순간 침묵했다.

"신가귀가 혈락을 범하여 승하하신 것이오. 이미 마무리되었는데 그 일에 대해 더 논하겠소? 그럼 우리 한번 하나하나 제대로 밝혀 보겠소?"

순간 편전에 은밀한 긴장감이 감돌았다. 임금은 선대왕의 북벌 정책을 반대하는 대신들이 선대왕을 죽음으로 몰고 갔다고 믿었다. 대신들은 서로 맥만 짚으며 입을 다물었다.

"유 어의의 과실이 있다고는 확신할 수 없사오나, 유세엽이 침으로 양 내관을 죽인 것은 틀림없사옵니다."

"침으로 어찌 사람을 죽인단 말이오? 유세엽의 시침과 양 내관의 죽음은 상관관계가 없소."

임금이 더는 논하고 싶지 않다는 듯 고개를 돌렸다.

"선선대왕 시절, 침의 이형익이 침으로 소현세자를 시해한 전례가 있지 않사옵니까?"

"증좌가 없다고 하여 혐의가 없는 것은 아니옵니다. 이형익이 소현세자를 침으로 시해하였으나 그 역시 증좌는 없었사옵니다."

"뭐라?"

임금이 노기를 띠며 어좌에서 일어났다.

"그대들은 항간의 풍문으로 과인을 겁박하려 하는가!"

임금이 분노했다. 소현세자에 관한 항간의 풍문이 맞다면 부왕이신 선대왕과 제 정통성에도 문제가 생긴다. 대신들은 고개를 낮추면서도 임금을 곁눈질했다. 임금이 주춤했다. 젊은 임금에게는 신하들과 맞설 수 있는 힘이 없었다. 임금이 화를 누르고 말했다.

"증좌를 찾으시오, 증좌를. 유세엽이 범인이라면 증좌를 찾아오시오. 내 그때 유세엽을 단죄하리다."

멀리 소락성 서문이 보였다. 성문을 바라보며 은우는 유후명과 나눈 대화를 곱씹었다.

은우는 곧장 소락으로 돌아가지 못했다. 발길이 떨어지지 않았다. 만복도 마찬가지인 것 같았다. 멍하니 종사관에게 끌려가는 세풍의 뒷모습만 바라보고 있었다. 은우의 눈이 발갛게 물들었다. 은우는 만복과 함께 세풍의 집으로 돌아가 후명이 퇴청하기를 기다렸다. 후명에게서 세풍의 소식을 듣고 가야 했다.

"시신에 혹시 특이한 점이 없던가요?"

"온통 검은빛이었다고 하더군요."

"그럼 독살이 아닌지요?"

"나 역시 그리 생각했으나 검시 결과 시신에서 독극물은 나오지 않았다고 해요."

만약 검시 결과가 잘못되었다면? 은우는 관아의 오작인을 떠올렸다. 세풍이 귀신 보는 망나니를 치료한 직후였다. 망나니가 사형을 집행하는 것을 보고 발길을 돌리는 세풍에게 다가와 치료를 부탁했다. 당시 오작인도 불면증에 시달리고 있었다. 잠이 들면 악몽을 꾸고, 깨기를 반복하였다. 오작인은 범인에게서 돈을 받고 검시 결과를 조작하였다. 오작인을 매수한 범인은 주로 노비를 죽인 양반들이었다. 만약 양 내관을 죽인 범인이 오작인을 매수할 만큼 힘 있는 자라면 충분히 가능한 일이었다.

은우는 짐을 내려놓자마자 동헌에 들러 오작인을 만났다.

"저처럼 결과를 속였겠지요. 물론 전 이제 절대로 안 그래요."

오작인이 손을 내저었다.

"혹 검시에서 검출되지 않는 독도 있는가?"

"제가 직접 검시를 해보지는 않았지만, 버섯독은 은으로도 잘 나오지 않는대요."

가능성은 두 가지였다. 오작인이 매수당하여 결과를 조작했거나, 버섯독과 같이 검출되지 않은 독을 사용했거나.

다음 날 아침 은우와 만복은 다시 소락을 떠났다. 은우는 후명의 도움을 받아 우 종사관을 만났다. 그에게 제가 생각하는 두 가지 가능성을 이야기하며, 당시 검시 기록을 확인하고 오작인을 만나고 싶다고 했다.

우 종사관은 은우와 함께 오작인을 찾아갔다. 오작인은 양 내관의 시신에서 독은 검출되지 않았다고 했다. 종사관이 참말이냐며 언성을 높였다. 오작인은 한 치의 거짓도 없다며 울먹였다.

"진실을 말해 주게. 무고한 사람이 죄를 뒤집어쓰게 되었다네. 부탁하네."

은우가 오작인을 달랬다.

"마음에 걸리는 일이 하나 있기는 한데……."

오작인이 양 내관의 시신을 검시하기 전날 밤이었다. 낯선 사내가 오작인을 찾아왔다. 내일 아침에 내시의 시신이 한 구 들어올 거라고 했다.

은자도 건넸다고 했다. 다음 날, 양 내관의 시신이 들어왔고, 오작인이 검시를 했으나, 실제로 독극물이 검출되지 않았다고 했다.

"잘못했어요. 은자를 돌려주려고 했는데 바람처럼 사라졌습니다. 돌려주고 싶어도 누군지도 모르고요."

오작인이 종사관에게 빌었다.

"독극물 언급은 절대 하지 말라고 하더라고요. 독살이라는 말이 나오면 가만두지 않겠다고 ……."

다음 날 양 내관의 시신이 들어왔고, 오작인이 검시를 했으나 애당초 독극물은 검출되지 않았다고 했다. 은우는 우 종사관에게 말했다.

"오작인을 찾았던 낯선 사내. 그자가 범인이거나 관련이 있겠지요. 그자를 찾아보십시오."

5

세풍은 무죄 방면되었다. 은우와 만복이 의금부 앞에 있다가 달려왔다.

"의원님의 시침엔 문제가 없었어요. 의원님은 어떤 실수도 하지 않으셨어요."

은우는 양 내관을 독살한 자가 오작인을 찾아와 입을 막았다고 했다.

"한데 범인도 자기가 쓴 독이 검출되지 않는 줄은 몰랐나 봐요."

버섯이었다. 은우의 말을 듣는 순간, 세풍은 오래전 제가 놓친 사실을 떠올렸다. 양 내관이 탈이 나기 전, 지체 높은 어른의 초대를 받아 술과 고기를 입에 대었다고 했다.

세풍은 집으로 돌아와 굳은 얼굴로 아버지의 방을 찾았다.

"버섯 때문입니다. 그날 저녁 양 내관은 버섯으로 담근 술을 마셨다고 했습니다. 양 내관의 종기에만 집중했던 터라 버섯은 미처 생각지 못했습니다. 독버섯이라도 유황 성분이 없으면 은이 검게 변하지 않지요. 아버지도 이 사실은 모르셨겠지요"

"그렇구나."

"하여 양 내관에게 버섯주를 먹이고, 중독 여부를 확인하기 위해 한밤중에 양 내관의 집으로 가셨던 겁니다. 독이 검출될까 봐 오작인을 매수하셨고요."

"지난번부터 무슨 소리를 하는 게야? 왜 날 의심하는 게냐?"

아버지가 서안을 붙잡았다.

"제가 포청에 하옥되었을 때 아버지 때문에 제가 고초를 겪는다고 하지 않으셨습니까?"

아버지가 한숨을 쉬었다. 답답한 듯 가슴을 몇 번 문질렀다.

"나는 조정에 적이 많다. 의관이 문관의 품계를 받았으니 반대하고 시기하는 자들이 많아. 그들이 꾸민 짓이라고 생각했다."

"아버지가 한 짓이 아니라고요?"

"난 아니야. 내 시침엔 아무런 문제가 없었는데 내가 왜 양 내관을 죽이겠느냐? 내게 죄가 있다면 성상께서 왜 날 다시 부르셨겠느냐?"

"정확히는 제 시침이겠지요."

"그 시침의 책임자는 나야! 네 시침이라고 해도 문제는 없었다."

"아버지! 아버지가 범인이시잖아요? 아버지가 범인인데, 아버지가 제 실수를 숨기기 위해서 저지른 짓인데, 제가 그날 밤 분명 양 내관의 집에서 나오는 아버지를 보았는데, 양 내관을 죽인 범인은 아버지일 수밖에 없는데, 제가 이러지도 못하고 저러지도 못하고 죽을 만큼 괴롭습니다!"

"그럼 네가 직접 발고하여라! 이 아버지가 범인이라고!"

아버지가 목에 핏대를 세우며 소리를 질렀다. 얼굴이 붉어지고 숨이 가빠졌다. 아버지는 순간 숨을 멈추더니 쓰러졌다.

"솜씨가 좋군요."

은우가 고개를 돌려 후명을 내려다보았다. 그의 몸에 자기가 놓은 침이 꽂혀 있었다.

"어떠세요?"

"이제 괜찮소. 침은 계 의원에게 배우셨소?"

"예."

"그럼, 잘 배웠겠군요. 그 친구가 나보다 솜씨가 좋으니."

은우가 침을 뽑았다.

"세엽이는……."

"아드님은 입궐했습니다."

"……만복이 말로 세엽이가 침을 못 잡는다던데, 지금도 그러하오?"

은우가 대답을 망설였다. 후명이 한숨을 내쉬었다.

"얼굴을 보니 알겠소."

후명이 숨을 내쉬었다.

세풍이 사랑으로 들어왔다. 아버지는 잠들어 있었다.

오랜만에 제대로 보는 아버지의 모습이었다. 흰머리가 두피를 하얗게 덮고 있었다. 몸은 야위고 얼굴에 주름이 도드라졌다. 자신이 소락에 있는 동안 아버지는 노인이 되어 있었다. 아버지보다 두 살 많은 계 의원보다 더 늙어 보였다. 아버지의 증상은 탈영. 실의와 좌절 때문에 영혈과 위기가 손모되어 발생하는 병증. 몸이 여위고 수척해지며 식욕이 없고 정신이 나른한 병증이었다. 아버지가 선대왕의 흥서에 책임을 지고 유배를 갔을 때 생긴 병일 것이다. 그리고 아버지의 뒤를 이으리라 여겼던 자신이 내의원에 돌아오지 못하고 시골 의원으로 살고 있다는 사실이 아버지를 괴롭혔을 것이다.

아버지가 눈을 뜨고 세풍을 바라보았다.

"아버지도 아시죠? 진작에 치료를 하셨어야죠. 그간 식사도 제대로 못하지 않으셨습니까?"

"그날 밤에……."

세풍이 마른침을 삼켰다.

"내가 양 내관을 만나러 갔다. 실은 저녁에 잠깐 보자고 약조를 했는데 급한 일이 생겼다며 취소를 하더구나. 양 내관이 버섯주를 먹었던 그 시각, 나는 내의들과 내의원에 있었다. 이 또한 의심스러우면 확인해 보거라."

세풍은 이미 궐에서 확인하고 온 터였다.

"밤에 양 내관의 집을 찾았다. 네가 다녀가기 전이었겠지. 양 내관을 만나 네 시침에는 문제가 없었다고 다시 한번 말했다. 양 내관도 알고 있다고 하더구나. 그리고 이상한 말을 했다. 선대왕을 시해한 자들은 따로 있다면서. 몸이 불편해 보였다. 식은땀을 흘리고 구역질을 했어. 처치를 할까 했는데 이미 의원을 불렀다고 해서 대궐로 돌아왔다. 사실 양 내관이 죽었을 때 잘됐다 싶었다. 하늘에 감사했다. 사람이 죽었는데 감사라니. 그것도 사람을 살려야 하는 의원이. 하여 벌을 받은 게야. 나 때문에 네가 괜한 고초를 겪는 게야."

"그럼 소자의 시침에는 정말 문제가 없었습니까?"

"종기를 찢는데 어찌 피가 안 나오겠느냐? 네가 실수한 게 아니야. 피가 나오면 지혈하면 되는 게야. 하나 신가귀는 실수를 했지. 수전증을 앓고 있었고 그 탓에 혈락을 범했어. 내 어의로서, 신하로서 목숨을 걸고 신가귀의 시침을 말려야 했는데 선대왕의 뜻이 완고하시어 끝까지 나서지 못했다. 그게 내 죄야."

아버지가 두 손으로 세풍의 오른손을 잡았다.

"다 내 죄이거늘, 어찌 하늘이 네게 벌을 주신단 말이냐? 넌 잘못이 없어. 열 살 때부터 내가 직접 침을 가르쳤다. 네 실력을 누구보다 잘 알아. 넌 유능한 침의였어. 네가 아들이라서 선대왕 앞에서 침을 잡게 한 게 아니야."

세풍은 목이 막혔다. 제 가슴을 헤집으며 몰아치던 너울이 가라앉고 있었다. 제 눈을 가린 먹구름이 걷히고 있었다. 사 년이 넘는 나달 동안 아버지를 의심하고 저를 책망했던 마음에 잔물결이 일었다. 아버지를 바로 보지 못했던 눈이 밝아졌다.

"송구합니다."

"괜찮아. 아버지는 괜찮아. 하니 이제 그만 너를 놓아주거라."

아버지가 세풍의 오른손을 쓰다듬었다.

밖에서 인기척이 들렸다. 은우가 소반에 탕약을 받쳐 들고 들어왔다. 세풍은 벌떡 일어났다.

"만복이를 시키시지요. 고맙습니다, 은우님."

세풍은 소반을 받고 바닥에 내려놓았다. 아버지가 입을 벌린 채 자기를 쳐다보았다.

"무거운 건 아무래도 제가 드는 게 낫겠지요."

"누가 뭐라더냐?"

아버지가 헛기침을 하고 탕약을 들었다.

며칠 후 양 내관을 죽였던 범인이 자수를 했다. 사건은 원한 관계로 인한 살인으로 종결되었다. 하나 세풍은 여전히 의심스러웠다. 분명 그날 저녁 양 내관에게 버섯죽을 먹인 인물은 따로 있었다. 세풍은 우 종사관을 만나 그날 밤 양 내관의 행적과 버섯독에 대해 말했다.

"분명 고위 관리가 연루되어 있습니다."

"더는 조사하지 말라는 어명이 있었소. 성상께서는 아마 진범을 알고 계신 것 같소."

"그럼 범인을 잡아야지요."

"성상께서도 어쩔 수 없는 사정이 있으시겠지. 살인도 덮는 게 윗분들의 정치인가 보오."

우 종사관이 자조적으로 웃었다. 우 종사관은 세풍의 어깨를 두드리며 덧붙였다.

"당신은 정치를 포기하고 의원이 되기를 잘한 듯하오. 의원은 사람을 죽이기 위해 머리를 쓰지는 않으니."

아버지도 종사관과 비슷한 말을 하였다.

'나도 의심스럽지만, 일개 의관인 우리가 나서서 해결할 수 있는 일이 아닌 것 같구나. 주상 전하도 이를 알고 계시지만 어쩔 수 없기 때문에 묻어 두시는 게야.'

우 종사관은 웃는 얼굴로 다시는 만나지 말자고 했다. 두 사람이 만나는 일은 세풍이 피의자가 되거나, 자신이 병자가 되는 일밖에 없다면서.

세풍은 임금의 부름을 받고 아버지와 대전에 들었다. 임금은 도승지를 불러 세엽이 내의원으로 복귀하는 데 필요한 교서를 내리라고 했다. 도승지는 불가하다고 아뢰었다. 세엽이 수절 과부와 사통하였고, 사헌부의 감찰이 끝났으니 곧 상소가 올라올 예정이라고 아뢰었다.

"자네가 과부와 사통한 사실이 있는가?"

"아니옵니다. 전하."

아버지가 대신 대답했다. 상대가 과부는 맞지만, 아이들끼리 사통한 것이 아니라 매파를 통해서 중매를 넣었으며, 곧 정혼을 한다고 했다. 임금은 못마땅한 표정을 지었다.

"과인은 경과 경의 아들, 경의 가문을 아끼오. 경의 가문에서 자자손손 왕실을 보필해 주길 바라오. 하나 과부와 혼인하면 그럴 수 없다는 걸 알지 않소?"

"아뢰옵기 황공하오나 그 아이의 덕성과 자질이 소신의 자식에게 꼭 어울리옵니다. 전하, 부디 윤허해 주소서."

아버지가 머리를 숙였다. 세풍은 아버지의 말이 뜻밖이었지만, 이미 알고 있는 양 담담한 표정으로 머리를 숙였다.

아버지는 대전을 나오면서 세풍에게 나무라듯이 말했다.

"너희 젊은것들은 늙은이들이 고리짝 법도만 운운한다고 불평하지. 하지만 보아라. 내가 매파를 보내서 정식으로 청혼하지 않았다면 그 아이와 네가 또 얼마나 고초를 겪었겠느냐? 때로는 법도와 절차가 필요한 법이다."

아버지는 세풍의 대답을 듣지도 않고 앞장섰다. 아버지의 여윈 어깨를 보며 세풍은 웃었다.

저녁에 세풍은 사랑에 들어 아버지와 마주 앉았다. 내일 소락으로 돌아가겠다고 했다. 아버지의 얼굴에 빛이 설핏 졌지만, 아버지는 가타부타하지 않았다.

"좋은 아이더구나. 네가 처복이 있구나."

"이제는 실수하지 않으려고요."

세풍은 아버지에게 식사와 약을 잘 드시라고 했다. 아버지는 제 앞에서 의원 노릇은 하지 말라며 웃었다. 세풍은 일어나서 방문을 열었다.

"세엽아."

세풍은 잠시 멈칫하다가 뒤돌아서서 아버지를 보았다.

"네 병은 어찌 할 테냐?"

"전 아픈 데가 없습니다. 아주 건강합니다."

세풍은 사랑에서 나와 안채로 갔다. 마당에서 은우를 불렀다. 은우가 방을 나와서 잠시 들어오라고 했다. 세풍은 머뭇거렸다. 여태 대청에서 이야기를 나누었을 뿐 방 안으로 들어간 적은 없었다.

"잠시 드시지요."

은우가 팔을 뻗어 방문을 가리켰다. 세풍은 방 안으로 들어섰다.

은우는 세풍에게 자리를 건넸다. 세풍은 은우가 내준 방석 위에 앉았다. 기분이 이상했다. 계수 의원에 있을 때 한방에서 병자를 보고 의서를 읽을 때와는 다른 기분이었다. 어린 시절 집을 떠나 남의 집에서 잠을 잘 때 느꼈던 미묘한 떨림이 되살아났다. 제 머릿속에는 나비가 나풀거리고, 저는 벌이 되어 낯선 허공을 붕

붕 날아다니는 듯한 기분이었다.

은우가 한쪽 무릎을 세우고 앉았다. 세풍이 입을 열었다.

"아버지의 병환이 나아졌으니 내일 떠날까 합니다."

"의원님의 병은요?"

세풍은 무릎 위에 가지런히 포갠 은우의 두 손을 바라보다가 고개를 들었다.

"병이라니요? 전 정상입니다. 아무 병도 없어요."

"그럼 볼까요?"

"맥진을 하시게요?"

세풍이 웃으며 팔을 내미는데 은우는 제 옷고름을 풀었다.

심의의 심병

1

세풍은 놀라 어찌 할 바를 모르다가 두 손을 번쩍 들었다. 은우가 저고리를 벗자 세풍은 두 손으로 제 얼굴을 가리고 고개를 돌렸다. 은우가 세풍의 손목을 잡았다.

"은우님, 이러시면……."

세풍은 눈을 꼭 감았다.

"긴장하지 마세요."

"은우님, 전 아직……."

"의원님은 잘할 수 있으세요."

"전 못합니다."

"할 수 있어요. 고개를 돌리세요."

"안 됩니다."

"돌리세요."

"그럴 순 없습니다."

"아이 참……."

은우가 세풍의 얼굴을 잡고 제 쪽으로 돌렸다.

"의원님, 눈 뜨세요."

"아니요. 제발⋯⋯."

"그리 겁이 나시면 처음부터 아니 들어오셨어야죠. 들어오시고, 앉으시고, 고개를 돌리셨어요. 이제 눈을 뜨세요."

세풍은 게슴츠레 눈을 뜨고 은우를 보았다. 은우의 하얀 어깨가 눈에 들어왔다. 세풍은 눈을 바로 떴다.

"다 안 벗으셨군요."

"네? 도대체 무슨 생각을 하셨기에⋯⋯."

"아니, 아닙니다."

은우가 세풍의 손목을 잡고 손바닥을 폈다. 손바닥 위에 침통을 올려놓았다.

"제게 시침하세요."

"예?"

세풍이 입을 벌린 채 눈을 크게 떴다.

"어깨가 아파요. 시침해 주세요."

"하지만 저는⋯⋯."

"의원님은 훌륭한 침의셨어요. 지금도 그러시고요."

은우는 몸을 돌려 등을 보였다. 세풍은 침통을 열고 침을 꺼냈다. 오른손에 침을 쥔 채 경혈을 찾았다. 견정을 향해 침을 가져갔다. 가슴이 두근대고 이마에 식은땀이 맺히기 시작했다.

"괜찮아요. 어서 꽂으세요."

조선 정신과 의사 유세풍

세풍은 손을 떨다가 툭 하고 팔을 떨어뜨렸다. 고개를 돌렸다.

"송구합니다."

세풍은 고개를 숙였다. 은우가 돌아앉아 세풍을 보았다.

"의원님은 아무도 죽이지 않았고, 아무도 죽이지 않으실 거예요."

"침을 놓으려는 순간 제 눈에 핏물이 듭니다. 붉은 피가 경혈을 뚫고 솟구쳐 제 시야를 가립니다."

"그래서 시침하기가 힘드시군요. 하지만 실제 일어나는 일이 아니에요. 의원님의 생각 속에서 일어나는 일일 뿐이랍니다. 그런 생각이 들면 '그만' 하고 외치세요."

세풍이 미소를 지었다. 지난날 은우에게 같은 말을 하던 기억이 떠올랐다.

"또 그깟 피 좀 흘리면 어때요?"

은우가 제 손가락에 침을 찔러 피를 냈다.

"보세요. 아무렇지도 않아요."

세풍은 핏방울이 맺힌 은우의 손가락을 보았다.

"하나 더 찔러 볼까요?"

은우가 다시 침을 들었다.

"아닙니다."

세풍은 은우의 손에서 침을 빼앗아 내려놓고 피를 닦았다.

"전 시침을 할 때 종종 피를 내는걸요. 피가 나도 죽지 않아요. 지금처럼 닦으면 되죠. 한번 시침해 보시겠어요?"

세풍은 고개를 끄덕이고 다시 침을 잡았다. 은우가 어깨를 내밀었다. 세풍은 깊은 숨을 쉬고 견정으로 침을 옮겼지만, 침을 꽂으려는 순간 눈을 감았다. 세풍은 한숨을 쉬었다. 은우가 몸을 돌려 세풍의 손을 잡았다.

"괜찮아요. 잘하셨어요. 이제 꽂는 일만 남으셨잖아요."

다음 날 해거름에 세풍은 계수 의원으로 돌아왔다. 의원 식구들과 병자들은 모두 마당으로 나와 세풍을 맞았다. 소식을 듣고 마을 사람들도 달려와 세풍에게 인사를 건넸다. 만복은 남해댁에게 배가 고프다고 보챘지만 세풍은 밥을 한 솥은 먹은 듯 배가 불렀다.

"내 그럴 줄 알았어. 벌레 한 마리도 못 죽이는 양반이 살인이라니 애시당초 있을 수도 없는 일이야. 이건 내가 시집을 백 번 갔다 오는 일보다 말이 안 돼."

남해댁의 말에 계 의원이 의기양양하게 말했다.

"내 뭐라 했소? 아무 일도 아니라고 했지?"

"그런 양반이 어째 밥은 못 드셨을까?"

"나 혼자 병자 보느라 진이 빠져서 그랬지. 밥숟갈 들고 밥 넘길 힘도 없었어. 세풍아, 어서 병자 봐라."

"풍이 왔네?"

놀러 나갔다 돌아온 할망이 세풍에게 매달렸다.

"우리 서방님, 이제 임자 있는 몸이에요."

만복이 할망을 떼내다가 주먹으로 맞았다. 만복은 턱을 문지르며 세풍과 은우의 소식을 전했다. 계 의원은 자기는 한 번도 못 간 장가를 두 번이나 간다며 투덜댔다. 남해댁은 은우님에게 술 먹인 공을 잊지 말라고 했다. 입분은 은우님이라면 용납할 수 있다고 했다. 장군은 별말을 하지 않았다. 저마다 반응은 달랐지만 세풍과 은우의 앞날을 진심으로 축복했다.

세풍은 틈이 날 때마다 고욤나무 아래에서 침을 잡았다. 괜찮다, 괜찮다를 수십 번 되뇌며 제 손에 침을 꽂으려고 했지만 침은 매번 살갗을 파고들지 못했다. 은우가 먼발치서 세풍의 모습을 지켜보다가 다가왔다.

"침을 잡으면 괴로운 기억이 떠오르시는 거죠? 그 기억을 제게 풀어 주시겠어요? 무슨 일이 있었는지 그때 심정이 어땠는지 듣고 싶어요."

종기를 치료하다 보면 일어날 수 있는 일이다. 그 일과 선대왕의 홍서는 아무런 관련이 없다. 세풍은 이해했지만 여전히 침은 잡을 수 없었다. 침을 꽂으려는 순간 검붉은 선혈이 눈앞에 튀어올랐다. 하지만 세풍은 태연한 척 미소를 보였다.

"그 일은 다 잊었습니다. 염려 마세요, 은우님."

세풍이 미소를 지으며 일어나 은우에게 손을 내밀었다.

2

어슴새벽에 첫서리가 내린 날. 낯선 사내가 계수 의원에 발을 들여놓았다. 한양에서 유 의원을 찾아왔다고 했다. 병자라고 했다. 한양에서 유 의원을 찾아왔다는 말에 의원 식구들은 까무러칠 뻔하다가 병자라는 말에 저마다 마음을 놓았다. 세풍은 침에서 시선을 떼고 사내를 방으로 들였다.

"잠을 이룰 수 없습니다."

세풍은 병자를 보았다. 단지 불면증으로 예까지 오지는 않았으리라.

"일에 집중하기도 힘들고, 사람들은 제 성정이 날카로워졌다고 걱정해요."

"그전에 겪으신 일 때문이군요."

"네. 그 일이 자꾸 떠올라 괴로워요."

"다른 증상은 없으시오?"

"식은땀이 나고 몸이 떨리고 가슴이 두근거리고 심할 땐 숨조차 쉴 수 없어요. 이러다가 내가 죽겠구나 싶어요."

병자는 한양에서 의원을 여럿 만났지만 몸에는 별 이상이 없다는 답만 들었다.

"병증이 나타나기 전에 무슨 일이 있었소?"

병자는 길게 숨을 내쉬고 입을 열었다.

조선 정신과 의사 유세풍

"……제 손으로 내 새끼를 죽였어요."

병자는 그때 일이 떠오르는 듯, 제 가슴을 부여잡고 숨을 내뱉었다. 세풍은 놀랐지만 제 감정을 드러내지 않았다.

"힘들겠지만 그때 일을 말해 주겠소? 무슨 일이 있었는지, 그때 심정이 어땠는지 말이오."

병자가 잠시 머뭇거렸다. 세풍은 병자의 시선을 마주하면서 그제야 나도 병자구나, 인정했다. 내 마음에 병이 들어 침을 놓지 못하는구나, 생각했다. 네 병을 치료하라던 아버지의 말도, 제 이야기를 듣고 싶다던 은우의 말도 납득이 되었다.

병자는 입술을 떨다가 이야기를 시작했다.

병자는 사복시 마의 백광현이라고 했다. 세풍보다 두 살이 많았다. 그에게는 칠 년을 돌보던 말이 있었다. 마의가 되고 제 손으로 처음 받은 핏덩이였다. 자식과 다름없었다. 다섯 해가 지나고 그해 봄에 짝을 지어 주었더니 두 해가 지나 새끼를 뱄다. 광현은 제 손주를 기다리는 할아버지처럼 마음이 달뜨고 기뻤다. 열석 달 동안 매일 날을 세며 새끼를 기다렸다. 그러나 오랜 진통 끝에 출산이 임박했을 때, 어이(짐승의 어미를 이르는 말)는 더 이상 힘을 내지 못했다.

"그 순간 녀석의 눈을 봤는데 제 새끼를 꼭 살려 달라고 했어요."

광현은 어이의 눈물을 보았다. 자기도 울면서 어이 말의 배를 갈라 새끼를 꺼냈다. 그 새끼는 구했으나 어이는 살릴 수 없었다.

"그 후로 말을 돌볼 수 없었어요."

열석 달을 기다린, 갓난 망아지마저 볼 수 없었다. 망아지를 보면 어이가 생각나고, 어이를 살리지 못한 자기가 미워 견딜 수 없었다.

"녀석의 눈물진 얼굴이 제 눈앞에서 사라지질 않아요."

병자는 눈물을 흘리다가 사내자식이 웬 눈물이야, 하며 눈물을 닦았다.

"사내도 사람이오. 얼마든지 울어도 되오."

세풍은 무명 수건을 건넸다. 세풍의 곁에는 무명 수건이 쌓여 있었다.

"힘든 기억을 꺼내 줘서 고맙소."

세풍은 그 어느 때보다 병자의 심정을 헤아릴 수 있었다. 더 이상 이야기는 힘들 것 같았다. 세풍은 대화를 더 하는 대신 병자의 맥을 짚었다.

"심장과 담이 허하지만 심하지는 않소. 심장의 기운을 보충하고 담을 제거하는 시료를 하겠소."

병자는 불안한 눈빛으로 세풍을 보았다.

"별거 아니오. 죽을 것 같아도 절대 죽지 않소. 증상이 나타나면 곧 지나간다고 생각하고 심호흡을 하다 보면 좋아질 거요."

세풍은 약방문을 건네며 큰방으로 가서 침을 맞으라고 했다.

"시침은 안 하세요?"

병자가 의아한 얼굴로 물었다.

"시침은 계 의원님께서 하시오."

나는 침을 못 놓는 의원이오. 세풍은 병자를 보내며 침통에 시선을 던졌다.

한밤중, 세풍이 눈을 떴다. 가끔씩 세풍의 잠을 깨우는 소리가 방문 너머에서 또 들렸다. 계 의원이 숨죽여 흐느끼는 소리였다. 계수 의원이 잠들어도 세풍의 예민한 청각에는 포착되곤 했다. 세풍은 이불을 끌어 머리까지 덮고는 잠을 청했다. 잠이 올 리가 없었다. 세풍은 한 번 깨면 반 시진은 지나야 잠이 들었다. 세풍이 일어났다. 이불로 몸을 싸매고 대청으로 나왔다. 제법 쌀쌀한 바람이 부는 계절이었다.

세풍이 계 의원의 방문을 열었다. 계 의원이 이불 속에서 울고 있었다.

"의원님."

세풍이 이불을 걷어냈다. 계 의원이 세풍을 바라보았다. 달빛에 계 의원의 얼굴이 드러났다. 순간, 계 의원의 눈이 사슴처럼 보였다. 내가 미쳤나 봐. 왜 이래? 세풍이 고개를 저었다.

"무슨 일입니까? 왜 우십니까?"

"꿈을 꿨어. 슬픈 꿈."

"그래 봤자 꿈이잖아요."

"심의를 한다는 놈이 감수성이 없어."

"심의가 감수성이 풍부해서 병자들하고 맨날 같이 울고, 같이 슬퍼하면 치료가 됩니까?"

"그래, 너 잘났다."

계 의원이 고개를 돌리고 가만히 있었다.

"같이 잘까요?"

계 의원은 대답이 없었다.

"같이 자요?"

"몰라."

"싫으면 말고."

"같이 자."

세풍과 계 의원이 한자리에 누웠다. 계 의원과 한방에 눕는 것
은 오늘이 마지막이리라.

"저 이제 장가갑니다. 아시죠?"

계 의원이 세풍을 향해 돌아누웠다. 양손으로 세풍의 손을 꼭
쥐었다.

"안 가면 안 되겠냐?"

"이 영감님이."

"농이다. 농."

계 의원이 세풍의 손을 뿌리치고 바로 누웠다.

"무슨 꿈이에요? 가끔씩 꾸고 우시는 것 같던데……."

"울기는 누가?"

"좀 전에도 우셨잖아요?"

"오늘 딱 한 번 그랬어."

"제가 잠귀가 예민하잖아요. 몇 번 들었어요."

"매정한 놈."

"몇 번 들었다면서 한 번도 안 내다봤냐?"

"오늘 왔잖아요. 마음에 두지만 말고, 심의한테 털어놓아 보세요."

계 의원이 잠자코 있었다.

"무슨 꿈인데요? 예?"

"첫 연정과 이별하는 꿈."

"입분 엄마 버리고 한양에 가던 꿈이요?"

"아니. 영원히 헤어지는 꿈."

입분 엄마가 병석에서 죽은 때를 말하는 것 같았다.

"내가 죽였어."

"죽인 게 아니라 살리지 못하신 거잖아요."

"그래서 내가 죽였어."

계 의원이 벽 쪽으로 돌아누웠다. 세풍이 고개를 돌려 계 의원의 어깨를 가만히 보았다.

"자라."

잠시 후, 계 의원이 코를 낮게 골기 시작했다.

3

백광현은 계수 의원 객방에 머물렀다. 세풍이 처방해 준 온담

탕을 먹고 이틀간은 잘 잤다고 하였다. 하지만 말 생각만 해도 자연스레 그날 일이 떠오르면서 죽겠다고 하였다. 세풍은 광현의 말을 경청하면서 고개를 끄덕이고 맞장구를 쳤다.

"배를 갈라 새끼를 살릴 생각을 하다니 대단하오. 당신이 그 망아지를 살렸소."

"어이는 죽었지요. 배를 가르지 않았다면 어땠을까, 하루에도 수십 번 생각합니다. 둘 다 살릴 수는 없었을까, 둘 중 하나만 살려야 했다면 어이를 살릴 것을, 매일매일 후회합니다."

"당신은 최선을 다하였소. 어이 말의 목소리를 들었다고 했소? 아니오. 마의인 당신 목소리를 들은 것이오. 어이 말이 원해서가 아니라 의원으로서 정확히 진단하였소. 새끼가 살 가능성이 더 높아서 새끼를 살린 것이오. 당신은 의원으로서 할 일을 하였소. 이제는 의원이 살릴 수 없는 병자도 있다는 사실을 받아들여야 하오."

"유 의원님께서는 평탄 대로를 걸어오셨겠죠. 젊은 나이에 대왕대비전의 어환까지 돌본 분이시니 실패와 좌절의 맛이 얼마나 쓴지 모르시겠죠."

"나도 잘 아오."

"유 의원님이요?"

병자는 믿기지 않는다는 표정을 지었다.

"나도 알고 있소. 당신이 얼마나 자책하고 있는지, 얼마나 절망하고 있는지."

세풍도 그랬다. 제가 시침을 잘못하여 선대왕께서 돌아가셨고, 양 내관이 죽었다고 오랫동안 자책해 왔다. 그 일 때문에 아직도 시침을 할 수 없었다.

"잘 알기에 당신을 꼭 돕고 싶소. 내 말을 믿어 주시오."

세풍은 그 어느 때보다 진심을 담아 말했다.

"물론, 의원님을 믿습니다. 하지만 녀석은 제 가족이었어요. 의원님은 가족이 병자라도 냉철하게 대하실 수 있습니까?"

"가족이 병자라도 마찬가지요. 살릴 수 있는 병자를 먼저 살리고 다음은 하늘의 뜻에 맡기겠소. 나는 가족이기 전에 의원이니까."

"아닙니다. 의원님은, 의원님같이 잘난 분들은 모르십니다. 제 가족을 죽이고도 살아가는 이의 고통을요."

병자가 나가고 세풍은 의안을 펼쳤다. 붓을 들었다가 내려놓고 병자를 생각했다. 백광현은 신분이 낮고 학문은 짧지만 생각이 깊고 총명하였다. 병을 고치겠다고 멀리서 찾아와 제 속내를 모두 보여 주었다. 하지만 자기 주관이 강했다. 의원을 믿지만, 믿지 않는 병자였다. 제 이야기를 하지 않는 병자보다 더 어려운 병자였다.

병자의 몸은 침과 약으로 낫게 할 수 있었다. 그러나 심중의 병이 사라지지 않으면 몸은 또다시 나빠졌다. 마음을 고치기 위해서 병자의 상황을 바꿔줄 수는 없었다. 다만 상황을 대하는 병자의 생각은 바꾸게 할 수 있었다. 그런데 광현은 생각을 바꾸기가 어려운 병자였다.

은우가 세풍의 방에 들렀다. 소복을 벗고, 분홍 저고리를 입은 은우를 보니 지나간 풍경 속에 핀, 분홍 영산홍과 영산홍을 닮은 여인의 얼굴이 떠올랐다. 이제 은우는 흰 영산홍이 아니라 연분홍 영산홍이었다.

"영산홍 같으십니다."

은우도 동헌 별당에 핀 영산홍이 저와 닮았다고 하며 얼굴을 붉히던 사내를 떠올렸다.

"그 말씀 진정이셨어요?"

"물론 제가 은우님께 드린 말씀은 다 진심입니다."

"이제 '그 일'은 다 잊었다는 말씀도요?"

세풍은 답하지 못하고 미소만 지었다.

"떠올리고 입 밖으로 내다 보면 어느새 아무 일도 아닌 듯 느껴질 수도 있어요."

은우가 세풍을 보며 장난스레 웃었다.

"그래서 드리는 말씀인데 의원님은 매화 같으세요."

"예?"

세풍이 이마를 찡그렸다.

"사내를 꽃에 비유하시다니요?"

"사내는 꽃에 비유하면 안 되나요?"

"안 될 이유는 없지만……."

"제가 매일매일 보고 싶어 하는 꽃이랍니다. 이만, 귀가해요."

은우가 방을 나갔다.

"같이 가야죠."

세풍이 은우를 따라 나섰다. 두 사람이 손을 잡고 나란히 길을 걸었다. 은우는 더 이상 쓰개치마를 쓰지 않았다. 흑목 비녀와 흑댕기도 하지 않았다.

"가족이 병자라도 의원으로서 냉철해야 된다는 말씀이요. 정말 그럴 수 있을까요?"

세풍의 이야기를 듣고 은우가 물었다.

"전 그랬습니다."

"만약에 의원님이 백 마의와 같은 입장에서 저와 아이, 둘 중에 하나를 선택해야 한다면요?"

세풍은 잠시 은우를 보았다. 생각만 해도 가슴이 철렁하였다. 생각조차 하고 싶지 않았다.

"제가 오만했군요. 전 은우님을 선택하겠습니다."

"하지만 둘 중 하나밖에 살 수 없고, 아이만 살 수 있다면 아이를 살리시겠죠. 이건 선택의 문제가 아니니까요. 백 마의도 그래서 고통스러운 거고요. 하니 백 마의의 생각을 바꾸기는 어려울 듯해요."

다음 날 세풍은 다시 광현과 마주했다.

"당신 생각이 옳소. 나 역시 둘 중 하나를 선택해야 한다면 어이를 살렸을 거요. 당신은 어이를 선택할 수 없었기에 고통스러운 거고."

"그럼 전 이제 어떻게 하죠?"

"그때의 상황을 다시 한번 이야기해 주겠소?"

"다시…… 말입니까?"

광현은 하기 싫은 일거리를 떠안은 사람처럼 떠름하게 물었다. 세풍은 고개를 한 번 끄덕였다.

"그렇소. 힘들지만 처음 어이 말을 만났을 때부터, 그 일이 일어나고 그 후에 증상이 나타났을 때까지, 무슨 일이 있었는지, 심정이 어땠는지 소상히 들려주시오."

병자의 생각을 바꿀 수 없다면 새로운 방법을 시도해야 했다. 은우의 말대로 병자가 당시 상황과 심정을 떠올리고 자꾸 이야기하다 보면 고통에 무뎌질지도 몰랐다.

광현은 어이 말이 난산 끝에 배를 가르고 새끼를 구한 이야기를 다시 했다.

"의원님 말씀이 맞습니다. 처음 이야기를 꺼낼 때보다는 편해졌어요."

세풍이 고개를 끄덕였다.

광현은 매일 세풍의 방으로 건너왔다. 늘 같은 이야기를 했지만 나달이 갈수록 다른 이야기처럼 들렸다. 광현의 낯빛도, 표정도, 음성도, 동작도, 마음도 조금씩 달라져 갔다.

"의원님, 무슨 소리 안 들리세요?"

광현이 제 이야기를 멈추고 물었다.

"아무 소리도 들리지 않소만……."

364 　　　　　　　　　　　　　　조선 정신과 의사 유세풍

"혹시 이 근처에 말을 키우는 곳이 있나요?"

"아니, 우린 짐승은 닭 한 마리도 안 기르오."

"말이에요. 말이 오고 있어요."

광현이 일어나서 밖으로 나갔다. 세풍도 따라 나갔다. 만복이 말 한 마리를 끌고 의원으로 들어섰다.

"서방님, 이놈이에요."

세풍은 눈을 찡긋하였다.

"장가갈 때 타고 가실 말이요. 끌고 오라고 하셨잖아요."

"내가…… 그랬지. 하하하. 뒤뜰에 매어 두거라."

세풍은 어색하게 웃었다.

만복은 말을 끌고 뒤뜰로 갔다. 세풍은 말을 따라 움직이는 광현의 눈길을 놓치지 않았다.

"말은 뭘 먹여야 되나? 개밥처럼 우리 먹던 거 줘도 되나?"

남해댁이 말을 보면서 중얼거렸다.

"아니요. 마른풀을 주십시오."

광현이 대답했다.

"한양서 온 양반, 마의라 했지요? 저 말 좀 봐주면 되겠네. 우리는 말을 키워 본 사람이 없어서요."

"괜찮겠소?"

세풍이 광현에게 물었다.

"먹이만 봐주시오."

"해보겠습니다. 어차피 저 때문에 끌고 오신 것 같은데……."

역시 똑똑한 사람이야. 세풍은 광현을 보면서 웃었다.

광현은 말에게 먹일 여물을 준비했다. 만복이 말에게 여물을 갖다 주면 먼발치서 말이 먹는 모습을 지켜보았다. 다음 날은 곁에서 지켜보았다. 그다음 날은 직접 여물을 먹였다. 점점 말과 함께 있는 시간이 늘어났다. 말을 걸기도 하고 산책도 시켰다. 진찰도 했다. 광현은 아주 성실한 사람이었다. 며칠만 보아도 그가 칠년 세월 동안 어떻게 말을 돌보았는지 알 수 있었다.

입분, 할망, 장군이 눈을 반짝이며 세풍을 쳐다보았다. 세풍이 고개를 갸웃거렸다. 광현이 든 객방에서 계 의원이 빨리 오라고 소리쳤다. 계 의원은 광현과 함께 술을 마시고 있었다.

"내가 꼭 대답해야 할까?"

세풍이 먼 데 하늘을 보고 한숨을 쉬다가 미소를 지었다. 별이 반짝, 은우처럼 빛을 냈다. 은우님은 별도 닮았다고 생각했다.

"대답하셔야 돼요. 이건 우리 셋의 자존심이 걸린 문제라고요."

입분이 세풍의 얼굴 앞에 손을 흔들며 말했다.

"아무도 안 닮았는데?"

"그래도 고르라면요."

세풍이 어깨를 늘어뜨렸다.

"진짜 안 닮았어."

계수 의원을 물려받겠다는 꿈을 품은 입분은 요즈음 매일 의원 놀이를 했다. 병자는 할망과 장군이었다. 그런데 오늘은 할망이 반기를 들었다. 입분이 손에 쥔 붓과 약방문을 빼앗았다.

"오늘은 내가 은우님이야. 바보 너는 정신없는 병자, 못난이 너는 정신 나간 병자."

그랬더니 장군이 할망의 손에 든 붓과 약방문을 빼앗았다. 자기가 은우님을 하겠다고 조심스레 고집을 피웠다. 그래서 세풍에게 은우님과 제일 닮은 사람을 뽑아 달라고 조르는 중이었다.

"은우님이 왜 하고 싶은데?"

"의원이니까."

할망이 대답했다.

"의원이 되고 싶으니까요."

입분이 대답했다.

"의원 좋아."

장군이 먼 산을 보며 웃었다.

"저것들이 돼지 똥구녕에 똥침 맞고 똥벼락 처맞는 소리 하고 있어. 가서 잠이나 처자."

"개지랄 너나 처자."

계 의원의 고함에 할망이 쏘아붙이고는 방으로 갔다. 입분도 구시렁대며 할망을 따라갔다. 장군도 제 방으로 갔다. 세풍이 객방으로 들어와 자리에 앉았다.

"의원이 뭘까요?"

세풍이 물었다.

"이것도 개부랄에 뜸뜨다가 똥구녕 터지는 소리 한다. 지금 내

의원 취재 보냐? 그딴 거 생각할 시간에 병자 한 명이라도 더 보고, 병 하나라도 더 고쳐.”

계 의원의 말이 맞았다. 충이 무엇이며, 효가 무엇이며, 의가 무엇이며, 인간이 무엇이며, 역사가 무엇이며, 삶이 무엇이며, 유자들이 제 얄팍한 지식을 뽐내며 지껄이는 소리였다. 한 명의 병자라도 더 보는 것, 하나의 병이라도 더 고치는 것. 의원이 생각할 것은 그것밖에 없었다.

계 의원의 얼굴이 벌겋게 달아올랐다. 술은 혼자 다 마셨다.

“의원은 의원, 병자는 병자야. 우리는 병자한테 지나치게 감정을 이입하면 안 돼. 그 병자가 잘못되면 다른 병자를 보는 일이 너무 힘드니까.”

“저는 의원님이 술을 많이 드셔서 힘이 듭니다.”

세풍은 계 의원의 손에서 술잔을 빼앗았다. 계 의원이 세풍아, 하고 부르며 세풍의 손을 잡았다.

“그런데 잘 모르겠어. 너는 병자에게 애정을 너무 많이 쏟아.”

“네. ‘사랑합니다, 화객님’이니까요.”

계 의원이 광현의 손을 잡았다.

“백 마의, 너는 한술 더 떠. 네가 우리 세풍이보다 마음이 더 따뜻한 놈이라서 그렇겠지. 하지만 세풍이는 이제 제 감정을 조절하고, 저를 흔들지는 않아. 한데 너는 우리 세풍이보다는 서툴러. 그러다가 네가 다쳐. 너도 시간이 지나면 알 거야. 병자도, 의원도 다치지 않는 법을. 물론, 둘 다 어진 의술을 행하는 인의야. 병자를 진심으로 긍휼하는 심의야."

계 의원은 다시 술잔을 들었다. 세풍은 술 대신 물을 따랐다. 계 의원이 물을 술처럼 마셨다.

"난 입분 엄마를 죽였어. 물론 힘들지. 죽을 만큼. 아니 차라리 죽었으면, 죽어서 지옥불에라도 떨어졌으면 좋을 만큼 힘들었어. 그렇다고 의원이 다른 병자를 포기할 수는 없잖아? 힘든 건 힘든 거고, 슬픈 건 슬픈 거고, 의원은 계속 병자를 봐야 해."

광현이 술잔을 들었다. 세풍이 광현을 보며 시료 중에 술은 절대 안 된다며 손을 저었다. 광현은 웃으며 술을 한 모금 마셨다.

"그래도 백 마의, 의원으로서 네 판단은 옳았고 가족으로서 네 선택도 옳았어. 자식을 죽이고 살 수 있는 어미는 없어. 사람이나 짐승이나."

이 말을 끝내고 계 의원은 상 위에 머리를 처박고는 일어나지 않았다.

"고맙습니다. 이제야 답을 찾았습니다."

광현은 계 의원에게 고개를 숙이고 웃었다. 영감, 술 취해서도 병자를 고친단 말이야. 세풍은 계 의원을 업고 방에 눕혔다.

다음 날 아침, 세풍은 붓을 들었다. 의안의 새 면을 펼쳤다. 맨 오른쪽에 병자의 이름 '유세풍'을 썼다. 길게 숨을 내쉬고 제가 선대왕을 시침한 그날 밤의 기억을 끄집어냈다. 최악의 순간, 그때의 심정, 양 내관의 시침, 그의 죽음, 그리고 침을 잡을 수 없던 순간까지를 기록했다. 세풍은 은우가 병자를 보는 끝방으로 건너가 제가 쓴 의안을 내려놓고 왔다.

광현은 내일 돌아가겠다고 했다. 이제 돌아갈 수 있겠다고 했다.

"다 의원님 덕분입니다. 감사합니다."

"그럼 내 이야기도 들어 주겠소?"

광현이 고개를 끄덕였다. 세풍은 왜 제가 시침을 하지 않는지, 아니 못하는지를 털어놓았다. 의안을 쓸 때보다 지금이 한결 쉬웠다.

"병자를 치료하다 보면 생길 수 있는 일이잖아요. 병자의 생명은 의술 밖의 일이었어요. 그 때문에 의원님이 침을 잡지 못하는 건 너무 가혹합니다."

"그럴까요?"

"예."

"당신도 마찬가지요."

"의원님의 말씀이 무슨 뜻인지 알겠습니다."

광현이 웃었다.

다음 날, 세풍은 광현과 작별하며 생각했다. 병자를 위해 끝까지 포기하지 않는 한 사람, 병자를 위해 마지막까지 최선을 다하는 단 한 사람, 그가 바로 의원이라고.

"어려운 병자였는데 심의로서 또 한 고비를 넘겼구나."

계 의원이 곁에 와 있었다.

"다 의원님 덕분입니다."

잠시 정적이 흘렀다. 세풍은 제 입에서 이런 말이 나오다니 좀 쑥스러웠다. 계 의원도 잠자코 있었다. 계 의원도 뜻밖이었을 것이다.

"그럼, 내 병도 고쳐 줄래?"

세풍이 계 의원을 보았다.

"어디 편찮으십니까?"

"내 오랜, 슬픈 꿈."

입분 엄마 꿈을 꾸고, 자다가 깨서는 우는 증상을 말하는 모양이었다.

"의원이 모든 병자를 살릴 수 없다고 말씀하셨잖아요."

"의원이 병자를 죽인 경우는?"

"살리지 못한 경우가 아니고요?"

"그게 아니야."

계 의원이 깊은 숨을 내쉬었다.

"내가 입분 엄마를 죽였어. 진짜로 죽였다고."

4

세풍이 계수 의원에서 지내는 마지막 밤이었다.

세풍은 내일 동헌에서 혼례를 올리고, 동헌 내아 별채에서 신접살림을 시작할 예정이었다. 별채 은우의 방 건넌방에 세풍의 방이 마련되었다.

세풍은 큰방 문을 닫았다. 제 혼사인데 의원 식구들이 더 들떠서 분주하게 움직였다.

만복은 건넌방과 끝방을 오가며 얼마 되지 않는 짐들을 꾸리고 있었다.

남해댁은 내일 하루는 계수 의원도 잔칫날이라며 떡과 고기와 술과 전과 나물을 준비하였다. 약재 냄새와 기름 냄새와 오묘한 궁합을 이루어 떠다니는 밤이었다.

세풍의 앞에는 계 의원이 앉아 있었다.

"누워서 말씀하셔도 됩니다."

"아니야. 이 편이 좋아."

계 의원은 벽에 몸을 기대고 다리를 죽 펴고 앉았다.

"너도 이리 와 앉아."

계 의원이 제 옆자리, 방바닥을 손으로 두드렸다.

"저도 말입니까?"

"그래 주면 좋겠어."

세풍이 계 의원의 옆자리로 가서 앉았다. 계 의원처럼 벽에 몸을 기대고 다리를 죽 폈다.

"입분 엄마가 나한테 왔을 때는 번위를 앓고 있었어."

음식을 먹으면 명치 아래가 그득하고 불러 오며 끝내 음식을 소화시키지 못하다가 토하는 병증이었다.

"원래 비위가 허한 사람이었는데 오랜 세월 동안 고생을 많이 해서 신의 양기가 다 고갈된 상태였지."

입분 아비, 안가는 태생부터 가난한 소작농이었다. 입분 엄마와 혼인을 하고서는 겨우 입에 풀칠만 하는 정도였다. 그러나 입분 아비가 병자년 호란 때 부상을 당한 후로는 입분 엄마 혼자 일을 해야 했다. 남의 집 일을 해주고 먹고, 자고, 입는 것을 해결하고, 입분 아비의 약 바라지까지 도맡으며 살았다. 그러나 먹는 날보다 굶는 날이 더 많았고, 추위에 떠는 날이 더 많았다. 입분이위로 오라비가 셋이 더 있었는데 모두들 죽었다.

"그러다가 입분이가 생기고, 입분이 아비가 덜컥 죽어버린 게지."

배가 불러오면서는 일도 못 다니는 날이 많았다. 입분이를 출산하고서는 진이 빠져 몸을 놀릴 수 없었다. 몸 상태가 여느 때와달랐다.

"그때 예감을 했대. 내가 이러다가 죽겠구나, 하고."

입분 엄마는 곧 쓰러질 것만 같은 몸을 이끌고 동냥을 다녔다. 입분이만 겨우 먹였다. 입분 엄마는 물로 배를 채웠는데 어느 날부터는 물만 마셔도 구토를 하기 시작했다.

"우리 입분이가 그래서 좀 모자라. 어미 뱃속에 있을 때부터 못먹어서."

"입분이 머리는 안 모자랍니다. 생각이 좀……."

"없지. 나도 알아."

계 의원이 웃었다.

"어릴 때 먹을 것을 못 얻어먹어서 그러려니 하고 잘 좀 가르쳐 줘."

"의술을 가르치시게요?"

"제가 하고 싶다는데 어쩌겠어?"

"어려울 것 같은데……."

"하지 말라고 해서 못 하는 것과 자기 스스로 어려워서 안 하는 건 다르니까."

이 영감, 의원이기 전에 입분 아버지였다. 아버지로서는 입분의 꿈을 꺾을 수는 없으리라.

계 의원은 입분 엄마 이야기를 계속했다.

"입분 엄마는 저 살려 달라고 온 게 아니라 입분이를 살려 달라고 온 거야. 나도 알았어. 입분 엄마가 얼마 남지 않았다는 걸. 하지만 내 꼭 너도 살려 주마, 하고 약조를 했지."

계 의원은 내팽개쳤던 의서를 다시 펼쳤다. 소락 산야를 다니며 약초를 직접 구해다 달여 먹이고, 시침을 했다. 제 힘으로 살릴 수 있을지도 모른다고 기대도 했다. 그런데 문제는 통증이었다.

"너무너무 아파서 죽고 싶다고 했어. 세상 이만한 고통이 없을 거라고 했어. 차라리 창칼에 찔리는 게 낫겠다고 했어. 약을 써도, 침을 써도 통증은 해결해 줄 수 없었어."

어느 밤, 입분 엄마가 미음을 한 술 뜨다가 피를 토했다. 배를 부여잡고 악을 썼다.

"죽여 달라고, 제발 죽여 달라고, 이제 이 고통을 끝내 달라고,

나를 붙들고 매달렸어."

계 의원은 그럴 수 없다고 했다. 의원은 살리는 사람이지 죽이는 사람이 아니라고 했다. 사람의 목숨은 하늘의 뜻에 달린 것이지 제 손에 달린 것이 아니라고 했다.

"어차피 죽잖아. 하루 이틀 더 사는 게 무슨 의미가 있어?"

입분 엄마가 물었다.

"하루라도. 이틀이라도 더 살 수 있으면 살아야지."

"사는 게 더 고통스러운데도 살아야 해? 아프다고. 아파서 죽겠다고. 아파서 죽었으면 좋겠다고. 제발 아픈 거 좀 끝내 달라고. 제발."

입분 엄마가 방바닥을 긁으며 고통을 호소했다. 손톱이 닳아서 없어지고 손가락 끝에서 피가 흘러내렸다.

계 의원은 조용히 방을 나와 산으로 갔다. 바꽃을 뿌리까지 캐서 집으로 돌아왔다. 바꽃의 뿌리를 잘라낸 다음 잔뿌리를 다시 잘라서 말렸다. 독성과 열성이 강한 부분이었다. 잔뿌리가 다 말라서 가루를 낼 수 있을 때 즈음. 입분 엄마에게 다시 물었다. 정말 죽어서 이 고통을 끝내고 싶냐고.

"의원 말고 내 가족이 돼 줘."

"그래. 그러자. 나는 의원이 아니야."

계 의원이 밖을 내다보았다. 바깥은 색이 없었다. 하늘도 바람도 나무도 그저 부옜다. 때 이르게 진눈깨비가 흩날리고 있었다.

"추워지겠다. 따뜻하게 해줄게."

계 의원이 아궁이에 불을 뗐다. 입분 엄마가 머무는 방이 더워지자, 계 의원이 물을 한 사발 가지고 들어갔다. 물에는 바꽃 뿌리에서 얻은 가루가 들어 있었다.

"마셔."

입분 엄마가 약사발을 만졌다.

"물이 차네."

"방이 좀 덥잖아."

"응, 몸에서 열이 나."

입분 엄마가 물을 마셨다. 곁에 누운 입분이의 뺨을 쓰다듬었다.

"입분이는 데리고 나가. 태열이 오르면 안 되니까."

계 의원이 고개를 끄덕이고 입분이를 데리고 나왔다.

한 손으로는 입분이를 꼭 안고, 한 손으로는 아궁이에 장작을 더 집어넣었다.

눈물이 나왔다. 눈물이 줄줄 흘러내려 입분의 뺨을 적셨다.

"매워서, 매워서 그래."

계 의원이 입분이를 안고 얼렀다. 눈물이 멈추지 않았다. 마침내 장작을 놓고 두 팔로 입분이를 꼭 안았다. 입분이를 안고 소리 없이 울었다. 한 시진 후, 입분 엄마의 고통이 끝났다. 입분 엄마의 몸이 뜨거워 바꽃 뿌리의 독성과 열성이 더 빨리 퍼졌다.

계 의원은 그날처럼 소리 없이 울고 있었다. 밖은 여전히 소란스러웠다. 세풍은 계 의원을 안았다.

"저라도 그리했을 겁니다. 병자의 고통을 덜어주는 것도 의원의 일이니까요."

계 의원이 세풍의 어깨에 얼굴을 묻었다.

5

은우님이 내 아내라서 좋다.

은우님도 태아도 강녕하다.

우리 집 조반이 아주 맛있다.

날이 많이 풀렸다.

좋은 것만 생각하고 기록하기. 세풍이 요즈음 하고 있는 시험이었다.

세풍은 지난 삼 년간 심의로서 마음이 아픈 병자들을 돌보아 왔다. 하지만 세상에는 세풍이 볼 수 없는 병자들이 훨씬 많았다. 시간과 비용 또는 거부감 때문에 의원을 찾지 못하는 병자들이 불행에서 벗어나는 법에 대해서 생각했다.

저와 은우, 저를 찾은 병자들과 남해댁, 만복이, 입분이, 계 의원과 같이 비교적 마음이 건강한 사람들을 자세히 살펴보았다. 타고나는 부분이 컸다. 날 때부터 낙천적인 성격을 타고난 사람들이었다. 이 사람들은 나쁜 상황도 희망적으로 받아들였다. 어려운 문제를 심각하게 받아들이지 않았다.

그럼 낙천적이지 못한 사람은 불행할 수밖에 없는가? 세풍의 시험은 이 문제에 대한 해답이었다. 세풍은, 좋은 생각을 하자고 결론지었다. 나쁜 상황을 나쁘게 받아들이지 않고, 나쁜 생각 대신 좋은 생각을 하다 보면, 근심과 괴로움이 달아나고, 병에 무뎌지지 않을까, 생각했다.

그래서 우선 자신부터 실천해 보기로 했다. 매일 좋은 생각을 하고, 일기록에 적었다. 또 뭐가 있더라?

은우님이 예쁘다.

세풍이 웃었다. 좋은 생각을 하니 웃음이 절로 났다.

남해댁이 끓여 준 무국이 맛있었다.

입분이가 약방문을 제법 읽게 되었다.

나는 아직도 침을 놓지 못한다.

세풍이 붓을 멈추었다. 이건 좋은 생각이 아닌데?

은우님이 시침을 잘한다.

침 하나만 있으면 굶어 죽을 일은 없다.

세풍이 다시 썼다. 나쁜 일은 다르게 보고 좋게 생각해야지. 세풍이 고개를 끄덕였다.

"서방님. 채비 다 하셨어요?"

은우가 밖에서 세풍을 불렀다.

"네. 잠시 기다려 주십시오."

은우님이 서방님이라고 불러서 좋다.

세풍이 쓰고 붓을 놓았다.

세풍이 은우와 혼인을 한 지 넉 달이 지났다. 계수 의원 유 의원이 과부와 혼인을 했다는 소식이 소락현을 넘어 다른 고을까지 퍼졌다. 남 일에 관심 많은 이들은 부러 의원까지 찾아와서 어찌 과부와 혼인할 생각을 했느냐고 세풍에게 물었다. 그럴 때마다 세풍은 저도 홀아비인데요, 대수롭지 않게 대답했다.

"에이, 사내랑 여인이랑 같아요?"

"해와 달, 물과 불, 하늘과 땅, 낮과 밤, 이 중에 어느 게 더 중요합니까?"

"똑같이 중요하지."

"하니 남녀 모두 똑같이 귀하답니다."

타인의 말과 생각으로 내 인생을 재단하면 안 되지, 세풍이 미소를 지으며 답했다.

"서방님, 뭘 하세요?"

은우가 들어왔다. 세풍이 책을 덮고 일어섰다.

"갑니다, 가요. 한데 은우님은 오늘도 등원을 하시려고요?"

"그럼요."

"회임 초기에는 아무래도 좀 쉬는 게 어떠실지…… 안 되겠죠?"

세풍이 고개를 갸울였다.

"네, 어서 가요."

은우가 세풍의 손을 잡았다. 세풍이 방을 나오며 생각했다.

나는 행복한 사내이다. 내 아내는 회임을 하고서도 일을 나간다. 아내 덕에 절대 굶어 죽을 일은 없으리라.

대궐에서 어명이 왔다. 유세엽은 내의원 내의로 복귀하여 왕실
의 안녕과 건강을 돌보라는 것. 소락의 산야가 봄꽃으로 물든 날
이었다. 세풍은 세 번 사양 상소를 올렸고, 임금은 허락하지 않았
다. 관례를 따른 것이었으나 세풍은 임금이 허락해 주지 않을까,
하는 기대도 품었다.

"성상께서 막상 윤허하셨으면 서운하지 않으셨겠어요?"

은우가 물었다.

"잘 모르겠습니다."

솔직한 심정이었다. 어명으로 내의원에 복귀하는 것은 영광스
럽고도 좋은 일이었다. 하지만 소락과 계수 의원을 떠나는 것은
서운한 일이었다.

"은우님은 괜찮으시겠습니까? 한양에서 살아야 하는데……"

"예."

세풍이 은우를 쳐다보았다. 은우가 너무 시원스레 대답하여 놀
라웠다.

"아버님 인맥이면 부인 병자를 더 많이 볼 수 있겠죠? 우리 금
방 부자가 되겠는데요? 한양에 제이의 계수 의원을 차릴 수도 있
겠는데요?"

은우가 웃었다. 계 의원의 제자다웠다. 세풍도 은우를 따라 웃
었다.

계수 의원 식구들과 처가 식구들은 세풍이 떠나야 한다는 소식에 서운해하면서도 내의원에 재입성하는 경사를 축하해 주었다. 세풍은 식구들과 병자들의 배웅을 받으며 은우와 함께 소락을 떠났다.

세풍과 은우, 만복, 단희가 한양 집으로 들어섰다.
"아버지."
서너 살 먹은 아이 셋이 세풍에게 달려와 다리에 매달렸다. 나이를 좀 더 먹은 아이가 달려와 아우들을 떼놓았다.
"아버지 아니고 나으리여."
"아버지를 아버지라 부르면 안 돼?"
은우가 세풍을 쳐다보았다. 세풍은 은우보다 더 놀란 얼굴로, 눈을 동그랗게 떴다.
"아버지를 아버지라 불러도 되지. 한데 네 아버지는 이분이 아니라 나다."
만복이 어린아이 둘을 안으며 말했다.
"얘들이 일 년에 한두 번 아버지를 만나다 보니까 서방님하고 저를 구분 못 해요."
만복이 은우를 보며 겸연쩍게 웃었다.
"오라버니, 혼인했어요?"
단희가 물었다.
"응."

"한데 왜 말하지 않았는가?"

이번에는 은우가 물었다.

"지가 말 안 했나유? 그렇담 아씨께서 안 물어보신 거지유."

"그래."

"지가 서방님보다 나이는 어리지만……."

"나이가 어리다고?"

은우가 아까보다 더 놀란 표정으로 물었다.

"예, 모르셨어요? 어릴 적부터 제가 서방님보다 힘이 좋았어요. 고향에는 명절 때 한 번씩 내려갔는데 갈 때마다 애가 섰네요."

만복의 처가 달려 나왔다. 등에는 아기를 업고, 손에는 아이를 붙들고 있었다. 제법 큰 사내아이도 뒤따라왔다. 만복의 장남이라고 하였다. 만복의 처와 장남은 세풍과 은우에게 인사를 했다. 한양으로 올라가서 세풍 내외를 모시라는 분부를 받고, 가족이 다 상경하였다고 했다.

세풍의 내의 생활이 시작되었다. 새벽에 나가 저녁에 돌아왔다. 은우는 안주인이 되어 집안 살림을 꾸렸다. 집으로 오는 부인 병자들을 보기도 했다. 달이 몇 번 기울어지고 다시 찼다. 은우의 배도 보름달처럼 차올랐다.

은우가 곤하다며 일찍 잠자리에 든 날, 세풍은 속히 들라는 대왕대비전의 분부를 받았다. 세풍이 집을 나서는데 단희가 달려왔다.

"아씨가 산통을 시작하셨어요."

세풍은 상수리나무 가지와 감초를 달이게 하고 안채로 달려갔다.

"입궐하신다면서요."

은우가 얼굴을 찡그리며 말했다.

"많이 아프죠? 어찌해야 하는지……."

"산파를 부르러 갔어요. 서방님은 어서 입궐하세요."

"은우님을 두고 제가 어떻게 가요?"

"아이를 받아본 적도 없으시잖아요. 금방 나오는 것도 아니고요."

은우의 숨이 거칠어졌다.

"일단 입궐하세요. 대왕, 아아, 대비전의, 아아, 명이잖아요."

"은우님……."

"빨리 가세요."

세풍은 떨어지지 않는 발걸음을 옮겨 대문을 나섰다. 몇 발짝 떼다가 걸음을 멈췄다. 다시 집 안으로 들어가 아버지를 깨웠다. 저는 목이 달아나도 은우의 곁을 떠날 수 없으니 대신 가시라고 했다. 아버지가 세풍을 잠시 보다가 그러마, 했다.

세풍은 안채로 달려왔다. 은우는 비명을 지르고 있었다. 세풍은 방 안으로 들려다가 멈추었다. 제가 입궐하지 않은 사실을 알면 은우는 자기 걱정까지 하리라.

날이 밝고 하루의 반도 훌쩍 지났다. 출산이 늦어졌다. 산파도 은우도 소리를 질러댔지만 아이 소리는 들려오지 않았다. 난산이었다. 세풍은 방 안으로 들어갔다. 은우의 곁에서 손을 잡았다. 세풍도, 은우도 함께 울었다.

"의원님."

은우가 자기를 의원님이라고 불렀다. 정신이 없는 듯하였다.

"몸이 무겁고 열이 나요. 한기도 느껴지고요."

"괜찮아요."

세풍은 은우의 이마를 짚으며 안심시켰다.

"제 얼굴 무슨 색인가요?"

"붉은색이에요."

"안 돼……."

은우가 흐느꼈다. 『부인양방대전』에 얼굴이 붉고 혀가 청색이면 산모는 살고 태아가 죽는다고 하였다. 얼굴과 혀가 청색이면 산모는 죽고 태아는 산다고 하였다.

"은우님, 혀도 붉어요. 아이도 은우님도 무사해요."

"거짓말. 제 눈에 안 보인다고 거짓말하는 거죠?"

세풍은 은우의 손을 배 위에 올렸다.

"태가 있는 곳이에요. 따뜻하죠? 아이도 살아 있어요."

"약을 들게요."

은우가 우는 소리를 내며 말했다.

은우는 분만을 돕는 최생작목음자를 마셨다. 서너 잔을 마시면 곧 아이가 나온다고 했으나 효과는 없었다. 은우의 입술에서 붉은 기가 사라지고 있었다. 입술과 입에 청색이 돌고 거품이 나오면 산모와 태아가 모두 죽으니 중요한 판단을 할 때라고 하였다. 약이 듣지 않으면 시침을 해야 했다. 하지만 시침은 위험했다. 죽기를 각오해야 했다.

"은우님……."

세풍은 은우의 손을 꼭 잡았다. 눈물과 땀이 시야를 가렸다. 세풍이 말했다.

"마지막 수단을 생각해야 해요……."

"수침할게요."

"더 위험해질 수도 있어요."

"더 나아질 수도 있으니까요."

세풍은 밖으로 나가 아버지를 찾았다. 아직 퇴청하지 않았다고 했다.

"당장 아버지를 모셔 와, 침의도 데려와, 누구라도 빨리 데려와!"

세풍이 소리를 질렀다. 만복이 달려 나갔다.

세풍은 방으로 들어왔다. 다시 은우의 곁에 앉아 손을 잡았다.

"은우님, 조금만 견뎌 주세요."

"당신이 시침해 주세요."

은우가 손에 힘을 주었다.

"조금만 기다리면 아버지께서……."

"늦으실 거예요."

"다른 침의도 불렀습니다."

"다른 사람은 싫어요. 당신이 시침해 주세요."

"전 못합니다."

"할 수 있어요."

"전 못해요, 은우님."

"유세풍 의원님! 지금 시침할 사람은 당신밖에 없어요."

"은우님, 분만은 체증이나 요통과는 달라요. 시침을 잘해도 출혈이 멎지 않아서 죽을 수 있어요. 더군다나 전 시침을 못 하는 의원이고요."

"당신은 유능한 의원이에요. 출혈이 있으면 지혈하면 돼요. 선대왕의 출혈도 당신이 결국 멈추게 했잖아요. 당신은 그날도 잘했고, 오늘도 잘해낼 거예요."

은우는 단희에게 침통을 가져오라고 했다. 단희가 침통을 세풍에게 건넸다. 세풍이 침통을 열어 침을 꺼냈다. 머릿속으로 삼음교, 합곡, 곤륜, 견정, 지음 자리를 떠올렸다. 분만을 돕는 혈이면서 임산부에게 금하는 혈이기도 했다. 삶과 죽음을 가르는 혈이었다.

"합곡부터 하세요."

은우가 손을 내밀었다. 세풍이 침을 가져갔다.

"당신을 믿어요. 어서 시침해 주세요."

세풍은 숨을 멈추고 합곡에 침을 찔러 넣었다.

"보세요. 잘하시잖아요."

어깨 위 견정에도 침을 꽂았다.

"아, 벌써부터 좋아지는 것 같아요."

은우가 고통을 참으면서 거짓말을 했다. 은우도, 세풍도 다음이 문제라는 것을 알았다. 다리 삼음교와 발 곤륜, 지음을 시침하려면 세풍은 은우가 쏟아낸 피를 봐야 했다.

"서방님, 저건 그냥 피예요. 아이 낳을 때 누구나 흘리는 피라고요."

은우는 세풍을 안심시켰다. 세풍이 움직였다. 은우의 발치에 자리를 잡았다. 눈을 감은 채 침을 들었다. 왼손으로 은우의 발을 잡았다.

"눈을 뜨세요."

세풍이 눈을 떴다. 하얀 이불을 적신 핏자국을 보자 명치부터 답답해져 왔다. 세풍은 다시 눈을 감았다.

"눈을 뜨시고, 어서 시침하세요."

세풍은 여전히 눈을 감고 있었다.

"저도 아이도 죽일 건가요? 어서 눈 뜨세요."

세풍은 분만 중인 산모처럼 심호흡을 했다.

"유세풍! 눈 뜨라고!"

세풍이 눈을 떴다.

"찔러!"

은우가 고함쳤다. 세풍이 곤륜에 침을 꽂고 은우를 살폈다. 세풍의 눈시울이 벌겠다.

"전 괜찮아요. 고마워요. 삼음교에 시침해 주세요."

세풍이 침을 들었다.

"삼음교에 시침하겠습니다."

시침은 정확했다. 출혈은 없었다. 세풍은 얼이 빠진 채 그 자리에 주저앉았다. 산파가 세풍을 밀어냈다. 잠시 후 은우의 비명이 들리고, 아이가 새까만 머리를 밀고 나와 큰 소리로 울었다. 세풍도 울었다. 아이를 안고, 아이보다 더 큰 소리로 울었다.

"서방님."

은우가 세풍의 다리를 쳤다.

"아들이에요?"

"딸이에요. 은우님, 우리 이 아이만 잘 키워요. 해산은 너무 힘들어요."

세풍이 울면서 중얼댔다.

"무슨 소리예요? 아들도 낳아야죠."

"너무 힘들어요."

"처음이 힘들지 다음은 괜찮아요. 고생하셨어요. 가서 좀 쉬세요."

은우가 세풍을 달랬다.

아이가 태어나고 백 일이 지났다. 초겨울 밤이었다. 세풍은 안방에서 아이를 업고 재웠다. 은우가 아이의 얼굴을 확인하고 고개를 끄덕였다. 세풍은 조심스럽게 아이를 아랫목에 눕혔다. 아이가 입술을 옴짝거리더니 으앙, 하고 울음을 놓았다. 세풍은 다시 아이를 업었다. 눕히고 업고를 몇 번 반복하니 아이는 잠이 들었다.

은우가 엎드렸다. 아이를 낳고 어깨와 팔, 허리가 안 아픈 날이 없었다. 세풍은 은우를 시침하고, 은우의 곁에 엎드렸다.

"은우님, 행복해요?"

"예. 서방님은요?"

"저도 행복합니다."

은우는 세풍의 말이 진심이라고 느꼈다. 동시에 보았다. 세풍의 마음속, 작은 공간을.

"그럼 의원으로서도 행복하신가요?"

세풍이 잠시 생각하다가 대답했다.

"예. 바라던 대로 내의원에 돌아왔잖아요. 차근차근 승진도 할 거고, 어의도 될 거고, 문관의 품계도 받을 거고요."

"글쎄요. 제가 보기엔 아닌데요."

은우가 침을 뽑더니 일어나 앉았다. 세풍의 맥을 짚었다.

"당신은 행복하지만 의원으로서는, 마음이 허해요."

"잘못 짚으셨습니다, 유 의원님. 전 지금 다 좋습니다."

세풍이 웃었다.

세풍은 대궐 앞에서 자신의 병자이던 백광현을 만났다. 백광현은 세풍을 보고 한달음에 달려왔다. 이야기를 나누고, 헤어지면서 백광현이 말했다.

"의원님, 뭔가 좀 달라지신 것 같아요."

"옷이 달려졌소."

"관복 입으신 모습을 뵈니 멋지십니다. 한데 옷이 아니라 뭔가 달라지신 것 같습니다. 그래도 멋져요."

백광현이 가고, 세풍이 만복에게 물었다.

"만복아, 너는 좋으냐?"

"뭐가요?"

"네 삶. 한양에서 지금처럼 사는 삶."

"예, 좋지요."

"어째서?"

"서방님 무탈하시고 식구들 다 건강하고. 전 이제 걱정이 없어요."

"그래……. 그럼, 좋아야겠지."

세풍도 걱정이 없었다. 아버지, 은우, 딸아이 다 건강했다. 처가 부모님도 편안했다. 내의원 일도 순조로웠다. 그런데 마음 한구석이 헛헛했다.

안채 처마 아래에 메주가 줄줄이 매달려 있었다. 세풍은 사랑 뒷마루에 앉아서 메주를 바라보았다.

'세풍아, 저 메주 좀 봐. 물과 소금과 햇볕만 있으면 된장이 된다. 된장은 물과 배추, 무, 감자, 미역, 콩나물, 두부, 나물 아무거나 넣고 끓여도 맛나고 이로운 음식이 되지. 너는 너무 옥돌처럼 살려고 해. 깎는 데 힘만 들지 정작 먹지도 못하는 거. 된장처럼 살아. 아무하고도 잘 어울리고, 모든 사람들에게 맛나고 이로운 된장처럼.'

계 의원의 음성이 곁에 있는 듯 생생하게 들려왔다.

"서방님, 날이 차요. 무얼 하세요?"

안방에 있던 은우가 나와 세풍에게 건너왔다.

"메주를 보고 있습니다."

"소락에도 메주가 익어 가겠지요. 올해 계수 의원 된장 맛은 어땠으려나?"

"내년 봄에 다녀옵시다."

은우는 대답 없이 세풍의 곁에 앉았다. 만복이 화로와 방석을 갖다놓고 자리를 떴다.

"할망이 남해댁 아주머니를 메주라고 불렀는데…… 두 사람은 아직도 자그락대려나?"

"아마……."

세풍이 웃었다. 은우는 세풍의 눈 속에 떠오른 그리움을 읽었다.

"계 의원님과 입분이도 여전히 아웅다웅하겠지요?"

"옆에서 장군은 전혀 개의치 않고요."

세풍은 소리 내어 웃었다. 은우는 순간 세풍의 마음속 작은 공간을 채우는 불빛을 보았다.

"서방님, 의원으로서도 행복하다고 하셨지요?"

"예."

"한데 전 왜 서방님이 마음을 오롯이 보여 주지 않는 것 같을까요?"

세풍은 잠시 있다가 말했다.

"심의가 다 되셨습니다. 부인."

"심의는 서방님이죠. 심으니까, 마음이 아픈 사람들은 가난하고 천대받는 사람들이 더 많으니까, 그들을 돌보고 싶은 거예요."

세풍이 은우를 바라보다가 고개를 끄덕였다.

"예. 은우님 말씀대로, 제 마음에 허증이 들었나 봅니다."

"전 그 병을 낫게 하는 약을 알고 있지요."

"그게 뭐죠?"

"돌아가요. 우리 의원으로. 돌아가면 다 나을 거예요."

세풍은 백 년 체증이 다 나은 듯, 시원스레 웃었다. 오래전부터 듣고 싶은 말이었다.

세풍은 사직 상소를 세 차례 올리고, 임금의 윤허를 받았다. 성상께서 사직을 면부하셨다는 소식을 듣고, 아버지는 언짢아했다.

"이제 침도 다시 잡게 되었으니 내의로서 승승장구할 일만 남았다. 대부의 자리에도 오를 테고. 네 염원이지 않았느냐?"

"제가 틀렸습니다, 아버지. 한양에, 대궐에, 내의원에 제 행복이 있는 줄 알았는데 아니었습니다. 제 행복은 내의원 밖에 있었습니다. 이제 제 꿈은 계수 의원으로 돌아가서 제가 필요한, 많은 병자를 돌보는 일입니다."

"행복이라……."

아버지가 말끝을 길게 빼며 빈 담뱃대를 물었다.

세풍은 이듬해 봄, 소락으로 돌아왔다.

갈참나무 숲을 지나자 소락성 성벽이 훌쩍 다가왔다. 꼭대기 깃발들은 세풍과 은우를 반기며 춤을 추었다. 세풍은 소락을 지키는 느티나무 아래, 성황당 앞에 멈추어 섰다. 우리 서방님 무탈 강녕하시고, 출세 양명하시고, 현부인을 만나 백년해로하시고, 자손도 번창하게 해주시고……. 저를 위해 소원을 빌던 만복이 생각났다.

"만복아, 네 소원은 다 이루어졌구나."

"출세 양명은 안 하셨잖아요."

"내가 원치 않으니 이룰 필요가 없다."

세풍은 은우와 마주 보며 웃었다.

세풍은 다시 동헌 별채에 살림을 풀었다. 만복도 제 식구들을 다 데리고 내려왔다. 세풍은 개말, 계수 의원 근처에 만복 가족이 살 집을 얻어 주었다.

세풍과 은우가 계수 의원을 찾았다. 계수 의원도, 계 의원도 그대로였다.

"대궐로 갔으면 영감, 대감 돼서 우리 은우님 정경부인도 만들고 해야지. 왜 왔어?"

계 의원이 뒷짐을 지고 말했다.

"전 정경부인보다 계수 의원, 의원 노릇이 더 좋은걸요."

"은우님, 앞으로도 수고 많이 해줘요. 두 사람 없으니까 벌이가 통 시원찮아."

계 의원은 그대로였다. 다행이었다. 사람이 변하면 곧 죽는다고 하였다. 세풍은 웃었다.

남해댁은 헤어질 때도 흘리지 않던 눈물을 흘렸다. 계 의원은 남해댁과 동고동락하면서 우는 모습은 처음 본다고 하였다.

"그래도 계수 의원은 내 거예요. 두 분, 눈독 들이지 마세요."

입분이 말했다. 장군은 약장 앞에서 세풍과 은우를 보고서는 한 번 웃었다. 그리고 다시 제 일에 몰두했다. 할망은 세풍이 떠나고 계속 병석에 있었다고 했다. 세풍과 은우가 방으로 들어가 할망을 만났다.

"할망, 우리 왔어."

할망이 벌떡 일어났다.

"풍이 왔구나. 왜 이제 와?"

"할망, 늦게 와서 미안해요."

은우가 할망의 손을 잡았다.

"색시, 누구야?"

"누구긴, 내 색시잖아."

"네가 색시가 어딨어? 나한테 시집온다고 했잖아."

"장가겠지."

세풍은 미안하다며 할망을 다시 눕혔다.

세풍은 계수 의원 건넌방, 제 자리에 앉았다. 서안 위에 제가 쓰던 의안 책이 놓여 있었다. 큰방 서가에 두고 간 책이었다. 누가 갖다 놓았는지 알 만했다. 세풍이 짐을 쌀 때 계수 의원 물건은 쌀한 톨도 가져가지 말라고 소리치던 영감이었다. 밤마다 혼자서 이의안 책을 들여다보았을 계 의원을 생각하니 눈물 어린 미소가 지어졌다. 세풍은 의안 책을 훑어보고 덮었다. 표지가 눈에 들어왔다.

심

의

유

세

풍

다섯 글자를 손가락으로 쓸었다. 세풍의 손가락 끝에서 글자가한 자 한 자 살아 움직이면서 세풍의 가슴으로 파고들었다. 세풍은 마음이 그득하였다. 허허허, 세풍이 소리 내어 웃었다.

에필로그

세풍은 매일 아침, 은우와 함께 등원했다. 은우 어머니가 손녀를 안고 동헌 문 앞에서 두 사람을 배웅해 주었다. 계수 의원으로 향하는 몸이 가뿐하고 마음이 편안했다. 계수 의원 골목에서 할망과 만복이 달려오고 있었다.

"서방님."

"마중까지 나오느냐?"

"어제 들어온 광중 사내가 도망갔어요. 개말은 벌써 뒤집어졌고 새말로 갔대요."

세풍이 은우에게 짐을 맡기고 만복과 함께 병자를 찾아 나섰다.

저만치 개울 위에 해당화 한 송이가 돌다리를 건너고 있었다. 세풍은 꽃 한 송이를 꺾어서 돌다리로 달려갔다. 병자는 돌다리 한가운데서 멈추고 개울 아래를 내려다보았다. 세풍은 조용히 병자에게 다가갔다.

"누구야?"

중년의 사내가 머리에 꽃을 꽂고 세풍에게 물었다.

"접니다. 유 의원."

병자가 세풍을 향해 고개를 돌렸다. 생전 처음 보는 사람을 대하듯 세풍을 멀뚱히 보았다.

"뛰어내리려는 건 아니죠?"

병자는 고개를 끄덕였다.

"그럼 저랑 같이 의원으로 갑시다."

세풍이 병자에게 손을 내밀었다.

"한 떨기 해당화가 되어 바닷속으로 사라질 걸세."

"바다요?"

"여기 있잖은가."

병자가 개울을 가리켰다.

"이건 바다가 아니라 개울인데요. 빠져도 허리까지밖에 오지 않는……."

"마음의 눈으로 보게. 검푸른 해원이 펼쳐질 걸세."

세풍은 고개를 끄덕였다.

"정말 그렇군요. 펼쳐지는군요, 해원이."

병자가 웃었다.

"지금 내가 미쳤다고 놀리는 겐가?"

"아닙니다."

"이게 개울이지, 어떻게 바다인가?"

"바다예요. 바다 맞습니다."

"진정?"

"네, 정말 바다입니다."

"어떻게 저게 바다라는 걸 아는가? 자넨 나와 전혀 다른 사람인데?"

"저도 당신과 똑같은 사람이에요. 보세요."

세풍이 제 머리에 꽃을 꽂았다.

"저도 한 떨기 장미화가 되어 저 푸른 들로 사라지고 싶은데 사람들이 저를 미쳤다고 합니다."

"그래, 그럼 우리 꽃이 되어 볼까?"

병자가 두 손을 모으고 사뿐사뿐 뛰었다. 세풍도 두 손을 모으고 사뿐사뿐 뛰며 병자에게 다가갔다. 병자는 세풍의 눈치를 살피다가, 에라 미친놈아, 소리치고 내빼기 시작했다. 세풍이 병자를 쫓았다. 병자는 달음질을 하면서 뒤를 돌아보다가 새말을 지키는 천하대장군에 부딪치고 지하여장군의 품으로 쓰러졌다. 세풍이 달려가 병자의 상태를 살폈다. 침을 꺼내 시침했다.

병자는 만복에게 업혀 의원으로 돌아왔다. 종일 잠만 자다가 저녁밥 짓는 냄새에 눈을 떴다.

"좀 어떠십니까?"

병자의 곁을 지키던 세풍이 물었다. 병자는 말이 없었다.

"마음을 괴롭히는 일이 있다면 무엇이든지 말씀해 보세요. 제가 다 들어드리겠습니다."

세풍은 병자와 눈높이를 맞추며 병자의 곁에 턱을 괴고 엎드

조선 정신과 의사 유세풍

렸다.

"연모하던 이가 있었어요……."

병자는 이야기를 마치고 세풍의 품에 안겨 울었다.

"그 많은 날들을 혼자 버둥거리며 살아내느라 얼마나 고단하셨습니까? 갸륵하고 대견하고 기특하고 장합니다. 불행은 당신 탓이 아니에요. 잠시 당신 그늘 아래 몸을 누였다가 떠나는 바람일 뿐입니다. 무정한 바람 때문에 당신을 나무라지도 괴롭히지도 마십시오. 지난 일은 내버리십시오. 당신 밖으로, 세상 밖으로 훌훌 날려버리십시오. 곱씹지도 되새기지도 말고 내던져버리십시오. 당신은 이 땅에서 가장 귀한 존재이고, 좋은 날들이 당신을 기다리고 있으니까요."

병자는 강물처럼 조용히 울었다. 세풍은 병자의 손에 무명 수건을 쥐어 주었다. 병자는 눈물을 닦으려다 말고 세풍을 보았다.

세풍이 병자의 손을 잡았다. 그 손길이 봄바람처럼 따뜻했다.

〈끝〉

참고문헌

강영민, 『조선왕들의 생로병사』, BF북스, 2012.

김남일, 『한의학에 미친 조선의 지식인들』, 들녘, 2011.

김남일 외, 『한권으로 읽는 동의보감』, 들녘, 1999.

김인호, 『조선의 9급 관원들』, 너머북스, 2011.

김창민 외, 『한약재감별도감』, 아카데미서적, 2014.

류정월, 『선비의 아내』, 역사의아침, 2014.

마틴 셀리그만, 『마틴 셀리그만의 긍정 심리학』, 물푸레, 2014.

신동원, 『조선의약 생활사』, 들녘, 2014.

윤덕노, 『음식으로 읽는 한국 생활사』, 깊은나무, 2014.

이덕일, 『조선 왕 독살사건 1, 2』, 다산초당, 2009.

이상곤, 『왕의 한의학』, 사이언스북스, 2014.

장치정, 『황제내경, 인간의 몸을 읽다』, 판미동, 2015.

전경욱, 『한국의 전통연희』, 학고재, 2004.

전국한의과대학 신경정신과 교과서편찬위원회, 『한의신경정신과학』, 집문당, 2016.

정지현, 『조선시대 왕들은 어떻게 병을 고쳤을까』, 중앙생활사, 2007.

정통침뜸교육원 교재위원회, 『침뜸의학개론』, 정통침구연구소, 2009.

지토 편집부, 『(그림으로 풀어쓴) 황제내경』, 김영사, 2013.

편집부, 『한의학 대사전』, 정담, 2001.

한복진, 『우리가 정말 알아야 할 우리 음식 백 가지 1, 2』, 현암사, 2005.

허준, 『동의보감(내경편)』, 휴머니스트, 2002.

허준, 『동의보감(외경편)』, 휴머니스트, 2003.

오수석, 「부인대전양방의 역해와 한방부인과학적 의의에 관한 연구」,
　　　　서울 동국대학교 대학원 박사 학위논문, 2003.

국가 건강 정보 포털 http://health.cdc.go.kr/health/Main.do

조선왕조실록 sillok.history.go.kr

한국 민족 문화 대백과 http://encykorea.aks.ac.kr

한국 전통 지식 포탈 http://www.koreantk.com/ktkp2014

한의학고전DB https://mediclassics.kr